중국문학과 인생

※ 이 책은 주한 중국대사관의 지원으로 학고방출판사에서 출간, 유통합니다.

중국문학과 인생

한국중국문학이론학회 지음

學古房

《중국문학과 인생》을 출간하며

　한국중국문학이론학회에서는 2021년~2023년 <문학과 인생>의 큰 명제 아래 국제 학술회의(2회)·국내 학술회의(2회)에서 "격정과 승화"·"격정의 승화와 숭고"·"상흔과 치유"·"가치 추구와 현실"이라는 주제로 문학과 인생을 담론하였다.

　이를 통해 문학이란 작가의 현실체험으로부터 발생한 비환이합의 격정이 숭고 감정·예술 감정으로 승화되어 독자의 영혼을 치유하고 정화하는 심미 작용을 한다는 것, 문학은 인생으로부터 비롯되고 인생을 위한 예술이라는 것을 담론하였다. 또 오늘날 인간의 심미 감정·예술 감성의 충만이 절실하게 요구되는 현실에서 문학의 존재가치가 더욱 발휘되어야 함을 토론하였다. 이에 다양한 장르에서 국내외 저명한 원로학자들의 심도 있는 연구, 신진학자들의 창의성 있는 연구가 발표되어 학술향연을 풍성하고도 다채롭게 하였다.

　이제 그 학술향연의 연구 결과와 추가로 투고된 원고들을 《중국문학과 인생》에 수록하여 문학과 인생에 대한 담론의 진미를 맛보고자 한다. 이 책이 중국문학과 인생의 진미를 느끼게 하고 찬연히 빛나게 하는 옥고를 주신 한국 중문학계의 원로 류성준 교수님과 6분 학자에게 감사를 드린다. 또한 이 책이 세상에 나오게 온 정성을 다해주신 이욱진 교수(충북대)께 고마운 마음을 전한다. 그리고 이 책의 출간에 경제적

지원을 해준 주한중국대사관駐韓中國大使館에 감사를 드린다.

　끝으로 《중국문학과 인생》을 통해 삶·생명·사랑의 가치를 공감하면서 감흥이 솟고 감성이 넘치기를 기대한다.

2023년 2월 20일

한국중국문학이론학회 회장

을지대학교 교양학부 교수

조성천 삼가 씀

목 차

신라와 발해 시인에 관한 《당시기사唐詩紀事》의 기록

류성준柳晟俊(한국외국어대학교 명예교수)

필자가 중국문학의 장르에서 고전시를 학문연구의 주된 전공으로 선택한 지, 벌써 반세기도 훨씬 지났다. 그 전반 시기의 연구 범위는 당시唐詩의 체제와 풍격 탐구 및 한국한시와의 비교에 주력하였다. 하버드Harvard대학 방문학자로 1년간(1991-1992) 체류 중에, 영국과 미국 시의 시론적 연구 내용을 살펴보면서, 그간의 시에 대한 연구방법에 깊은 회의감을 갖게 되었다. 시의 연구방식이 중국 예부터 내려오는 시 감상 위주에 머물러 있었기 때문이다. 시 연구의 객관적인 근거와 논리를 위해서, '시화詩話' 자료에서 다소나마 시의 풍격이나 작시 배경과 격식 등 연관성을 찾기로 하였다. 그리하여 시화 연구에 집중하게 되었고, 중국문학이론학회의 창립(1992)과 동시에 동방시화학회에 참여하여 중국을 비롯한 각국 학자와 활발하게 교류하여왔다.《청시화연구》(1999),《중국 시화의 시론》(2003),《중국 시화의 이해》(2006),《청시화와 조선시화의 당시론》(2008),《회록당시화懷麓堂詩話》(2012),《중국 당송시화해제》(2021) 등 시화 관련 책들은 그런 과정에 나온 결과물들이다.

　　남송南宋 시대 계유공計有功이 지은《당시기사》에는 신라와 발해 문인의 시와 고사를 기술하고 있다. 이들 자료가 비록 많지 않지만, 한국한시사적인 면에서 의미가 적지 않다고 본다. 필자는 그동안《동문선東文選》등 한국의 각종 문집과 시화류 등에 미수록된 신라, 발해, 고려, 조선조 문인의 시를,《전당시全唐詩》,《전당시일全唐詩逸》,《전당시보편全唐詩補編》,《전송시全宋詩》,《명시종明詩綜》,《청시회清詩匯》 등 중국시가총집에서 채집하여 발표해왔다. 본문은 그 일환으로《당시기사》에 수록된 신라 김지장金地藏과 김진덕金眞德의 시, 그리고 발해 고근高瑾, 고교高嶠, 봉오封敖, 고거高璩, 봉언경封彦卿의 시를 각각 살펴보고자 한다. 아울러 독자의 이해를 돕기 위해서, 본문에서 '시화'란 무엇인가라는 개념과 본 시화의 작자와 내용을 개관하고, 상기 자료들에 실린 신라 설요薛瑤와 김가기金可紀, 발해 고변高騈과 양태사楊泰師, 이우李愚의 시를 덧붙여서 서술하려 한다.

최근 중국은 엄연한 한국사인 발해사를 고구려사와 함께 소위 '동북공정東北工程'이란 명목으로 역사 왜곡을 시도하고 있다. '동북공정'이란 '東北邊疆歷史與現狀系列研究工程'(동북 변방의 역사와 현재 상황 계열의 연구사업)의 줄임말이다. 중국은 사회과학원에 이런 기구를 설치하고, 만주 지역의 길림吉林, 요녕遼寧, 흑룡강黑龍江 등 3성과 하북河北 지방에 걸쳐서 건국되었던 한국사의 실체인 고조선, 고구려, 발해에 대해서, '고대 중국 동북지방에 속한 지방 정권'이라는 황당한 논리를 내세우고 있다. 중국은 현재의 국경 안에서 전개된 역사를 중국사로 만들기 위해, 2002년부터 중국이 추진한 동북부 변경지역의 역사와 현상에 관한 연구 프로젝트로 추진하고 있다. 한국은 이러한 중국의 역사 조작에 체계적으로 대처하기 위해서, 2004년 3월 교육부 산하 '고구려연구재단'을 발족하였고, 2006년 9월에는 '동북아역사재단'을 출범하여 연구 활동과 함께 대책을 강구하고 있다. 이러한 중국의 왜곡된 역사의식에 분개하면서, 본문을 추려내는 이유로 삼는다.

1. '시화'란 무엇이며 그 연원설은 어떠한가

《당시기사》는 남송대 계유공이 지은 일종의 '시화서'이다. 이해를 돕기 위해서, 시화의 의미와 그 연원을 밝혀 두고자 한다. '시화'는 문자 그대로 '시에 관한 이야기'라는 뜻이며, '시화'라는 명칭은 북송대 대문호 구양수歐陽修(1007-1072)의 《육일시화六一詩話》에서 시작되었다. 그 이전에는 '시학'이란 개념에 주안점을 두었다기보다는, '문학이론'이라는 포괄적 개념의 이론서가 있었으니, 대표적인 저술로 위문제魏文帝 조비曹丕(187-226)의 《전론논문典論論文》, 진晉대 육기陸機(261-303)의 《문부文賦》, 육조六朝 시기 유협劉勰의 《문심조룡文心雕龍》 등과 시인의 시를 품평한 육조 양梁대 종영鍾嶸(466?-518?)의 《시품詩品》, 시 풍격을 개념화한 만당대 사공도司空圖(837-909)의 《이십사시품二十四詩品》 등을 들 수 있다. '시화'란 무엇이며, 어떤 특성이 있는지를 비교적 설득력 있게 서술한 다음 글을 본다.

> (A) 시화란 시의 구법을 가려주고, 옛것과 지금 것을 갖추어주고, 좋은 덕을 기록하고, 기이한 일을 적고, 틀리고 잘못된 것을 바로잡는다.
> 詩話者, 辨句法, 備古今, 記盛德, 錄異事, 正訛誤也.(宋代 許顗《許彥周詩話》)

> (B) 시화란 언어로 표현하여 시 속에 담긴 내용을 설명하는 것이므로, 그 담긴 이론이 공평하고 뜻을 취함이 정밀하다.
> 詩話者, 以局外身作局內說者也, 故其立論平而取義精.(淸 吳琇《龍性堂詩話》序)

> (C) 시화란 시의 명분을 돌아보고 시의 내용을 생각하는 것이어서, 당연히 일종의 시와 관련된 이론적인 저작이다.
> 詩話之體, 顧名思義, 應當是一種有關詩的理論的著作.(近代 郭紹虞《淸詩話》前言)

위에서 (A)는 시의 창작, 원류, 관념, 그리고 시의 장단점을 기술한 것이 '시화'라고 하였고, (B)는 시화의 작자는 객관적 입장에서 시가의 내용을 공평하고 정밀하게 평가해야 한다는 것이며, (C)는 '시화' 자체가 시와 관련된 전고典故와 고증考證, 그리고 이론을 서술하는 내용을 담아야 함을 지적하고 있다. 위의 글들에서 시화의 의미를 충분히 표현하고 있다고 하겠는데, 다만 시화가 비논리적인 수필 형식으로 기술되어 있어서, 흔히 '한가한 담론을 보태주는'(以資閑談) 일종의 기사수필記事隨筆이라는 점을 부인할 수 없다. '시화'는 중국 시학에 중요한 비중을 차지하며, 중국어문학 모든 분야에 관한 이론과 역사적인 사실, 사회풍습과 문화양상까지 이해할 수 있는 자료이다. 그 내용이 주관적이지만, 수필처럼 자연스럽게 기술하고 있다는 점에서, 어떤 면에서는 그 본령적인 형평성을 유지하기가 쉽지 않다. 청대 장학성章學誠은《문사통의文史通義》〈시화편詩話編〉에서 시화에서 시를 다루는 평가가 엄정해야 한다고 강조하여,

> 문예를 논구하면서 연원과 유별을 알기란 쉽지 않다. 명분을 좋아하는 습성을 가지고, 시화를 쓰는 데에, 동질적인 것을 합리화하고, 이질적인 논리를 비판하는 일은, 누구나 다 할 수 있다.
> 論文考藝, 淵源流別不易知也. 好名之瞽, 作詩話以黨同伐異, 則盡人可能也.

라고 하면서 논평의 편견에 대한 문제점을 지적하고 있다. 역대 시화를 총괄적으로 살펴보면, 시화 서술의 내용이 대개 시와 연관된 고사, 작가론, 시평, 그리고 시어의 고증과 주석 등으로 구성되어 있다. 따라서 시화는 시와 시인에 관한 실질적인 종합서라고 할 수 있다. '시화'라는 명칭과 부합된 내용 서술이라면 최소한 세 가지 요건을 담고 있어야한다. 첫째는 시에 관한 전론서이든지, 둘째는 시와 관련하여 시를 논하고 있든지, 셋째는 신변상의 잡담이나 한담閑談이라 할지라도 시와 연관되어 있어야 한다. 이런 기본 기준을 갖춘 저술이라면 시화의 범주에 넣을 수 있다. 시화의 범위가 비교적 분명해지고 시화 여부의 구분도

비교적 쉽게 분별할 수 있다. 서술내용이 시와 관련된다면, 구양수의 《육일시화》에서 붙여진 '시화'란 명칭과 상관없이, 저술된 시대와 체제가 어떠하던, 시화의 범주에 넣을 수 있다. 청근대淸近代까지의 시화 수량은 수백 종이 넘어서, 각 조대 별로 아직 수집정리가 미진한 상태이며, 계속해서 새로운 시화서가 발굴되고 있는 현실이다.

시화는 어떤 근거에 의하여 파생되었는지에 대해서, 차이전추蔡鎭楚 교수의 《중국시화사》(1988)에서 제시한 시화 연원의 여러 설을 참고로 하여 살펴보고자 한다. 먼저 '삼대설三代說'인데, 청대 말엽 하문환何文煥은 《역대시화歷代詩話》 서문에서 기술하기를,

> 시화는 어떻게 시작되었는가? 순임금의 〈갱가〉는 《상서·우서》에 기술되고, 《시경》 풍아송부비흥風雅頌賦比興 육의는 옛 서문에 상세히 쓰여 있다. 공자와 맹자는 시를 논하면서 따로 원대한 뜻을 폈고, 《춘추좌씨전》의 시를 지어 드린 〈부답〉은 모두 뜻을 전하는 짧은 문장인 단장에 속한다. 삼대에 그러했고, 한나라와 위대에는 작가가 점차 많아져서 마침내 언사의 일가를 이루었다. 시화는 진실로 시인의 이로운 그릇이며, 문예계의 장인(匠人)이다.
> 詩話于何昉乎? 賡歌紀于虞書, 六義詳于古序. 孔孟論言, 別申遠旨, 春秋賦答, 都屬斷章. 三代尙已, 漢魏而降, 作者漸夥, 遂成一家言. 洵是騷人之利器, 藝苑之輪扁也.

라고 하였다. '삼대'란 중국 초기 역사인 하夏, 상商, 주周 나라로서, 이 시기에 《시경詩經》이 탄생하였고, 춘추春秋 전국戰國 시기로 이어지면서 《서경書經》〈우서虞書〉에 기재된 〈갱가賡歌〉와 〈시대서詩大序〉의 '육의六義', 그리고 공자와 맹자의 《시경》에 대한 입론立論 등이 서술되었다. 이같이 시를 논설한 문장들이 곧 시화의 연원이 된다고 본 것이다. 시화가 시론을 담론한 것인 만큼, 멀리 소급하여 그 연원의 소재로

제시한 것이다. 이 설법을 뒷받침할 자료로 청대 강증姜曾의 〈삼가시화
서三家詩話序〉 일단을 보면,

어떤 이는 말하기를 종영의《시품》이후부터 시화가 너무 많아져
서, 대개 헛되이 자구의 첨삭만 하니 시를 통해 교화하는 '시교詩敎'
에 보탬이 안 된다고 한다. 그러나 오공자吳公子 계찰季札이 노魯
나라에서《시경》악곡을 보고 품평한 것을 보면, 아름다운 비평이
없지 않고, 공자 제자 자하子夏가 지었다는《시경》대서大序는 아울
러 기쁨과 즐거움을 논하고 있으니, 곧 시화의 기원이다.
　　或謂自鍾嶸詩品以後, 詩話充棟, 大都妄下雌黃, 無裨詩敎. 然
　　觀吳札觀樂, 不廢美譏. 子夏序詩, 幷論哀樂, 卽詩話之濫觴也(《淸
　　詩話續編》제4책)

라고 하여, 하문환의 서문과 같지 않으나, '오공자 계찰이 음악을 봄(吳
札觀樂)'과 '자하의 서시(子夏序詩)'를 시화의 기원으로 서술한 것으로서,
역시 '삼대설'과 상통한다. 다음은 종영의《시품》에 의거한 '시품설'인
데, 청대 장학성章學誠은 시화의 기원을 아래와 같이 서술하고 있다.

시화의 기원은 종영의《시품》에 바탕을 둔다. 그러나 경전을 살
펴보면 예컨대 「이 시를 지은 자는 그 도리를 아는가?」 또 말하기
를, 「미처 생각하지 못했으니 얼마나 먼가?」라 하였는데, 이것은
시를 논하면서 시에 담긴 고사를 언급한 것이다. 또 예컨대 「윤길보
가 지어 읊으니 맑은 바람처럼 심사와 언행이 온화하여, 그 시가
위대하고 그 풍격이 너무 좋다.」라 하니, 이것은 시를 논하면서
시의 어사를 언급한 것이다. 고사에는 옳고 그름이 있고, 어사에는
공교함과 졸렬함이 있으며, 사물을 접촉하여 두루 통하고 밝히 드
러남이 실로 많다. 강물이 술잔 뜨는 작은 연못에서 시작되니, 후세
의 시화를 논하는 자들이 말하기를 「종영에서 근원하였다.」라고
하지만, 그 유파가 너무 번다하여 한마디로 다 말할 수는 없다.

詩話之源, 本于鍾嶸詩品. 然考之經傳, 如云:「爲此詩者, 其知道乎?」又云:「未之思也, 何遠之有?」此論詩而及事也. 又如吉甫作誦,「穆如淸風. 其詩孔碩, 其風肆好.」, 此論詩而及辭也. 事有是非, 辭有工拙, 觸類旁通, 啓發實多. 江河始于濫觴, 後世詩話家言, 雖曰「本于鍾嶸」, 要其流別滋繁, 不可一端盡矣.(《文史通義》〈詩話〉)

장학성은 '삼대설'이 논리상 분명치 않고 모호하다는 점을 지적하고 있다. 그러면서도 삼대설이 시화의 원류적 요소를 지니고 있다는 점은 긍정하고 있다. 그런 면에서 시 자체를 논한 실질적인 저술은 《시품》에 서부터 시작되었다는 주장이다. 그 주장의 이유는 종영이 시 품평에 어느 정도 객관적인 논리를 제시하였다는 점 때문이다. 장학성은 같은 글의 마무리 부분에서, 「…《시품》이 시를 논하고, 《문심조룡》이 문을 논한 것을 보니, 모두 전문적인 명가로서, 대개 그 분야의 첫 저서가 된다.(…詩品之于論詩, 視文心雕龍之于論文, 皆專門名家, 勒爲成書之初祖也.)」(상동)라고 서술한 점에서 《시품》을 시화의 연원으로 보았다고 할 수 있다.

다음으로 '본사시설本事詩說'인데, 근대 뤄건저羅根澤는 시화 연원을 만당대 맹계孟棨의 《본사시》에 근거하여 서술하기를,

시화가 흥행하기 전에는 종영의 《시품》과 사공도의 《시품》을 제외하고 세 가지의 시를 논하는 책이 있었으니 곧 《시격》, 《시구도》와 《본사시》이다. 《본사시》는 시화의 전신이다.
詩話沒有興起以前, 除了鍾嶸詩品和司空圖詩品, 還有三種論詩的書, 就是詩格·詩句圖和本事詩. 本事詩是詩話的前身.(《中國文學批評史》제3책)

라 하고 이어서 《본사시》에 대해서 기술하기를,

우리는 시화가 《본사시》에서 나오고, 《본사시》는 필기소설에서
나온 것으로 알고 있으니, 시화가 시의 근본 사실을 탐구하는 데에
편중되어 있는 것은 조금도 이상하지 않다.

我們知道了詩話出于本事詩, 本事詩出于筆記小說, 則詩話的
偏于探究詩本事, 毫不奇怪了.(상동 제2책)

라 하니, 뤄건저의 '본사시설'은 시화가 시 자체의 근원과 영향에만 편중된 점을 완화하면서, 앞 두 설의 편견을 보완한 조화설적인 주장이라 본다.

마지막으로 시화의 기원을 시율의 '세설細說'에 두는 학설로서, 청대 오수吳琇의 《용성당시화龍性堂詩話》 서문에서,

점차로 시율을 자세히 따지고 자세히 살펴서 뜻을 알아내는 것
은, 시화에서 본래 다루어온 것이다. 시이냐 아니냐의 가부를 가려
내고 시의 고하를 등급 매겨서, 이에 시의 장단점을 가려낸다. 시의
풍아를 공평히 품평하고 시의 자구를 다듬어 고쳐서, 이에 시에
대한 이야기를 하게 된다. 시화란 시를 가려내는 공신이다.

漸于詩律細, 細之爲義, 詩話所從來也. 予奪可否, 次第高下, 詩
于是乎有選; 平章風雅, 推稿字句, 詩于是乎有話. 話者, 詩選之功
臣也.(《淸詩話續編》 제2책, p.931)

라고 한 것은, 시율을 정리하고 분석하는 과정에서 시화가 발전하였다는 원론적인 설법인데, 역시 실질적인 이론이다. 이상의 4종 연원설은 시론의 근원을 추구하는 논리와 상통하니, 어느 것 하나도 허황되지 않으나, 견지가 애매하거나 객관성이 부족한 점도 있다. 그런 면에서 어느 것 하나도 부정적이지도 않고, 절대적으로 긍정적이지도 않다. 다만 연원 학설상 추론할 수 있는 중요한 설법들이라고 평가할 수 있다.

현존하는 대표적인 시화집으로는 북송 완열阮閱의 《시화총구詩話總

龜》(98권), 청대 하문환何文煥의《역대시화歷代詩話》, 근인 정복보丁福保의《역대시화속편歷代詩話續編》과《청시화淸詩話》, 궈샤오위郭紹虞의《청시화속편淸詩話續編》과《송시화집일宋詩話輯佚》,《영남시화회편嶺南詩話匯編》, 그리고 타이완臺灣 광문서국廣文書局의《고금시화총편古今詩話叢編》과 그 속편續編, 두숭보杜松柏의《청시화방일초편淸詩話仿佚初編》, 우홍이吳宏一의《청대시화지견록淸代詩話知見錄》, 장인펑張寅彭의《신정청인시학서목新訂淸人詩學書目》등을 들 수 있다.

'시화'라는 학문영역을 체계적으로 연구하기 위해서, 한중일 학자들이 중심이 되어, 1997년 충남대학교 조종업趙鍾業, 서울대학교 이병한李炳漢, 홍콩 침례대학 쾅젠싱鄺健行 등 교수들의 주도로 '국제동방시화학회'를 창립하였다. 그리고 격년으로 국제학술대회를 개최하면서, 활발하게 학술교류와 연구발표를 전개하고 있다.

2. 계유공과《당시기사》에 대하여

조광윤趙匡胤(927-976)이 960년에 세운 송나라는 시기별로 북송北宋과 남송南宋으로 구분한다. 그중에 남송은 여진女眞 금국金國의 침입으로 도읍을 개봉開封에서 남경南京으로 옮긴 시기인, 고종高宗 건염建炎 원년(1127)부터 시작된다. 1126년 4월 북송 휘종徽宗과 흠종欽宗이 금인에게 붙잡혀 북으로 끌려가는 수모를 당하였다. 그 이듬해 흠종의 동생 강왕康王 조구趙構(1107-1187 훗날 고종)가 도읍을 옮겨서 즉위하니, 이 시기부터 '남송'이라 칭하게 되었다. 그 후 계속된 금국의 끊임없는 침략과 간섭으로 고종은 1138년 양자강揚子江 이남인 임안臨安(지금의 항주杭州)으로 옮기었다. 효종孝宗 광종光宗 등 다섯 황제를 거치고, 단종端宗을 이어서 즉위한 도종度宗의 서자인 제병帝昺이 원元나라 세조

쿠빌라이(1215-1294)에게 나라를 넘겨준 1279년까지, 152년간을 북송 시기와 구별하여 '남송' 시기로 구분한다. 남송 문단은 북송의 연장 선상에서 하나의 송대 문단이 되지만, 문학사적으로 국운이 쇠미해져 가는 시기의 문학사상이 나타나서, 북송 시기와 상당한 차별이 있게 되었다.

남송 초기에 태어난(생졸 연대는 미상) 계유공은 자가 민부敏夫, 호는 관원거사灌園居士이며 임공臨邛(지금의 사천성四川省 공래현邛崍縣)인이 다. 선화宣和 3년(1121)에 진사에 급제하였고, 이후 우승의랑右承議郎, 신지간주新知簡州、성도제형成都提刑 등을 지냈으며 경서와 역사서에 능통하였다. 《사고전서총목제요四庫全書總目提要》에 이르기를,

> 계유공의 생년과 졸년이 미상하니, 이심전의 《건염이래계년요 록》에 기재하기를, 「소흥 가을 7월 무자에 우승의랑, 신지간주 계유 공이 제거양절상평다염공사를 맡다. 계유공은 안인인이다.」라고 하였다.
>
> 敏夫始末未詳, 李心傳建炎以來繫年要錄載: 紹興秋七月戊子, 右承議郎新知簡州計有功, 提擧兩浙常平茶鹽公事. 有功安仁人.

라고 하여 그의 관직과 출신지를 기술한 바, 안인安仁은 임공臨邛의 속 현屬縣이다. 교유는 매우 적어서 비교적 밀절한 우인으로 곽인郭印이 있는데, 육락거사六樂居士로 불린 문인으로서 《운계집雲溪集》을 남겼다. 《사고전서총목제요》에는 곽인에 대해서 「그의 교유로 가장 친밀한 사 람은 계유공과 증조 등이다.(其交遊最密爲計有功, 曾慥等.)」라고 하였고, 증조曾慥가 지은 계유공과 관계된 시로 〈계민부의 궁궐 부임을 전송送 計敏夫赴闕〉, 〈계민부의 운계 시제에 화답和計敏夫題雲溪〉, 그리고 〈계민 부가 술 두 병 보내옴에 시로 화답計敏夫送酒二壺有詩和之〉이 있어서 계유

공에 대하여 알 수 있는 자료가 된다.

《당시기사》는 방대한 분량의 자료로서, 계유공은 본 시화 서문에서 다음과 같이 서술하고 있다.

> 당나라 사람으로 시를 가지고 이름을 날려서, 그 성명이 후세에 드러난 사람은 겨우 백 명도 안 되고, 그 나머지는 단지 소문만 있을 뿐이다. 한때 이름난 사람들도 사라져서 열전이 없는 것이, 무릇 다 셀 수 없다. 나 민부(계유공의 자)는 한가로이 지내며, 당나라 삼 백 년간의 문집, 잡설, 전기, 유사, 비지, 석각 등을 찾아보고, 시의 구절 하나까지도, 구전되는 것을 채집하여 기록하였다. 틈틈이 관리 직위의 기록 들고, 사방으로 명산과 명승지를 두루 다니며, 남긴 작품과 필적을 일찍이 내버린 적이 없었다. 늙어서 마음 쓸 곳 없게 되니, 초당부터 만당까지 차례대로 성명을 기록하였다. 거의 1150명의 작품 외에, 그 작가들을 고찰하여, 대략 중요한 일들을 기록하고, 많이 그 시를 읽으며, 그 시인을 알게 되었다. 한스러운 것은 집안이 가난하여 문서가 부족하고, 궁벽한 곳이라 견문이 적으니, 그나마 모아 놓은 것에 의거하여, 먼저 81권을 꾸민다.
>
> 唐人以詩名家, 姓氏著于後世, 殆不滿百, 其餘僅有聞焉. 一時名輩, 滅沒失傳, 蓋不可勝數. 敏夫閒居, 尋訪三百年間文集·雜說·傳記·遺史·碑誌·石刻, 下至一聯一句, 傳誦口耳, 搜采繕錄; 間捧宦牒, 周遊四方, 名山勝地, 殘篇遺墨, 未嘗棄去. 老矣無所用心, 取自唐初首尾, 編次姓氏可紀. 近一千一百五十家, 篇什之外, 其人可考, 卽略紀大節, 庶讀其詩, 知其人. 所恨家貧缺簡籍, 地僻罕聞見, 聊據所得, 先成八十一卷.

총 81권으로 구성되어 있는 본 시화는 단순한 작가와 그 시 및 생평과 일화 등의 일회성 자료에 그치지 않아서, 시 평가에 중요한 시론적 가치를 지닌다. 《사고전서총목제요》에서도,

채록된 것이 풍부하여, 당대 시인에서 유명한 작품을 기록하거나, 사적을 기술하고, 아울러 그 가계와 관직을 상세히 기록하여 무릇 1,150인이나 되니, 당인의 시집이 세상에 전해지지 않았던 것들이, 많이 이 책에 의해서 남아 있게 되었다.

採摭繁富, 于唐一代詩人或錄名篇, 或紀本事, 兼詳其世系爵里, 凡一千一百五十家, 唐人詩集不傳于世者, 多賴是書以存.

라고 하여 수록 범위가 방대하고 다양함을 기술하고 있다. 당대 시인 1,150명의 일화와 시를 적절히 편집하였는데, 출전과 품평 그리고 세계世系와 관직까지도 기록하였으니, 당대 시가의 시평 총집이라고 할 만하다. 실질적인 시평을 시도한 것 이외에도, 승려나 부녀자 또는 지위가 낮은 사람의 고사까지도 싣고 있어서, 귀한 사료적 가치를 지닌다고 할 수 있다.

본 시화에 기술된 당대 시인들의 시를 다음에 예로 든다. 먼저 초당 시인 이교李嶠(644-713)의 〈분음행汾陰行〉에 대한 일화를 다음에 본다.

천보 말년에, 현종이 봄에 근정루에 올라서, 이원의 제자들에게 노래 몇 곡을 부르게 하였는데, 「부귀영화를 언제나 누릴 수 있나」 이하의 4구까지 노래하였다. 황제가 연세가 많아 노쇠하였는데, 누구의 시인지를 물으니 어떤 사람이 「이교」라고 대답하자, 슬프게 눈물을 흘리며 문득 일어나서 말하기를; 「이교는 진정 재자로다.」 라고 하였다. 다음 해에 촉 지방에 순행 가서, 백위령에 올라가, 한참 동안 두루 살펴보면서, 또 이 가사를 노래하고는 다시 말하기를; 「이교는 진정 재자로다.」라고 하였다.

天寶末, 明皇乘春登勤政樓, 命梨園弟子歌數闋, 有唱歌至「富貴榮華能幾時」以下四句. 帝春秋衰邁, 問誰詩, 或對李嶠, 因淒然涕下, 遽起曰; 嶠眞才子也. 及明年幸蜀, 登白衛嶺, 覽眺良久, 又歌是詞, 復曰; 嶠誠才子也.(권7)

현종이 이교의 분음행 시를 듣다가 마지막 4구에서 눈물 흘리며 진정한 재자라고 칭찬한 〈분음행〉(《전당시全唐詩》권57)을 본다.

그대는 보지 못했는가, 옛날 한나라 낙양의 전성기에
분음 땅에서 지신地神에게 천자가 친히 제사 드린 일을.
천자가 제사 드리는 재궁에 머물며 제사 음식 차려 올리고
종 치고 북 울리며 새털 깃대 세웠네.
한나라 왕실 고조 무제 등 다섯 천자는 재주 있고 영웅스러워
모든 신들을 받들고 아홉 오랑캐 조공케 하였네.
백량대에서 시 지어 고아하게 연회 끝내고
조서를 내려 천자의 수레 하동으로 순행 떠났네.
하동 태수는 몸소 후토 지신의 제단을 청소하여
지존하신 천자를 받들어 모시고 천자의 수레를 인도하네.
다섯 군영의 장교들이 길에 늘어서 의례 행하고 호위하니
하동, 하서, 하내 사람들 모두 보느라 마을이 비어 있네.
천자의 장막 깃대 세운 문으로 돌아와 신령한 제단에 머물러서
분향하고 좋은 술 올리며 온갖 복을 기원하네.
황금 솥이 빛나며 마침 휘황찬란하니
신령한 신께서 환하게 광채 드러내네.
옥 파묻고 제물 늘어놓아 신령께 예절 마치고
천자의 깃발 들고 말에 올라 수레 타고 떠나네.
저 분수의 물굽이 아름다워 노닐 만하니
목란으로 노를, 계수나무로 배를 만들도다.
뱃노래를 읊으니 채색의 익새 무늬 뱃머리 뜨고
퉁소와 북 슬피 울리니 흰 구름은 두둥실 가을이라네.
즐거운 연회 흡족하여 여러 제후에 상을 내리시고
집집마다 부역을 면케 하고 쇠고기와 술 하사하시네.
천자의 명성이 하늘을 움직여 신령이 더 없이 즐거우시니
천년 만년 누리사 남산처럼 오래하리라.

천자께서 진관으로 떠나신 후
천자의 옥 가마 금수레 다시 돌아오지 않도다.
구슬 발과 깃털 장막 드리운 덮개는 오래 적막하니
황제가 용 타고 승천한 정호의 용 수염에 어찌 매달릴 수 있으리.
천년을 공들인 업적 하루아침에 허사되고
천하를 한 집안 만들려던 이 길이 막혔도다.
영웅호걸의 의기는 지금 어디 가고
제사 지내던 곳과 궁궐은 온통 다북쑥 밭이라.
길에서 노인 만나면 길게 탄식하기를
세상일은 돌고 돌아 예측하기 어려워라.
옛날엔 기생집에서 마주 보며 노래하고 춤추었는데
지금은 누런 먼지만이 가시덤불에 쌓였네.
산천을 보니 온통 눈물이 옷을 적시니
부귀영화를 언제나 누릴 수 있나.
그대는 보지 못하는가, 지금은 분수 가에
단지 해마다 가을 기러기만 날고 있다네.

君不見昔日西京全盛時, 汾陰后土親祭祠.
齋宮宿寢設儲供, 撞鐘鳴鼓樹羽旗.
漢家五葉才且雄, 賓延萬靈朝九戎.
柏梁賦詩高宴罷, 詔書法駕幸河東.
河東太守親掃除, 奉迎至尊導鑾輿.
五營夾道列容衛, 三河縱觀空里閭.
回旌駐蹕降靈場, 焚香尊醑邀百祥.
金鼎發色正焜煌, 靈祇燀燀擄景光.
埋玉陳牲禮神畢, 擧麾上馬乘輿出.
彼汾之曲嘉可遊, 木蘭爲楫桂爲舟.
櫂歌微吟綵鷁浮, 簫鼓哀鳴白雲秋.
歡娛宴洽賜群后, 家家復除戶牛酒.
聲明動天樂無有, 千秋萬歲南山壽.
自從天子向秦關, 玉輦金車不復還.

珠簾羽蓋長寂寞, 鼎湖龍髯安可攀.
千齡人事一朝空, 四海爲家此路窮.
豪雄意氣今何在, 壇場宮館盡蒿蓬.
路逢古老長歎息, 世事廻環不可測.
昔時靑樓對歌舞, 今日黃埃聚荊棘.
山川滿目淚沾衣, 富貴榮華能幾時.
不見只今汾水上, 惟有年年秋雁飛.

　이 시는 악부樂府시로서, 제목의 '분汾'은 산서山西성에서 발원하여
황하黃河로 들어가는 분수汾水이며 '분음'은 분수 남쪽에 있는 산서성
영하榮河 지방이다. 한나라 무제武帝 원정 4년(113 BC) 분음에서 '보배
로운 솥'(보정寶鼎)이 발견되니 무제가 사당을 지어 후토后土에게 제사
드렸다고 한다. 시에서 '오영五營'은 장수長水、보병步兵、사성射聲、둔기屯
騎、월기越騎를 지칭하고, '정호용염鼎湖龍髯'은 중국의 조상이라는 황제
黃帝가 정호에서 용 타고 승천하니, 신하들이 용의 수염을 잡고 오르다
가 떨어졌다는 고사로서, 권세 잃은 현종을 비유한다. 이교의 우국심이
담긴 이 장가長歌의 시에서, 현종玄宗 치하에서 현실의 각박과 안사란安
史亂으로 인한 국운의 혼미, 그리고 인생의 무상을 절실하게 토로한다.
시 전반은 분음에 가서 후토신에게 제사 드리며 영토 확장을 기원하고,
후반은 안록산 난리로 왕이 촉蜀 지방으로 피난간 쇠퇴한 당나라의
현실을 은유적으로 묘사하고 있다. 위의 본 시화에서 현종이 울며 「이
교는 진정 재자로다.」라고 말한 심정을 충분히 이해할 수 있다. 임진왜
란을 겪은 조선조 류성룡柳成龍(1542-1607)도 이 시를 매우 좋아하여
현종처럼 시의 마지막 4구를 두고, 누구나 눈물을 흘리게 하니 시가
사람을 감동시킴이 이처럼 깊다고 서술하였다.(《西厓集》別集 권4) 이
교는 영물詠物에 능하여 그의 영물시 120수는 후세 영물시 창작에 모본

이 되니, 그 예로 〈눈雪〉(상동) 시를 본다.

> 고운 눈이 놀랍게 천리까지 내리어
> 구름도 온 하늘을 어둡게 덮네.
> 땅은 밝은 달밤인 듯
> 산은 흰 구름 낀 아침인 듯.
> 춤추는 꽃 빛이 움직이고
> 노래 맞춰 부채 그림자 나부끼네.
> 하늘 궁궐 길 두루 다니다가
> 오늘 바다 신이 계신 데서 아침 맞으리.
> 瑞雪驚千里, 同雲暗九霄.
> 地疑明月夜, 山似白雲朝.
> 逐舞花光動, 臨歌扇影飄
> 大周天闕路, 今日海神朝.

제2연은 눈 내린 땅을 밝은 달밤(明月夜)에 비유하고, 산을 흰 구름 깔린 아침(白雲朝)에 견주었다. 제3연에서는 내리는 눈의 모습을 춤추는 꽃의 자태(花光), 노래하는 부채로 묘사하고 있다. 묘사가 매우 우아하며, 속세를 초탈한 흥취는 독자를 흥분케 한다. 청대 왕사한汪師韓은 이 시에 고운 어사(姸詞)를 많이 사용하였다고 말하였고[1] '눈(雪)' 자체의 모습에 대해서 청대 심덕잠沈德潛은 「참으로 천진하고 탈속적이다(何天眞絶俗)」라고 평하였다.[2]

그리고 본 시화에서 성당 시대 소영사蕭穎士(709-760)에 관한 본 시화 기록의 일부분을 다음에 본다.

---

1) 汪師韓《詩學纂聞》:「自謝惠連作雪賦, 後來詠雪者多騁姸詞.」
2) 沈德潛《說詩晬語》:「古人詠雪多偶然及之. 漢人『前日風雪中, 故人從此去』, 謝康樂『明日照積雪』, 王龍標『空山多雨雪, 獨立君始悟』, 何天眞絶俗也.」

이화는 그 문장 서문에 이르기를, 「개원 천보 연간에 문학으로 그 시대에 뛰어난 사람은 난릉 소영사라 하니, 자가 무정이며 나이 열아홉 살에 진사에 급제하였다. 회남운사가 소영사를 양주공조에 천거하였는데 여남에 여행 중에 죽었다. 소영사가 이르기를, 『육경 이후에 굴원, 송옥이 있어서 문장이 매우 웅장하니 따라갈 수 없다. 그 후에 가의가 있어서 문사가 상세하고 올바르니 논리적인 문체에 가깝다. 매승, 사마상여도 유려한 재사이나 《시경》의 풍아에 가깝지 않다. 양웅은 시의 뜻이 자못 깊고, 반표는 시의 이치를 알고, 장형은 시의 풍격이 넓고 크며, 조식은 시풍이 차서 넘치며, 왕찬은 초탈하며, 혜강은 빼어나니, 이 외에 모두 형식과 내용이 다 아름답고, 좋아하는 것이 때론 달라서 이루 다 거론할 수 없다. 좌사의 시부는 《시경》 아송의 전해지는 풍격이 있고, 간보가 지은 것은 왕의 교화 근원에 가까우며, 이 외에는 모두 거의 유명한 것이 없다. 근래에는 진자앙의 문체가 가장 올바르다.』라 하였다. 이것으로 말해서, 소영사의 작품을 보면, 소영사는 문장 제도로 본분을 삼았으니, 사람들이 다 이를 인정한다.」라고 하였다.

李華序其文曰: 開元天寶間, 以文學著于時者, 曰蘭陵蕭穎士, 字茂挺, 年十九, 進士及第. 淮南運師表君爲揚州功曹, 歿于汝南旅次. 君謂六經之後, 有屈原, 宋玉, 文甚雄壯, 以不能經. 厥後有賈誼, 文詞詳正, 近于理體. 枚乘, 司馬相如, 亦瓌麗才士, 然而不近風雅. 揚雄用意頗深, 班彪識理, 張衡宏曠, 曹植豐贍, 王粲超逸, 嵇康標擧, 此外皆金相玉質, 所尙或殊, 不能備擧. 左思詩賦, 有雅頌遺風, 干寶著論, 近乎王化根源, 此外皆寥絶無聞. 近日陳拾遺文體最正. 以此而言, 見君述作, 君以文章制度爲己任, 時人咸以此許之.(권21)

윗글은 이화李華(715-766)의 〈당양주공조소영사문집서唐揚州功曹蕭穎士文集序〉(《문원영화文苑英華》권701)에 수록되어 있다. 소영사가 《시경詩經》의 국풍國風과 대소아大小雅인 풍아風雅의 체제를 계승한 작가와 그 풍격을 밝혀 말하고, 특히 당대 진자앙陳子昻(661-702)에 대해서는 '문체가 가장 올바르다(文體最正)'라 한 점에서, 소영사는 복고적 문학개혁을 본받으려 했음을 알 수 있다. 소영사 문학의 연원 관계를 보면, 멀리는 유협劉勰과 소작蘇綽、왕통王通[3] 그리고 초당 이백약李百藥(565-648)、위징魏徵(580-643)、이연수李延壽 등의 영향을 받았지만, 가까이는 초당 사걸初唐四傑의 하나인 왕발王勃(650-675)의 경국론經國論과 문장에 관한 이론에 계시를 받았고, 직접적으로는 진자앙陳子昻(661-702)、노장용盧藏用(?-713?)、부가모富嘉謨(?-706) 등에서 영향받음이 크다고 할 것이다. 특히 진자앙 등의 영향은《신당서新唐書》〈소영사전蕭穎士傳〉에서「당세에 인정할만한 자로는 진자앙, 노장용, 부가모의 문장이다.(所許可當世者, 陳子昻, 盧藏用, 富嘉謨之文辭.)」(권202)라고 하였으니, 위 이화의 서문에서 소영사의 존숭 의식과 사승師承 관계를 확인하게 된다. 소영사의 문학사상은 내용상 경서를 받들고 도덕관을 중시한 점에서, 그의 시 풍격도 같은 맥락에서 보게 된다. 소영사 자신이 말한, 「나는 학식을 갖춘 이후에 좋아하는 것이 적어서, 경서 이외에는 거의 마음을 두지 않고 있다.(僕有識以來, 寡於嗜好, 經術之外, 略不嬰心.)」(〈贈韋司業書〉)라고 한 글에서 경학에 대한 강한 집념을 읽을 수 있다. 소영사와 이화는 고문가古文家로서 시문의 작품은 경서를 바탕으로 하고 도리를 담고 있으면서, 간결함을 높여야 한다고 생각했기에, 당대 한유韓愈(768-824)와 유종원柳宗元(773-819)이 주창한 고문 운동의 선봉이 되었다. 남긴 시는 15제 41수(《전당시》권254)이지만, 체제와 내용은 매우 경이로워서, 마치 《시경》의 속편을 보여주는 듯하다. 소영사의 4언 시경체의 시는 마치 《시경》의 〈국풍國風〉을 읽는 것 같다. 소영사 자신도,

---

3) 劉勰《文心雕龍》卷1과 蘇綽《周書》卷213 蘇綽傳.

「평생 글 짓는 데 그 격조가 속되지 않았다. 무릇 본받음이 반드시 고인을 바랄진대, 위진 이후 것에는 일찍이 마음을 두지 않았다.(平生屬文, 格不近俗. 凡所擬議, 必希古人, 魏晋以來, 未嘗留意..)」(〈贈韋司業書〉)라고 하여 그의 상고尙古 의식을 나타내고 있다. 시가 4언체를 쓰고 있는 것은 신기하면서도 당연한 것이다. 시에서 비유와 은유 그러면서 직설적인 묘사법인 비흥부법比興賦法을 도입하고 있으니, 〈강가의 단풍나무江有楓〉와 〈국화꽃菊榮〉(《전당시》권154)을 다음에 들기로 한다. 〈강가의 단풍나무〉는 강가에 서 있는 단풍나무를 보고 제자 정악鄭愕4)과 육엄陸淹이 생각나서 읊은 것으로, 그 제1, 2장을 본다.

> 강에는 단풍나무
> 그 잎이 무성하도다.
> 나의 벗 동쪽에서
> 따라와 같이 노네.
> 江有楓, 其葉蒙蒙.
> 我友自東, 于以遊從.(一章)
>
> 산에는 낙엽나무
> 그 잎이 한이 없도다.
> 나의 벗 북쪽에 가서
> 거기서 휴식한다네.
> 山有械, 其葉漠漠.
> 我友徂北, 于以休息.(二章)

이들은 '비比'(비유)에 해당하니, 현인의 언행을 돌아보며 두 우인을

---

4) 鄭愕: 천보天寶 21년(753) 진사. 소영사의 문하생. 《전당시》에 〈送蕭夫子赴東府得往字〉 1수 수록.

상기시키는데, 그 비유의 매개체로 '단풍나무'를 이용하였다. 〈국화꽃
菊榮〉을 본다.

> 국화를 따는데
> 그 꽃이 향기롭도다.
> 보랏빛 꽃에 노란 꽃받침이
> 붉은 지대 뜰에 밝게 빛나도다.
> 진실한 군자는
> 몸에 걸친 의패가 어울리도다.
> 임금은 나라의 기강이요
> 대군은 보좌로다.
> 그대 자손에게
> 많은 복이 무성하리라.
> 采采者菊, 芬其榮斯.
> 紫英黃萼, 照灼丹墀.
> 愷悌君子, 佩服攸宜.
> 王國是維, 大君是毗.
> 貽爾子孫, 百祿萃之.(一章)

　소영사는 시의 서문에서, 「〈국화꽃〉 시는 이별의 뜻을 전한 것이며
그 마음을 편 것이다. 오래도록 큰 고을에 거하며, 현명한 재상 송후는
나에게 은혜 베풀고 좋아하였으니, 우는 매미 소리를 직접 묘사하여
작별을 표한다.(菊榮, 酬贈離, 且申志也. 久寓大邑, 賢宰宋侯惠而好予,
賦鳴蟬以貺別.)」라 하여 송후宋侯의 은혜에 감사 답신의 형식을 취하였
다. 제1장에서는 국화꽃을 비유한 비흥법을 쓰고 있는데, 자손이 잘되
기를 기원하며 많은 복록(百祿)을 축원하고 있다. 또한 위 시의 제2장을
보면,

국화를 따는데
마을의 성곽에서 하네.
묵은 뿌리와 새 줄기에
잎이 나고 꽃이 드리웠네.
저 아름답고 정숙한 여인은
시집에 맞는 기둥이라네.
악기의 현이 이미 울리니
우리의 정치는 곧 태평이라네.
그대 높으신 동량재들이여
반드시 그 경사를 누리시라.
采采者菊, 于邑之城.
舊根新莖, 布葉垂英.
彼美淑人, 應家之楨.
有弦旣鳴, 我政則平.
宜爾棟崇, 必復其慶.

라고 하여 국화는 그 뿌리와 줄기가 조화되어 잎이 퍼지고 꽃이 드리워
지듯, 가정의 길조吉兆가 드러나서, 우리가 바르고 평화롭게 되어 경사
가 있을 것이라고 축원하고 있다. 소영사가 한 송이의 국화꽃을 통하여
절개와 근면, 집념의 신조를 표출한 것이다. 시에 간결한 도덕성을 표현
한 점을 보면, 성당대의 안일과 나태한 도덕의식을 경계하면서 속된
조류에 빠지지 않으려고 노력하였다. 기개를 지키기 위해서 타인에게
오만하고 고고한 모습을 보였을 것이다. 그 당시 정치와 사회 현실에
나타난 불의와 아부에 대한 불만의 표시였다.

본 시화의 판본으로는 송대 가정嘉定 갑신년(1224)에 처음 간행되었
는데, 왕희王僖의 서문이 있다. 명대에는 가정嘉靖 을사년(1545)에 홍편
洪楩이 송판본에 의거해서 다시 각인하여 공천윤孔天胤이 서문을 써서,
《사부총간四部叢刊》에 열입되었다. 그후 명말 모진毛晋이 급고각汲古閣

에서 다시 간행하였고, 중화민국 초기에 상하이 의약서국醫藥書局에서
도 간행한 것이 있다. 근년에는 왕중용王仲鏞 교수의 《당시기사교전唐詩
紀事校箋》(상하권, 파촉서사巴蜀書社 1989)이 출간되었으니, 기존 각종
주석본을 총망라하고 새로운 고증과 교정, 주석을 기입한 완정한 교정
본이라 할 것이다.

3. 《당시기사》에 실린 신라 시인의 시

본 시화에 거론된 신라인은 신라 왕자 김지장金地藏과 여왕 김진덕金
眞德으로서 그들에 관한 기사와 시를 다음에 살펴 본다. 본 시화의 자료
는 청대 건륭乾隆 시기에 편찬된 어제御製《전당시全唐詩》에 수록되는
근거가 되었다.

1) 김지장金地藏의 〈동자의 하산을 전송하며送童子下山詩〉(《전당시》권806)

김지장에 대해서 본 시화 권73에 다음과 같이 기술하고 있다.

> 김지장은 신라국 왕자이다. 지덕 초년에 머리 흩트려 항해하여
> 지의 구화산에 은거하다. 〈동자의 하산을 전송하며〉에 이르기를;
> 「(본시는 아래에 별도로 기술)」
> 金地藏: 新羅國王子也. 至德初, 落髮航海, 隱于池之九華山. 送
> 童子下山詩云: (본시는 아래에 별도로 기술)(권73)

김지장(705-803)은 성덕왕聖德王 4년에서 애장왕哀莊王 4년까지 장수
한 승려로서, 《전당시》 소서小序를 보면, 「신라국 왕자로서 지덕 초년에
배 타고 바다를 건너와 구화산에 머물렀으며 시 한 수가 있다.(新羅國
王子, 至德初航海, 居九華山, 詩一首.)」라 하니 지덕초至德初라면 신라

경덕왕景德王 15-16년간이며, 현종玄宗 지덕 1~2년(756-757) 간이니, 현종 말기인 성당의 시 황금시대에 속한다. 김지장의 〈동자의 하산을 전송하며送童子下山詩〉를 본다.

> 텅 빈 대문 적막한데 자네는 고향 그리워
> 구름 덮인 방에서 이별하고 구화산 내려가는군.
> 즐거이 대 난간에서 죽마를 탔으며
> 느긋이 금 땅에서 금모래 모았었지.
> 냇물 가에 술병을 띄워 쉬며 달을 부르고
> 옹이에 차 끓이며 마냥 꽃을 희롱하였지.
> 잘 가게! 눈물 자주 흘려선 안 되나니
> 노승은 안개 낀 노을을 벗하네.
> 空門寂寞汝思家, 禮別雲房下九華.
> 愛向竹欄騎竹馬, 懶于金地聚金沙.
> 添甁澗底休招月, 烹茗甌中罷弄花.
> 好去不須頻下淚, 老僧相伴有烟霞.

　　시선詩仙 이백李白(700-760)과 시불詩佛 왕유王維(701-761), 시성詩聖 두보杜甫(712-770)를 위시하여 중당대 위응물韋應物(736-830?), 왕창령 王昌齡(698?-756?), 유장경劉長卿(709-780?) 등 많은 걸출한 시인들이 생존하던 시기인 만큼, 김지장은 비록 승려로서 안휘安徽성 청양靑陽현에 있는 구화산九華山에 은거했으나, 그 당시의 문풍을 배제할 수 없었을 것이다. 이 칠언율시는 구화산에 은거 중의 작시로서, 정경교융情景交融 (시인의 정감과 경물이 서로 조화를 이룸)이 짙으며, 묘사가 진솔하여 전형적인 성당의 풍미를 준다. 김지장이 생존했던 시기와 연관된 시대적 조류를 파악하는 의미가 있다고 본다.

　　김지장의 이름으로 전해지는 〈혜미에 보답하며酬惠米詩〉가 《전당시보편全唐詩補編》(《전당시속보유全唐詩續補遺》부록)에 수록되어 있다. 시가 본래 《가정지주부지嘉靖池州府志》(권9)에 실려 있던 것을 천상쥔陳尙君 교수가 발굴하여 수록하였다.(1992년) 시의 위작僞作 여부를 떠나서5), 시 내용이 고승다운 품성은 보이지 않으나, 중국의 서적을 통해서 신라인의 시로 전해진다는 그 자체로서, 적지 않은 의미와 가치를 지닌다고 본다.

> 황금 수레 버리고 스님 옷 걸치고서
> 수신하러 바다 건너 화산 서쪽에 왔네.
> 원래 스스로 황태자 몸인데도
> 불도를 사모하며 바리를 들고 쓰시었네.
> 감히 문을 두드려 구하는 말 못하고
> 어제는 보낸 쌀 가져다 새벽에 밥을 지었네.
> 그리고 오늘 저녁은 죽대 뿌리밥을 먹었는데
> 배불리 먹어 지난날의 굶주림 잊었네.
> 棄却金鑾衲布衣, 修身浮海到華西.
> 原身自是皇太子, 慕道相逢柯用之.
> 未敢叩門求地語, 昨叨送米續晨炊.
> 而今殘食黃精飯, 腹飽忘思前日飢.

신라 왕자인 김지장(705-803)은 지덕 초년에(756) 당나라에 들어가서, 근 40년간 선승으로 수도하다가 99세에 열반에 들었으니, 《전당시속보유》부록 〈우방생평기友邦生平記〉에 보면, 「나이 99세에 문득 제자들을 불러 고별하니, 단지 산이 울리며 돌이 떨어지는 소리만 들리더니, 갑자기 상자 속에서 책상다리하고 앉았다. 3년이 지나 열고 탑에 들어

---

5) 周贊《九華山志》卷10:「無論太白詩末有次韻之習, 金地藏末爲天子第, 此等詩眞令人見而欲嘔. 曾學爲詩者亦不鄙俚至此, 此并未嘗學爲詩而托名太白地藏者也.」

가니, 얼굴 모습이 살아 있는 것 같았고, 마주 드니 움직이는데 뼈마디가 쇠사슬을 흔드는 것 같았다.(年九十九, 忽召徒衆告別, 但聞山鳴石隕, 俄頃趺坐於函中, 泊三稔, 開將入塔, 顔貌如生, 舁之而動, 骨節若撼金鎖焉.)」라고 기술하였다.

2) 신라여왕 김진덕金眞德의 〈태평시太平詩〉(《전당시》권797)

본 시화 권80에 기재된 부분을 다음에 본다.

> 태종이 신라왕 선덕의 여동생 진덕을 왕으로 세웠다. 영휘 원년 진덕이 백제 무리를 대파하고 그 동생 법민을 보내어 알려 드렸다. 진덕이 이에 비단에 오언시 〈태평송〉을 지어서 바치니, 그 가사에 이르기를; 「(본시는 아래에 별도로 기술)」
> 太宗立新羅主善德妹眞德爲王. 永徽元年, 眞德大破百濟之衆, 遣其弟法敏以聞. 眞德乃織錦作五言太平頌以獻之, 其詞曰; (본시는 아래에 별도로 기술)

김진덕은 곧 진덕여왕眞德女王이다. 김진덕은 이름이 덕만德曼으로, 진평왕眞平王 백정白淨의 이모제異母弟 국반國飯 갈문왕葛文王의 여식으로 외모가 수려하여, 「자질이 풍섬하고 미려하고, 키가 7척이며 손을 내리면 무릎을 지나쳤다.(資質豊麗, 長七尺, 垂手過膝.)」(《삼국사기三國史記》권5)라고 하였다. 신라 성골로서 실력파인 김춘추金春秋와 김유신金庾信의 추대를 받아서 왕위에 올랐다. 진덕여왕의 재위 기간은 7년(647-654)으로, 당 태종太宗 정관貞觀 21년(647)에 왕위에 오른 후에, 백제의 침입이 빈번하고 김춘추 등이 외교 교섭의 중요성을 강조하니, 당나라와의 교섭을 추진할 필요성을 절감하였다. 648년, 김춘추를 당나라에 파견하여, 당나라와의 관계를 돈독하게 하였는데, 김춘추를 당에 보낸 목적은 첫째 국자학國子學과 관계를 통하여 문화의 도입을 추진하고, 둘째 고구려와 백제에 대처하기 위한 청병을 원하고, 셋째 각종 장복을 개정하여 중화제中華制를 추종하고, 유학생을 파견하여 문물을 습득케 하는 데 있었다.6) 당 고종高宗이 즉위하던 650년에 김춘추 아들 김법민金法敏을 당에 파견하여 즉위를 축하하고 백제와의 전쟁의 승리를 알리게 하였다. 진덕여왕은 〈태평송太平頌〉을 지어 김법민을 통해 전달하니, 당나라 고종은 시를 받아 본 후에 극찬하고 김법민에게 즉시 대부경관大府卿官의 직책을 제수하였다. 진덕여왕의 〈태평시〉(《전당시》 권797)를 본다.

위대한 당나라 건국의 대업을 여시어
높게 우뚝 황제의 계략 창성하시라.
전쟁을 그치사 오랑캐 평정하시고
문물을 닦아 역대 왕업을 이으셨도다.
온 하늘이 숭고한 비를 베푸사
모든 사물을 다스려 밝은 이치 지녔어라.
깊으신 인덕은 해와 달과 조화를 이루고
길운을 다루시어 평강을 힘쓰시네.
나부끼는 깃발 이미 빛나시니
징과 북은 어찌도 요란하신가.
오랑캐 중에 명령을 어기는 자
잘리고 뒤집혀 큰 재앙 입으리라.
온화한 바람이 우주와 어울려
멀리 가까이 상서로운 기운을 드리네.
사계절은 임금의 덕과 같이하고

---

6) 拜根興 《七世紀中葉唐與新羅關係研究》 p.27-29(中國社會科學出版社, 2003)

해달과 다섯 별은 만방을 살피시네.
산악의 정기가 재상을 내리사 보필케 하고
황제는 충신을 두루 쓰시도다.
삼황오제께서 모두 한결같은 덕으로
우리 당나라 황실 길이 밝히소서.

大唐開鴻業, 巍巍皇猷昌.
止戈戎衣定, 修文繼百王.
統天崇雨施, 理物體含章.
深仁諧日月, 撫運邁時康.
幡旗旣赫赫, 鉦鼓何鍠鍠.
外夷違命者, 剪覆被天殃.
淳風凝宇宙, 遐邇競呈祥.
四時和玉燭, 七曜巡萬方.
維嶽降宰輔, 維帝任忠良.
五三咸一德, 昭我唐家皇.

시의 작시 연대는 《전당시》나 《삼국사기》(본기本紀)에 모두 고종 영휘永徽 원년이라 기술하고 있어서, 진덕여왕 태화太和 4년(650)에 지었음을 알 수 있다. 작시 동기는 《삼국사기》에 다음과 같이 기록되어 있다.

> 6월에 사신을 당나라에 보내려는데, 백제의 무리를 격파한 일을 아뢰니 왕이 천에다 오언시 〈태평송〉을 지어 김춘추의 아들 법민을 보내 당나라 황제에게 바쳤다. …
> 六月遣使大唐, 告破百濟之衆, 王織綿作五言太平頌, 遣春秋子法敏以獻唐皇帝. …

신라와 당 초기의 상호 우의를 기술하고 있는데, 〈태평시〉의 가치는 고려조 이규보李奎報(1168-1241)의 다음 글에서 그 단면을 알 수 있다.

신라 진덕여왕의 〈태평시〉는 《당시유기》에 실려 있는데, 그 시는 풍격이 높고 고담하며 웅혼하여, 초당의 여러 작품에 비해서 뒤지지 않는다. 이때는 동방의 문단이 아직 성행하지 않아서, 을지문덕 외에는 이름이 없었다. 여왕이 이러하니 또한 기특하도다.

新羅眞德女王太平詩, 載於唐詩類記, 其詩高古雄渾, 比始唐 諸作, 可相上下. 是時東方文風未盛, 乙支文德外, 無聞焉. 而女主 乃爾, 亦奇矣.(《白雲小說》)

김진덕의 〈태평시〉를 초당 시풍에서 본다면, 고풍古風(고체시)으로 율시의 완성 이전에 속하는데, 압운법押韻法과 어법이 근체시에 비슷하여서, 혹시나 후대의 위작인가 하는 회의가 들기도 한다. 어법상 고시古詩는 연개사連介詞로 '이而', '이以', '차且', '지之', '어於' 등이 쓰이고, 대명사로는 '기其', '이已', '피彼', '소所', '자者', '연然', '이爾'를, 부사로는 '일하一何', '하기何其', '홀부忽復' 등, 어조사에는 '야也', '의矣', '호乎', '이耳' 등이 활용되는데[7] 〈태평시〉는 고시의 체법을 거의 쓰지 않고, 근체시에서 통용하는 하나의 운으로 시 전체를 압운하는 일운도저一韻到底하고 있어서, 장편율시인 배율排律 형식이라고도 볼 수 있다. 한국 한시단에서 가장 초기의 당풍唐風을 지닌 시라고 할 것이다. 시에 대해서 조선조 이수광李晬光(1563-1628)은 《지봉유설芝峰類說》에서 이규보의 말을 따라서 서술하기를,

당시집 중에 실린 신라 진덕왕의 비단시는 고고하고 웅혼하여, 초당 여러 작품에 비해서 뒤지지 않는다. 이때는 동방의 문풍이 성행하지 않아서, 을지문덕의 절구 한 수 외에는 전해지는 것이 없는데, 여왕이 곧 이러하니 또한 기특하다.

---

7) 졸저 《中國唐詩研究》 제1편(國學資料院, 1994)

唐彙中所載新羅眞德王織錦詩, 高古雄渾, 比始唐諸作不相上
下. 是時東方文風未盛, 乙支文德一絶外無聞焉, 而女主乃爾亦奇
矣.

라고 높이 평가하였으며, 조선조 김만중金萬重(1637-1692)은《서포만필
西浦漫筆》에서 논평하기를,

> 신라 진덕의 면직에 쓴 송덕시는 전체가 전아하여, 전혀 변방
> 외족의 기풍이 없다. 그때는 삼한의 글이 아마도 이럴 수 없으니,
> 곧 황금으로 중국인에게서 구입한 것이 아닐까?
> 新羅眞德織綿頌德詩, 全篇典雅, 絶無夷裔氣爾. 時三韓文字,
> 恐不能如此, 無乃以金購於華人耶?

라고 하여 시가 바르고 고상하여(典雅), 중국의 전통적인 풍격을 지니
고 있음을 밝히고 있는데, 다만 시의 격조가 너무 우아하여 혹시 당대
시인의 시를 빌린 것이 아닌지 의문점을 보이기도 한다. 근자에는 김태
준金台俊이 시의 풍격을 중국 시평에서 인용하면서, 시의 역할과 실질적
인 작자까지 서술하고 있다.

> 唐書와 三國史記에도 실려 있으며 唐詩品彙에는「高古雄渾하야
> 與初唐諸作으로 頡頏이라」하며 陳眉公은 古今女史에 評호대 明良相
> 得, 乃克有濟하니 久矣라 天子降于卿士, 義取諸此眞德見及足滿哲頌並
> 傳이라 하였다. 이것이 中國人들의 評이다. 인제 李朝 金西浦의 漫筆
> 을 보면「眞德의 織錦頌德詩, 全篇典雅, 絶無夷裔氣…」라 하고 近者에
> 金昇圭氏의 桂山詩話에는「辭氣婉轉하고 風韻雅麗하니 深得葩經之體
> 라」고 하였다. 遐邦美人이 美麗한 句로써 美絹 속에 아름답게 싸서
> 들이니 이제 아무리 唐太宗의 鐵腸인들 魅惑되지 아니하랴? 이것이
> 新羅의 外交術이었다. 詩風은 雅麗하야 初唐의 風致가 있으며 朝鮮漢

詩도 이에 닐으러 體裁가 具備하였음을 알겠다. 妄談이지만은 當時의 國情과 外交와 文壇形便을 보아 적어도 强首 같은 사람이 아니면 짓지 못하였을 듯하다.[8](필자 주: 원문을 현재 한글체로 다소 번안했음)

위의 김태준의 글을 풀어서 보면 다음과 같다.

《구당서》,《신당서》와 《삼국사기》에도 실려 있으며 《당시품휘》에서는; 「높고 예스러우며 웅혼하여서 초당 작품과 비길 만하다.」라 하고, 명나라 진계유陳繼儒는 《고금여사》에서 평하기를, 「임금은 현명하고 신하는 충성되고 선량하니, 곧 능히 나라의 흥성이 오래 가리라. 천자가 대신에 내리사 뜻을 여기서 취하니, 김진덕이 보고 매우 빼어난 송덕시라 흡족히 여겨 전하였다.」라 하였다. 이것이 중국인들의 평이다. 이제 조선 김만중의 《서포만필》을 보면; 「진덕 여왕의 면직에 쓴 송덕시는 시 전체가 전아하여 전혀 변방 사람의 기풍이 없다.…」라 하고, 근자에 김승규씨의 《계산시화》에는; 「어사의 기운이 아름답고 운치가 우아하고 미려하니 깊이 《시경》 체제를 지니고 있다.」라고 하였다. 먼 나라의 미인이 시구로 아름다운 비단 속에 아름답게 싸서 드리니, 이제 아무리 당 태종의 철석같이 굳은 마음인들 매혹되지 아니 하겠는가? 이것이 신라의 외교술이었다. 시풍은 우아하고 미려하여 한국 한시도 이에 이르러 체재가 갖추어 졌음을 알 수 있다. 허튼 말이지만, 그 당시의 나라 사정과 외교와 문단의 형편을 보아 적어도 강수 같은 사람이 아니면 짓지 못하였을 것 같다.

위의 글에서 시의 역사적 사실과 가치를 중시하고 있다. 삼국통일을

---

8) 金台俊《朝鮮漢文學史》p.16-17(朝鮮語文學叢書1) 京城 朝鮮語文學會 發行, 漢城圖書株式會社 印刷. 昭和 6年.

추진한 신라로서는 당의 출현과 그 유대관계가 매우 중대한 국가정책
이었다고 보면, 소국이 대국을 상대하는 의식과 예절을 추측하게 된다.

《당시기사》에 실린 신라인 시를 소개하면서, 한중 한시의 비교 차원
에서 중국시 총서 중에 수록된 신라인 시는(본 시화의 신라인을 포함),
한국한시사적인 위상으로 보아 매우 중요한 자료인 만큼, 독자 이해의
폭을 넓히는 의미에서 덧붙여서 서술하고자 한다.

> 《전당시全唐詩》: 王巨仁〈憤怨詩〉(권31)、薛瑤〈謠〉(상동 권799)
> 《전당시일全唐詩逸》: 崔致遠〈兗州留獻李員外〉(권중)、金可紀〈題遊
> 仙寺〉(권중)
> 《전당시보편全唐詩補編》: 道允〈辭雪峰和尙〉(《전당시속습全唐詩續
> 拾》권31)、慧超〈逢漢使入蕃略題四韻〉 등 2수(《전당시보일全唐詩補
> 逸》권19)、〈南天路言懷〉 등 3수(《전당시속습》권10)、崔致遠〈偈〉(《전
> 당시속습》권23)、靈照〈和麗天和尙頌〉(《전당시속습》권15)、金地藏〈酬
> 惠米詩〉(《전당시속보유全唐詩續補遺》부록)

위의 자료 중에서 설요薛瑤와 김가기金可紀의 시를 각각 예로 들어
보기로 한다.9) 설요와 그 시를 보면,《전당시》소서小序에 「설요는 동명
국인이다. 좌무위장군 승충의 딸로 곽원진에 시집가서 첩이 되었으니,
시 한 수가 있다.(薛瑤, 東明國人. 左武衛將軍承沖之女, 嫁郭元振爲妾,
詩一首.」(《전당시》권799)라 하고 같은 책 주석에 이르기를,

> 〈요〉는 일명 〈반속요〉라고도 하니, 설씨의 나이 15세에 머리 깎
> 고 출가하였다가, 6년을 수도하며 가요를 지었다. 마침내 환속하여

---

9) 신라인 시에 관한 자세한 내용은 졸저《新羅와 渤海 漢詩의 唐詩論的 考察》
   푸른사상 2009 참조

곽진에게 시집갔다.

　謠一作返俗謠, 薛氏年十五, 翦髮出家, 六年, 爲謠云云, 遂返初
服, 歸郭.(《전당시》권799)

라 하니 부친인 설승충薛承沖이 당대 고종 때에 김인문金仁問을 따라서
당나라에 입국하여 당나라와 인연을 맺게 된 것이다. 설요의 생평은
분명하지 않으나, 진자앙이 지은 〈관도 곽공의 첩 설씨 묘지명館陶郭公姬
薛氏墓誌銘〉(《진자앙집陳子昻集》권6)에서 대략 설요의 일생을 알 수 있다.

　　첩의 성은 설씨이며 동명국왕 김씨의 혈통이다. 옛날 김왕은 사
랑하는 아들이 있었는데 따로이 설에서 식읍을 하였기에 성으로
하였다. 대대로 김씨와 혼인하지 않으니, 그 고조 증조 다 김왕의
귀한 신하인 대인이었다. 부친 승충이 당대 고종 때 김인문과 함께
나라에 드니, 황제가 그 공적에 보답하여 좌무위장군을 제수하였
다. 첩은 여려서 옥 같은 미색을 지니어, 고운 꽃이 피니 마치 채색
구름이 아침에 떠오르고, 어스름한 달이 밤에 비치듯 하였다. 그리
하여 집안사람들이 그를 아름답다고 하여 어릴 때 선자라고 불렀
다. 영대에 공작과 봉황이 있다는 말을 듣고 설요는 마음에 기뻐하
였다. 나이 열다섯에 대장군이 죽자, 마침내 머리를 깎고 출가하여
부처의 법도를 배우고, 절의 보살을 만나서 마음 가꾸기를 6년이
되어도, 진정한 불심을 얻지 못하니, 이에 가요를 짓고 환속하여
곽공에게 시집갔다. 곽공은 호탕하고 호기 있는 사람이라, 각종
패물로 그녀를 맞고, 보배로운 금슬로 짝하니, 그 모습이 마치 파랑
새 비취새가 교태하는 듯 하였다. 화려하고 아름다운 모습이 시들
고, 즐거움이 다하고 슬픔이 닥쳐와서, 장수 2년 계사년 2월 17일
질병에 걸려서 통천현 관사에서 죽었다. 아아 슬프다, 곽공이 슬퍼
서 어쩔 줄 모르며 아직 죽지 않은 듯이 하였다. 보배 구슬로 물리고
비단이불로 싸서, 고향 길이 멀어 도달치 못할까 하여, 현의 혜보사
남원에 빈소를 두어, 정숙함을 잊지 않았다. 명문에 이르기를 「높

은 언덕의 흰 구름에 만날 날 언제일까. 정숙한 그대 영원히 떠나감을 슬퍼하노라. 절간의 봄날을 느끼나니, 원컨대 파랑새 되어 날개를 길이 나란히 하여, 혼백이라도 와서 고향에서 놀기를.」

姬人姓薛氏, 東明國王金氏之胤也. 昔金王有愛子, 別食於薛, 因爲姓焉. 世不與金氏爲姻, 其高曾皆金王貴臣大人也. 父承沖有唐高宗時與金仁問歸國, 帝疇厥庸, 拜左武衛將軍. 姬人幼有玉色, 發於襁褓, 若彩雲朝升, 微月宵暎也. 故家人美之, 少號仙子. 聞嬴臺有孔雀鳳凰之事, 瑤情悅之. 年十五, 大將軍薨, 遂翦髮出家, 將學金仙之道, 而見寶手菩薩, 靚心六年, 靑蓮不至, 乃作謠, 遂返初服而歸我郭公. 郭公豪蕩而好奇者也. 雜佩以迎之, 寶琴以友之, 其相得如靑鳥翡翠之婉孌矣. 華繁艶歌, 樂極悲來, 以長壽二年太歲癸巳二月十七日, 遇疾卒於通泉縣之官舍. 嗚呼哀哉, 郭公怳然, 猶若未之亡也. 寶珠以含之, 錦衾而擧之, 故國途遙, 言歸未迨, 留殯於縣之惠普寺之南園, 不亡貞也. 銘曰: 高邱之白雲兮, 願一見之何期. 哀淑人之永逝, 感紺園之春時. 願作靑鳥長比翼, 魂魄來兮遊故國.

위의 글에서 설요의 부친 승충의 입당 시기는 고종 영휘 2년(651)이며, 설요 나이21세에 곽진郭震(656-713, 자가 元振)에게 첩으로 시집가서, 중종中宗 장수長壽 2년(693)에 졸하였음을 알 수 있다. 곽진은 병부상서兵部尙書와 삭방대총관朔方大總管을 지내고, 외족을 정벌한 공로로 봉대국공封代國公과 어사대부御史大夫에 천하행군대원수대天下行軍大元帥까지 역임한 군벌이며 시인이다. 그의 시는 《전당시》(권66)에 한 권이 수록되어 있고 산문도 5편이 전해진다.(《전당문全唐文》권205). 설요의 〈가요謠〉(일명 반속요返俗謠)를 본다.

구름같이 맑고 깨끗한 마음이 되니
생각이 정숙하고

동굴은 죽은 듯 고요하여

아무도 보이지 않네.

아름다운 풀 향긋하니

그리움이 향기롭게 솟구치니

어이할까, 이 청춘을.

化雲心兮思淑貞, 洞寂滅兮不見人.

瑤草芳兮思芬蒕, 將奈何兮青春.

《전당시》권799)

　　시가 《초사楚辭》의 굴원屈原 작품인 〈이소離騷〉에서 '혜兮'자를 사용
하는 이소체離騷體를 따르고 있으며, 시어 또한 '운심雲心'(구름 같은
마음, 담백한 마음), '요초瑤草'(옥돌 같이 아름다운 풀) 그리고 '숙정淑
貞'(맑고 정숙함), '분온芬蒕'(향기롭고 기운이 왕성함) 등을 써서 비의
법을 구사하고 있다. 시 형식은 율시 이전의 고체시이다. 부친 설승충의
신분상, 그 진위에 따라서 설요의 생존연대와 시의 시풍이 관계되기
때문에, 조선조 후기 한치윤韓致奫(1765-1814)의 《해동역사海東繹史》(권
70)에서의 설승충 입당 후에 대한 다음 기록은 참고가 된다.

　　…… 진자앙이 말하는 설승충은 내 생각으론 신라인 설계두인데
승충으로 개명한 것이다. 그러니 튼튼한 호위로 고종에게서 벼슬
받았다 함은 맞지 않다. 이미 이르기를:「김인문과 입국하였으면
김인문의 입당은 태종 때가 아닐는지.」또 이르기를:「황제가 그
공로를 보답하였다면 계두가 정벌에 따라가서 공을 세우니 황제가
그를 가상히 여겼다.」라 하는데, 그 소위 황제란 내 생각으론 태종
이 된다. 정관 19년 을사년에 설장군이 죽은 것으로 고증되면, 그때
설요는 15세이며 신묘생이니, 이는 설장군이 입당한 지 10년에 비
로소 그 딸을 낳은 것이 된다.

　　…… 子昻所謂薛承沖, 余以爲新羅人薛罽頭, 改名承沖也. 然則

武衛之拜於高宗者, 非也. 旣曰: 與金仁問歸國, 則仁問之入唐或
在於太宗之時歟. 又曰: 帝疇厥庸, 則闞頭從征有功, 故帝嘉之也.
其所謂帝者余以爲太宗也. 考貞觀十九年乙巳薛將軍死之, 其時
姬年十五, 則姬辛卯生, 是薛將軍歸唐十年, 始生斯女也.

위의 글로는 설계두가 승충이라면, 그가 무덕武德 4년(621)에 입당하
고, 태종太宗 정관貞觀 19년(645)에 졸했으며, 설요는 태종 정관 5년(631)
에 출생한 것이 된다. 진자앙과 김인문의 입당 연대와 설장군과는 별개
의 사적이 되고, 설요의 생존 시기는 30여 년 빨라지는 것이다. 한치윤
의 주장은《삼국사기》〈열전列傳제7〉에 연유해서 나온 것인 듯하니,
승충과 계두가 동일 인물이냐는 의문점이 밝혀져야 한치윤 설이 인정
될 것이다. 이어서 신라인으로 당나라에 유학하여 신선이 되었다는
전설을 지닌 김가기金可紀의 〈유선사를 제목으로題遊仙寺〉(《전당시일》
권상) 시구를 본다.

> 물결이 모난 돌 치니 길게 비 오듯 하고
> 바람이 성긴 솔에 세차니 정말 가을 같네
> 波衝亂石長如雨
> 風激疎松眞似秋.

당나라 국교인 도교道敎의 본산인 종남산終南山의 풍경을 묘사한 구
절로서, 김가기가 우화등선羽化登仙 즉 몸에 날개가 돋아 신선이 되어
하늘로 올라간 전설은 신라인의 긍지심을 갖게 하였다. 한치윤의《해동
역사》(권67)에는《태평광기太平廣記》에 수록된 고사를 아래와 같이 인
용하고 있다.

김가기는 신라인이다. 빈공 진사로 성품이 조용하고 자상하여

도술을 좋아하며, 화려하고 사치한 것을 좋아하지 않았다. 때론 기를 마셔 몸을 닦으며, 스스로 학식 넓히길 즐겨서 문장이 뛰어나다고 여겼다. ……당나라 대중 12년 12월 문득 임금께 글을 올리기를, 「소신은 옥황상제를 모시어 영문대시랑으로 명받으매, 명년 2월 25일 하늘로 올라가는 시기입니다.」라 하니 선종이 매우 기이하게 여겨서, 왕명 전하는 내시인 중사를 보내어 입궐토록 하였으나, 굳이 사절하고 들지 않았다.……2월 25일 봄날 예쁜 꽃들이 찬란한데, 과연 오색구름에 학이 울고 봉황과 고니가 날며, 생황과 퉁소, 악기들이 울렸다. 깃털 덮개와 옥 바퀴의 수레에 깃발 달고서, 온 하늘에 신선들이 매우 많은데 승천하여 떠나갔다. 조정 백관과 백성들 구경꾼이 산 계곡을 가득 메워서 우러러보며 그 기이함에 감탄해 마지않았다.

> 金可紀新羅人也. 賓貢進士, 性沈精好道, 不尙華侈. 或服氣鍊形, 自以爲樂博學强記屬文.……唐大中十二年十二月, 忽上表言, 「臣奉玉皇詔爲英文臺侍郎, 明年二月二十五日, 當上昇時.」 宣宗極以爲異, 遣中使徵入內, 固辭不就.……二月二十五日春景硏媚花卉爛漫, 果有五雲唳鶴翔鸞白鵠笙簫金石. 羽蓋瓊輪幡幢, 滿空仙仗極衆, 昇天而去. 朝列士庶觀者, 塡隘山谷, 莫不瞻禮歎異

김가기가 승천한 시기는 당나라 선종宣宗 대중大中 12년의 이듬해인 대중 13년(859)이고, 장소는 장안 교외의 도교 본산인 종남산終南山이었다.

4. 《당시기사》에 실린 발해 시인의 시

고구려가 멸망하고 고왕조영高王祚榮(재위 689-719)이 발해를 건국하여, 15대 말왕末王 인선諲譔(재위 907-926)까지 당과 밀접한 관계를 유지하면서, 국력을 배양하고 독자적인 문화를 형성하였다. 유학을 중시하여 주자감冑子監을 설치하고, 경서를 교육하였으며, 당나라에 유당생留

唐生을 유학시켜서 신라보다 더 많이 교류하였다.《신당서新唐書》〈발해
전渤海傳〉에, 「그 왕이 자주 제생을 경사의 태학에 보내어 고금의 제도
를 익히게 하다.(其王數遣諸生詣京師太學, 習識古今制度.)」라고 기록
하고 있다. 중국의 성왕을 숭상하여 〈정효공주묘지貞孝公主墓誌〉에는,
「순임금을 짝하고 우임금을 닮으며, 탕임금을 따르고 주문왕을 감싸서
지니다.(配重華而肖夏禹, 陶殷湯而韜周文.)」[10]라고 하여, 발해의 문물
이 흥성하고 문학을 숭상하였음을 확인할 수 있다.

　　발해인의 시는《동문선東文選》등 국내 각종 문집에서 전혀 발견된
바가 아직 없다. 다만 중국《전당시》와《전당시보편》에 지역적으로 '발
해'에 속했던 '발해적渤海籍' '수脩' '유주幽州' 등 출신의 당나라 문인의
시가 76수에 달한다. 그 외에 '발해적'인 고적高適의 시는《전당시》(권
211-214)에 4권 분량이나 된다. 본 시화에 수록된 고근高瑾 등 5인의
시는 청대 편찬된《전당시》에 수록되는 근거 자료가 되었다.

1) 고근高瑾(《당시기사》권7): 〈삼짇날 왕명부 산정에서 연회三月三日宴王明府
山亭〉등 4수(《전당시》권72)

　　본 시화 권7의 고근 부분을 다음에 보면,

　　　〈삼짇날 왕명부 산정에서 연회〉에 이르기를 「(시 전체를 수록하
　　였는데, 본문은 아래에서 분석.)」
　　　〈그믐날 림정〉에 이르기를 「(시 전체를 수록하였는데, 본문은
　　아래에서 분석.)」
　　　〈그믐날 다시 연회〉에 이르기를 「시 전체를 수록하였는데, 본문
　　은 아래에서 분석.)」

---

10) 방학봉《발해의 문화》p.252-278(정토출판, 2005).

〈상원날 밤 연회에 소유체를 본떠서〉에 이르기를: 「(시 전체를
수록하였는데, 본문은 아래에서 분석.)」

고근은 고사렴의 손자로 함형 원년에 진사 급제하다.

三月三日宴王明府山亭云: …(시 전체를 수록하였는데, 본문은
아래에서 분석.)

晦日林亭云: …(시 전체를 수록하였는데, 본문은 아래에서 분
석.)

晦日重宴云: …(시 전체를 수록하였는데, 본문은 아래에서 분
석.)

上元夜宴效小庾體云: …(시 전체를 수록하였는데, 본문은 아래
에서 분석.)

瑾, 士廉之孫, 登咸亨元年進士第.

라고 기재한 바, 《전당시》 주에 보면,

고근은 발해인으로 사렴의 손자이다. 함형 원년에 진사 급제하
다. 시 4수가 있다.

高瑾, 渤海人, 士廉之孫. 登咸亨元年進士第. 詩四首.

라고 기술하고 기타 자료도 모두 그 이상의 다른 내용이 없으며, 고종
함형咸亨 원년(670)에 진사 급제하였으니 초당 때 사람이다. 고근 시
4수는 모두 회연에서 지은 것으로, 〈삼짓날 왕명부 산정에서 연회三月三
日宴王明府山亭〉은 6인이 같이 지은 시로 손신행孫愼行이 서序를 지었고,
〈상원날 밤 연회에 소유체를 본떠서上元夜宴效小庾體〉는 상원上元에 놀
이하며, 6인이 '春'자운字韻으로 짓고 장손정은長孫正隱이 서序를 쓴 시
이다.[11] 같은 제목으로 〈그믐날 고씨림정의 연회晦日宴高氏林亭〉와 〈그

---

11) 《全唐詩》卷72 高正臣 부분에서 〈上元夜宴效小庾體〉 시에 대해 「上元之遊, 凡六

금날 다시 연회晦日重宴〉이 있다. 사언체四言體인〈삼짓날 왕명부 산정에서 연회三月三日宴王明府山亭〉를 본다.

늦봄 삼짓날에
봄옷을 비로소 다듬네.
동자 여덟 아홉이
낙수의 모퉁이에 있네.
강둑에는 풀이 변하고
굳은 나무에는 꽃이 피네.
은자가 말을 하면
신선이 배 타고 오네.
지저귀는 꾀꼬리 소리
붉은 뺨에 흐르듯 스며든다.
즐겁게 자리를 돌아가며 마시니
넉넉하고 한가롭도다.
暮春元巳,　春服初裁.
童冠八九,　于洛之隈.
河堤草變,　翠樹花開.
逸人談發,　仙御舟來.
間關黃鳥,　瀲灧丹腮.
樂飮命席,　優哉悠哉.

　시의 압운이 다듬어지지 않은 점으로 보아 시경체를 모의하였다. 내용상으로는 연회의 여러 시인이 서로 같은 운韻으로 화답하여 짓는 창화시唱和詩인 만큼, 동일 운으로 산수의 풍경과 정감을 토로하는 형식

人,　皆以春字爲韻,　長孫正隱爲之序.」라 하고〈三月三日宴王明府山亭〉에 대해서는「同賦六人,　孫愼行爲之序.」라 하였다.

을 취하고 있다. 시에서 탈속적인 자연의 흥취를 담으려 하였다. 〈그믐날 고씨림정의 연회晦日宴高氏林亭〉를 보자.

산 정자에 들어 바라보니
석숭의 집이라 하네.
2월의 경치 일어나니
봄날에 복사와 오얏꽃이로다.
꾀꼬리는 높은 나무에서 울고
기러기는 모래밭에 가서 쉬네.
서로 보며 같이 취하니
어찌 돌아갈 길이 먼 걸 알리오.
試入山亭望, 言是石崇家.
二月風光起, 三春桃李華.
鶯吟上喬木, 雁往息平沙.
相看會取醉, 寧知還路賖.

연시聯詩인데, 21인이 연회에 참석하였고 거기서 창화하면서 지은 시의 하나이다. 진대晋代 석숭石崇(249-300)의 집안 연회를 회상하면서, 이른 봄의 정취를 만끽하고, 우의를 돈독히 하는 소회를 담고 있다. 〈그믐날 다시 연회晦日重宴〉도 위의 시에 이어서 다시 베푼 연회에서 지었으므로 그 정취가 상통한다.

문득 꾀꼬리 소리 계곡에 울리니
여기에 친한 님들 함께 하네.
마침 팽택의 술을 열어서
고양 연못으로 향하노라.
버들잎이 바람 앞에 하늘대고
매화 그림자는 오롯이 서 있네.

숲 정자의 저녁을 맘껏 구경하니
지는 햇빛이 흩어져 드리운다.
忽聞鶯響谷, 於此命相知.
正開彭澤酒, 來向高陽池.
柳葉風前弱, 梅花影處危.
賞洽林亭晩, 落照下參差.

　　동진東晉 전원시인 도잠陶潛(365-427 도연명陶淵明)의 정신세계와 시 후반에서 육조六朝 시대 송宋나라 산수시인 사령운謝靈運(385-433)의 섬세한 산수 묘사를 추구한 공령성空靈性 즉 공허한 상상 속에 신령한 느낌을 보여준다. 시에서 '팽택彭澤'은 도잠이 현령을 지내다가 80여 일 만에 그 유명한 〈귀거래사歸去來辭〉를 읊고 전원으로 돌아간 지방이며, '고양高陽'은 '고양주도高陽酒徒' 즉 '고양의 술꾼'이라는 당사자인 한나라 초기의 역이기酈食其('食'은 인명에는 '이'라 읽음)를 일컫는 말이니, 두 시어는 술과 깊은 관계가 있는 표현이다. 앞의 시보다 더욱 탈속의 의취를 담고 있어서, 전원으로의 회귀 의식이 보인다. 제3, 4구에서 초봄의 정경인 버들잎이 하늘대고, 매화꽃이 곧게 돋아나는데, 석양을 배경으로 연회의 흥취를 극대화시키는 효과를 더하고 있다. 이어서 〈상원날 밤 연회에 소유체를 본떠서上元夜宴效小庾體〉를 본다.

새해 보름날 밤에
친한 이 한두 사람.
말 재갈을 잡고 골목을 나서
수레를 달려 연못가로 내려간다.
등불은 마치 달 같고
얼굴은 또 봄 같네.
그치지 않고 노닐면서

서로 기쁘게 해 뜨길 기다리네.
初年三五夜, 相知一兩人.
連鑣出巷口, 飛轂下池湑.
燈光恰似月, 人面倂如春.
遨遊終未已, 相歡待日輪.

밤새도록 달빛 아래 벗들과 노닐고 봄을 느끼면서, 날이 밝을 때까지 동지들과 정분과 의기를 나누면서, 삶의 애환을 교환하고 1년의 형통을 기원하는 심정을 노래하고 있다.

2) 고교高嶠(《당시기사》권7): 〈그믐날 고씨림정의 연회晦日宴高氏林亭〉, 〈그믐날 다시 연회晦日重宴〉(《전당시》권72)

본 시화 권7의 고교高嶠 부분을 다음에 보면,

> 〈그믐날 고씨림정의 연회〉에 이르기를: 「(시 전체를 수록하였는데, 본문은 아래에서 분석.)」
> 〈그믐날 다시 연회〉에 이르기를: 「(시 전체를 수록하였는데, 본문은 아래에서 분석.)」
> 고교는 사문낭중을 지내다.
> 晦日宴高氏林亭云: …(시 전체를 수록하였는데, 본문은 아래에서 분석.)
> 晦日重宴云: …(시 전체를 수록하였는데, 본문은 아래에서 분석.)
> 嶠, 爲司門郎中.

라고 하였다.《전당시》주에는 단지 「사문낭중은 시 2수가 있다.(司門郎中, 詩二首.)」라고 하였지만,《전당시대사전》에는 「발해 수인이다. 태종 때 재상 고사렴의 손자로 일찍이 창부원외랑과 사문낭중을 역임하다.

(渤海蓨(今河北景縣) 人. 太宗時宰相高士廉之孫, 曾任倉部員外郎, 司門郎中.)」라고 상세하게 기술하고 있다. 《중국문학가대사전》 당오대권唐五代卷에도 「발해 수인이다(渤海蓨人)」라고 기재하고 있어서 출신지는 분명하다. 고교는 생졸년이 불명하나, 태종 때 관직을 역임하였으니 초당 때 사람으로 본다. 그의 오언율시는 정격을 갖추고 있는데, 〈그믐날 고씨림정의 연회晦日宴高氏林亭〉를 본다.

> 높은 누각에서 봄을 기다리는 맘을 쓰고
> 연회를 열어 물가의 모래에 앉네.
> 쌓인 물방울은 이끼 빛 머금고
> 밝은 하늘에는 햇빛이 흐른다.
> 노래는 평양 댁에 들고
> 춤은 석숭의 집을 대하네.
> 말 탈 수 있을까 걱정 말지니
> 굴대 비녀장을 빼니 절로 수레 멈추네.
> 飛觀寫春望, 開宴坐汀沙.
> 積溜含苔色, 晴空蕩日華.
> 歌入平陽第, 舞對石崇家.
> 莫慮能騎馬, 投轄自停車.[12]

　　정월正月 그믐날에 고씨림정高氏林亭에서 3회의 회연에 잠석한 문사들이 '화華'자운으로 연시를 지어 《고씨삼연시집高氏三宴詩集》을 남겼는데[13] 《전당시》권72에 그 문인과 연회시를 수록하고 있다. 그들은 고정

---

12) 投轄투할: 손님이 타고 온 수레의 굴대 비녀장을 빼어 우물에 던진다는 뜻으로, 손님을 억지로 머무르게 함을 이름.

13) 《四庫全書總目》卷186에 《高氏三宴詩集》에 대해 기술하기를, 「唐高正臣編. 所載皆同人會宴之詩, 以一會爲一卷, 各冠以序, 一爲陳子昻, 一爲周彦暉, 一爲長孫正

신高正臣、최지현崔知賢、한중선韓仲宣、주언소周彦昭、고구高球、궁사초弓嗣初、고근高瑾、왕무시王茂時、서호徐皓、장손정은長孫正隱、고소高紹、낭여령郞餘令、진가언陳嘉言、주언휘周彦暉、고교高嶠、유우현劉友賢、주사균周思鈞 등인데, 계유공의《당시기사》(권7)에는 위 시를 지은 문사가 21인으로 진자앙이 시집의 서문을 썼다고 하였다. 그 서문의 일단을 보면,

발해의 동족 가운데 빼어난 자 있으니, 평양의 귀족이다. 봉대에 올라 벗과 휘파람 불고, 그윽이 계천을 찬양하며 연회를 베푼다. … 갓끈 한 귀한 사람들 많이 모이니, 장안의 빈객들 많이 모신다. 빼어난 인재들이 옥 같은 소리 울리니, 스스로 문장과 풍아가 있는 객이로다.
有渤海之宗英, 是平陽之貴戚. 發揮鳳臺而嘯侶, 幽贊鷄川而留宴. … 冠纓濟濟, 多延戚里之賓; 鸞鳳鏘鏘, 自有文雅之客.

라고 하여 문사 중에 여러 명의 발해 출신자가 참여하였는데 고교高嶠、고근高瑾 등이며 생평상에 기록되지는 않았지만 고씨들은 대개 발해인이 아닌가 추측된다. 시의 제2,3연이 대구를 이루고, 압운도 한 가지 운韻으로 압운하는 일운도저一韻到底를 취하고 있는 전형적인 율시로서, 세속의 명성을 초탈하고픈 귀전원적인 풍격을 보인다. 제3연에서 한나라 고조高祖 유방劉邦을 보필하여, 천하를 평정한 공신인 평양후平陽侯 조참曹參과 진晉나라 고관이며 부호인 석숭石崇의 고사를 비유하여, 자신의 평상심을 표현한다. 그리고 말연에서 관직에 나아갈 의지가 없음을 토로하고 있다. 〈그믐날 다시 연회晦日重宴〉를 보자.

隱. 三會正臣皆預, 故彙而編之. 與宴者凡二十一人云云.」하였다.

가마 타고 뛰어난 벗을 찾고
기뻐하며 안지를 내려다보네.
가시나무에 서성대며 옛 친구 만나고
계수나무에 머뭇대며 친한 분들과 기뻐하네.
보랏빛 난초가 방금 오솔길에 돋는데
꾀꼬리는 나뭇가지에서 아직 울지 않네.
특별히 봄날을 즐기나니
푸른 하늘에는 구름과 안개가 걸쳐 있네.

駕言尋鳳侶, 乘歡俯雁池.
班荊逢舊識, 斟桂喜深知.
紫蘭方出徑, 黃鶯未囀枝.
別有陶春日, 靑天雲霧披.

앞의 시와 같이 동일한 시기에, 동일한 연회가 열린 장소에서 은일낭만의 감회를 묘사하고 있다. 회연에 9인이 '지池'자운으로 시를 지어 모아서, 주언휘周彦暉가 서문을 썼는데,[14] 제1연의 '가마 타고'(가언駕言)와 '기뻐하며'(승환乘歡)는 도연명陶淵明의 〈돌아가리라歸去來辭〉에서 시어를 차용하였고, 제2, 3연은 대구를 강구하여 연회에서 벗을 만나는 희열과 주변의 귀자연적인 경물묘사가, 마치 당나라 왕유王維(701-761) 시의 시 속에 그림이 있는(詩中有畵) 것 같은 색채 감각을 보여서, 화려하지만 경박하지 않다.

3) 봉오封敖(《당시기사》권50): 〈서은사를 제목으로題西隱寺〉(《전당시》권479)

　본 시화 권50의 봉오封敖 부분을 다음에 본다.

---

14) 《全唐詩》 卷72 高正臣 부분에 〈晦日重宴〉의 注에, 「是宴九人, 皆以池字爲韻, 周彦暉爲之序.」라 함.

봉오는 지주자사로서 〈서은사를 제목으로〉에 이르기를; 「(시 전체를 수록하였는데, 본문은 아래에서 분석.)」 봉오는 자가 석부, 기주인이다. 평소에 이덕유에게 인재로 중히 여겨졌다. 무종 때 조서를 내려 부상을 당한 변장을 위로하기를; 「그대 몸에 상처 받으니, 고통이 짐의 몸에 있도다.」라 하였다. 유진이 평정되니 이덕유가 태위로 추천하자, 봉오가 칙서를 초안하여 이르기를; 「계략이 다 나와 같고, 언사가 남을 미혹하지 않는다.」라 하니 모두 봉오가 지은 것이다. 끝으로 상서우복야를 지냈다. 재주가 높으나 행실이 검약하지 않아서 재상에 이르진 못하였다.

敎爲池州刺史, 題西隱寺云: (시 전체를 수록하였는데, 본문은 아래에서 분석.) 敎, 字碩夫, 冀州人. 雅爲李德裕所器. 武宗時, 詔慰邊將傷夷者曰:「傷居爾體, 痛在朕躬.」 劉稹平, 德裕進太尉, 制曰:「謀皆予同, 言不他惑.」 皆敎爲之. 終尙書右僕射. 才高而少行檢, 故不至宰相.

이어서 《전당시》 주를 보면,

봉오는 자가 석부이며 수인이다. 원화 연간에 급제하였다. 회창 초년에 좌사원외랑으로 한림학사, 지제고를 지내고 어사중승이 되었다. 대중 연간에 평로, 흥원절도사를 거쳐 끝으로 상서우복야를 지냈다. 지금 시 2수가 남아 있다.

封敎, 字碩夫, 篠人. 元和中登第. 會昌初, 以左司員外郎召爲翰林學士, 知制誥, 還御史中丞. 大中中, 歷平盧, 興元節度使, 終尙書右僕射. 今存詩二首.

라 하고 《전당시대사전》을 보면,

봉오는 자가 석부이며 항렬은 네 번째로서, 선세는 발해 수인이고 안읍에 거하였다. 원화 10년(815)에 진사가 되어, 우습유, 중서사인, 어사중승, 이부시랑, 태상경, 호부상서 등을 역임하고 상서우복

야로 관직을 마쳤다. 문장이 공교하여 시에 능하고 아울러 서법을
잘하였다.

　　封敖, 字碩夫, 行四, 先世爲渤海蓚人(今河北景人), 家于安邑
(今山西運城). 元和十年進士, 歷仕右拾遺, 中書舍人, 御史中丞,
吏部侍郎, 太常卿, 戶部尙書等, 官終尙書右僕射. 工文能詩, 兼善
書法.

라 하여《전당시》주注와 비교하여 관직으로 우습유右拾遺、이부시랑吏
部侍郎、대상경太常卿、호부상서戶部尙書 등을 지낸 것이 추가되어 있다.
그리고《중국문학가대사전中國文學家大辭典》당오대권唐五代卷에는 봉오
에 대해 장문으로 기술하고 있으니 다음에 본다.

　　봉오(?-862)는 자가 석부이며, 항렬은 네 번째이다. 조상이 발해
수(지금 하북성 경현) 사람이다. 원화 10년 진사 급제하였다. 강서
관찰사 배감이 막부에 두었다. 태화 연간에 우습유로 조정에 들어
갔다. 개성 연간에 또 원외랑에서 지주자사로 나갔다. 회창 2년
12월에 좌사원외랑과 시어사에서 여러 일을 잘 안다고 하여 한림학
사가 되었다. 동월, 가부원외랑으로 옮겼다. 3년 5월에 지제고가
되었다. 9월에 공부시랑지제고에 발탁되고 여전히 한림학사로 있
게 되었다. 5년 3월에 한림학사를 그만두고 나가서 원래 직책을
지키다가 곧 어사중승으로 관직이 바뀌었다. 6년 사형수를 잘못
다스려서 다시 공부시랑이 되었다. 선종이 즉위하여 예부시랑으로
옮기었다. 대중 2년 지공거로서 문사를 많이 발탁하여 이어서 이부
시랑이 되었다. 4년 8월 산남서도절도사로 나갔다. 8년에 좌산기상
시로 들어갔다. 11년 8월에는 태상경을 제수받았다. 그 이듬해 10월
에 사저에 구부락을 설치하여 일을 살핀다는 이유로 국자좨주로
좌천되었다. 얼마 안 있어 다시 태상경을 제수받았다. 함통 2년
치청절도사로 나갔다. 동3년에 호부상서로 들어오고 상서우복야로
등용되어 죽었다. 봉오는 문장이 풍섬하고 민첩하여 기이하고 난해

하지 않았고, 어사가 절실하고 이치가 뛰어났다. 일찍이 〈진지에서 부상 당한 변방 장수에게 내리는 조서〉를 처음 지었는데, 「그대의 몸을 다치면 짐의 몸에 통한다」라는 말이 있어, 무종이 보고 칭찬하여 궁궐 비단을 하사하였다. 이덕유가 계책을 세워 회골을 격파하여, 유진을 죽인 공로로, 태위에 오르니, 봉오가 제책문을 초안하여 이르기를, 「일을 도모함은 다 같이 하고, 미혹하는 말은 전혀 하지 않는다.」 라 하니, 이덕유가 봉오에게 일러 말하기를, 「『육생이 말하기를, 한 맺힌 글이 뜻에 미치지 못한다.』라고 하였는데, 경의 이 같은 말은 글 쓰는 사람으로서 말하기 쉽지 않다.」라고 하고는 하사 받은 옥대를 풀어 그에게 주었다. 《신당서》〈예문지〉에 《봉오한고》 8권을 기록하였으나, 이미 일실되었다. 《전당문》권728에 그의 문장이 36편 수록되어 있는데, 조서와 표문 그리고 제책문이 많다. 《당문습유》권29에 문장 2편이 수록되어 있다. 시에 능하였다. 이군옥과 시우가 되었다. 《전당시》권479에 그의 시 2수가 수록되어 있다. 아울러 행서와 초서를 잘 쓰고 글씨가 또한 미려하였다.

封敖(?-862), 字碩夫. 行四. 先世爲渤海蓨(今河北景縣)人. 元和十年登進士第. 江西觀察使裵堪辟置幕府. 太和中, 入朝爲右拾遺. 開成中, 又以員外郞出爲池州刺史. 會昌二年十二月, 自左司員外廊兼侍御史知雜事充翰林學士. 同月, 改駕部員外郞. 三年五月加知制誥. 四年四月, 遷中書舍人. 九月, 擢工部侍郞知制誥, 仍充翰林學士. 五年三月罷學士, 出守本官. 旋遷御史中丞. 六年, 因誤縱死囚, 復爲工部侍郞. 宣宗卽位, 遷禮部侍郞. 大中二年, 知貢擧, 多擢文士, 旋爲吏部侍郞. 四年八月, 出爲山南西道節度使. 八年入爲左散騎常侍. 十一年八月, 拜太常卿. 翌年十月, 因于私第設九部樂視事, 左授國子祭酒. 未幾, 復拜太常卿. 咸通二年出爲淄靑節度使. 三年入爲戶部尙書. 進尙書右僕射, 卒. 封敖屬辭贍敏, 不爲奇澁, 語切而理勝. 嘗草〈賜陣傷邊將詔〉, 有「傷居爾體, 通在朕躬.」之語, 武宗覽而善之, 賜之宮錦. 李德裕以定策破回鶻, 誅劉稹功進太尉, 封敖草制云; 「謀皆予同, 言不它惑.」 李德裕謂敖曰; 「陸生有言, 所恨文不逮意. 如卿此語, 秉筆者不易措言.」解所賜玉帶以遺之.《新唐書》藝文志著錄《封敖翰藁》八卷, 己佚.《全唐文》卷七二八錄其文二六篇, 多爲詔表及制冊文.《唐文拾遺》卷二九錄文二篇. 能詩. 與李群玉爲詩友.《全唐詩》卷四七九錄其詩二首. 兼善行草, 字亦美麗.

위의 기록에서 봉오는 21종의 관직을 역임하였으니, 아마도 당대 최다 기록이 아닌가 한다. 그의 연대별 관직 역임을 보면 다음과 같다.

헌종 원화 10년(815); 진사 급제

문종 태화 연간(827-835); 우습유. 문종 개성 연간(836-840); 원외랑, 지주자사

무종 회창 2년(842); 좌사원외랑, 시어사, 한림학사, 가부원외랑

무종 회창 3년 5월(843); 지제고. 동9월; 공부시랑지제고

무종 회창 5년 3월(845); 어사중승. 동6년(846); 공부시랑

선종 대중 원년(847); 예부시랑. 동2년(848); 지공거, 이부시랑. 동4년 8월(850); 산남서도절도사. 동8년(854); 좌산기상시. 동11년 8월(857); 태상경. 동12년 10월(858); 국자좨주, 태상경

의종 함통 2년(861); 치청절도사 동3년(862); 호부상서, 상서우복야

이같이 변방 발해 출신으로 당대 말엽 수다한 고관 직책을 수행한 근거는 봉오는 본인의 문예적 능력과 원만한 인간관계가 바탕이 되었을 것이다. 그의 시문의 묘사가 풍부하고 난해하고 기이하지 않으며, 내용이 논리적이라는 점과 애국의식이 깊어서 왕의 총애를 받았다는 점에서, 봉오의 문장을 평가하는 기준이 된다.15) 그의 시〈서은사를

---

15) 위의 기록의 근거가 되는《舊唐書》卷168 列傳의 일부는 다음과 같다:「封敖字碩夫, 其先渤海脩人. 祖希奭, 父諒, 官卑. 敖, 元和十年登進士第, 累辟諸侯府. 大和中, 入朝爲右拾遺. 會昌初, 以員外郎知制誥, 召入翰林爲學士, 拜中書舍人. 敖構思敏速, 語近而理勝, 不務奇澀, 武宗深重之. …」

제목으로題西隱寺〉를 다음에 본다.

세 해가 지나도록 구화산에 가지 못하니
하루 내내 방안에서 지도를 들고 펴네.
가을날 절간을 즐겁게 날이 갠 후에 구경하고
신령한 산봉우리를 실컷 보다가 돌아오네.
원숭이는 제멋대로 스님 옆에 앉아있고
구름과 안개는 무심하게 나그네와 짝하네.
좋은 일로 세월을 보낼 수 있거늘
이미 세상의 명리와는 상관없다네.
三年未到九華山, 終日披圖一室間.
秋寺喜因晴後賞, 靈峰看待足時還.
猿從有性留僧坐, 雲靄無心伴客間.
勝事倘能銷歲月, 已拌名利不相關.

　구화산九華山의 사찰을 소재로 하여 자신의 속세 초탈의식을 밝히고
있다. 가을 경치와 신령한 봉우리인 '영봉靈峰'의 조화와 고독 속에 구름
과 노을인 운애雲靄가 벗이 되는 시인의 관조가 돋보인다. 귀자연적인
심정과 탈속하려는 마음이 혼합되어 참선의 경지인 선경禪境을 추구하
고 있다. 봉오의 시로 본 시화에는 수록되어 있지 않으나, 봉오의 대표
작이며 발해시로 비교적 가작佳作이라고 평가할만한 오언고시五言古詩
형식인 〈봄빛이 서울에 가득하고春色滿皇州〉(《전당시》권479))를 더하여
서 다음에 보기로 한다.

서울에 봄빛이 곧게 비추고
초목이 우거진 곳에 기쁜 기운이 뜨네.
비단은 천자의 궁궐 옆에 펼쳐 있고
거울은 곡강 가에 드리우네.

붉은 꽃 떨기는 궐 안 누각에 피어나고
노란 버들 실은 궁궐 누대를 건드리네.
궁궐 많은 대문에서 노래를 불러대고
장안 아홉 큰 길에선 비단옷 입은 이들 노네.
해가 가까우니 바람이 먼저 가득 불고
어지신 천자의 깊은 은택 흘러 넘치네.
응당 야윈 몸이 아니거늘
나라 위해 수고해야지.
帝里春光正, 葱蘢喜氣浮.
錦鋪仙禁側, 鏡寫曲江頭.
紅萼開蕭閣, 黃絲拂御樓.
千門歌吹動, 九陌綺羅游.
日近風先滿, 仁深澤共流.
應非鶡頸質, 辛苦在神州.

일종의 왕이나 고관을 공경하는 형식의 봉제시奉制詩 성격을 지니고
있어서, 황제를 추앙하고 그 덕을 칭송하며, 시인 자신은 분골쇄신하여
나라를 위하려는 의지를 말연에서 토로한다. 쇠미해가는 만당의 운세
를 목도하며, 국가부흥의 염원을 담으려 한 것이다.

4) 고거高璩(《당시기사》권53): 〈실봉의 증별시에 화답和薛逢贈別〉과 2구 (《전당시》권597)

본 시화 권53의 고거 부분을 다음에 본다.

　　백민중이 검남절도에서 형남으로 전임하여 충주를 거쳐, 백낙천
　의 유적을 찾아서 시를 지어 이르기를; 「남쪽 포구에 꽃이 물가에
　피어 있고, 동쪽 누대에 달이 바람 따라 비추네.」라 하니 고거가
　그 때에 서기로서 시를 지어 이르기를, 「…(시는 본문에서 인용하여

분석함.)」 고거는 재주자사에서 조정에 들어가게 되어, 면주를 거쳐
서 자사 설봉과 월왕루에 오르니, 설봉이 시로써 송별하여 이르기
를;「바꾸어 타고 처음으로 검외주에 오르니, 기쁜 일에 마음을
써서 백성을 부하게 하네. 마침 좋은 날에 즐거이 노닐다가, 곧
가을에는 수레 못 가게 잡히게 되리라.16) 객이 사천四川성 속곡俗曲
인 파조巴調를 들으며 한밤을 보내고, 신선의 발자취를 따라서 높은
누대에 오르네. 한 맺힌 연정이 깊은 줄 알고프면, 양자강이 조석으
로 흐르는 소리 들을지라.」라 하니 고거가 화답하여 이르기를;「(시
는 본문에서 인용하여 분석함.)」 고거는 자가 영지이며, 진사 급제
하여 한림학사가 되고, 간의대부로 발탁되었다. 학사로 성랑을 넘
어 관직에 든 자로는, 오직 정호만이 천자의 사위인 상주가 되니,
고거는 그의 총애로 승진하였다. 의종 때 재상이 되어 죽었다. 조업
이 이르기를;「고거는 재상으로 교유가 추잡하여 하는 처신에 요령
을 많이 부렸습니다. 시호를 법法이라 하나, '함부로 사랑하는 것을
생각지 않음'을 '랄剌'이라 말하거늘, 청컨대 시호를 '랄剌'이라 하
옵소서.」라 하였다.

　　白敏中自劍南節度移荊南, 經忠州, 追尋樂天遺跡, 有詩云;「南
浦花臨水, 東樓月映風」璩時爲書記, 有詩云; …(시구는 본문에서
인용하여 분석함.) 璩自梓州刺史入朝, 經綿州, 與刺史薛逢登越
王樓, 逢以詩贈別云;「乘遞初登劍外州, 傾心喜事富民侯. 方當游
藝依仁日, 便到攀轅臥轍秋. 客聽巴歌消子夜, 許陪仙蹋上危樓.
欲知恨戀情深處, 聽取長江旦暮流」璩和云; …(시는 본문에서 인
용하여 분석함.) 璩, 字瑩之, 第進士, 翰林學士, 擢諫議大夫. 學士
超省郞進官者. 惟鄭顥以尙主, 而璩以寵升. 懿宗時爲宰相, 卒. 曹
鄴言;「璩, 宰相, 交遊醜雜, 進取多蹊徑. 諡法, 不思妄愛曰剌, 請諡
爲剌.」

---

16) 攀轅臥轍반원와철 : 수레의 멍에를 끌어당기고 바퀴 아래에서 자며 수레가 가지
　　못하게 한다는 뜻으로 지방관이 떠나는 것을 섭섭히 여겨 그 유임을 간청하는
　　정의 간절함을 말함.

위에서 고거의 관로와 성품, 그리고 시를 서술하고 있다.《신당서新唐書》〈열전〉(권177 〈고원유전高元裕傳〉)을 보면,

원유의 아들 거는 자가 영지이며 진사 급제하여, 좌사부를 거쳐 좌습유로 한림학사가 되고, 간의대부로 발탁되었다. 근세에 학사로 성랑을 넘어 관직에 든 자로는 오직 정호만이 천자의 사위인 상주가 되니 고거는 그의 총애로 승진하였다. 의종 때 검남동천절도사를 받고 중서시랑과 동중서문하평장사를 받았다. 달포를 지나 죽으니 사공에 추증되었다.

元裕子璩, 字瑩之, 第進士, 累佐使府, 以左拾遺爲翰林學士, 擢諫議大夫. 近世學士超省郎進官者, 惟鄭顥以尚主, 而璩以寵升云. 懿宗時, 拜劍南東川節度使, 召拜中書侍郎, 同中書門下平章事. 閱月, 卒. 贈司空.

라고 하여 고거의 관직 실적을 열거하고 있고,《중국문학가대사전》당오대권을 보면,

고거(?-865)는 자가 영지이며 발해인이다. 부친은 이부상서 고원유이다. 고거는 대중 3년에 진사 급제하고 비서성교서랑을 제수받고, 백민중의 검남서천과 형남 두 막부를 도와 장서기가 되었다. 12년에 우습유로 들어갔다. 이듬해에 한림학사로 충원되고, 특별한 은총으로 기거랑지제고로 옮겼다. 다시 우간의대부로 발탁되어 여전히 지제고를 지냈다. 함통 2년 승지학사와 공부시랑으로 옮겼다. 이듬해 조산대부와 병부시랑을 더 맡고, 아울러 지제고를 겸하고 검교예부상서로서 동천절도사가 되었다. 6년에 들어가 병부시랑과 동중서문하평장사가 되었다. 오래지 않아 죽으니, 사공에 추증되었다.

高璩字瑩之, 渤海人, 父吏部尚書高元裕. 璩大中三年登進士第, 授試秘書省校書郎, 出佐白敏中劍南西川, 荊南二幕, 爲掌書記. 十二年, 入拜右拾遺. 翌年, 充翰林學士, 特恩遷起居郎知制誥.

再擢右諫議大夫, 仍知制誥. 咸通二年, 加承旨學士, 遷工部侍郎.
次年, 加朝散大夫, 兵部侍郎, 并知制誥, 以檢校禮部尚書爲東川
節度使. 六年, 入爲兵部侍郎, 同中書門下平章事. 不久卒, 贈司空.

라고 하여 만당대에 부친 고원유의 뒤를 이어 여러 고관을 역임한 대표
적인 발해인임을 알 수 있다. 그의 시 〈설봉의 증별시에 화답和薛逢贈別〉
을 본다.

> 검외와 면주는 으뜸가는 고을로서
> 임금께서 오히려 기뻐 그대 머물게 하였네.
> 노래 소리 아련히 들려오니 긴 원한을 더하고
> 피리 빛은 처량하여 가을 같도다.
> 오직 기뻐서 새벽 피리 소리 그리며
> 홀로 구름과 물 산수에 취해서 높은 누각에 오르네.
> 여기를 떠나면 만나기 어렵다고 말 마오
> 이별을 한하며 누렁 말 타고 강 따라 가네.
> 劍外綿州第一州, 尊前偏喜接君留.
> 歌聲婉轉添長恨, 管色凄凉似到秋.
> 但務歡娛思曉角, 獨耽雲水上高樓.
> 莫言此去難相見, 怨別徵黃是順流.

　고거가 재주梓州자사로 있다가 면주綿州를 거쳐서 조정에 들어가는
길에, 만당 무종武宗 회창會昌 원년(841)에 진사 급제한 설봉薛逢(806-?)
을 만나서 월왕루越王樓에 올라 창화한 시로서 애절한 이별의 정을 읊고
있다. 시에서 '검외劍外'는 사천四川 검각劍閣 이남 지역이며 '면주綿州'
는 춘추시대 진晉나라 면상綿上으로서 지금 산서山西 개휴介休 지역이
다. 그리고 시제가 없는 시 1연을 남기고 있는데 다음과 같다.

공의 집에 오니 사람은 옛사람이 아니고
시를 적은 목판을 다시 찾아오니 먹물이 아직 새롭네.
公齋一到人非舊, 詩板重尋墨尚新.

5) 봉언경封彦卿(《당시기사》권59): 〈이상서의 최시어 전별에 화답하여和李
尚書命妓餞崔侍御〉(《전당시》권566)

본 시화 권59의 봉언경 부분을 다음에 본다.

봉언경 시에 이르기를: 「(시는 본문에서 인용하여 분석함.)」
봉언경은 대중 연간에 진사 급제하여 절동관찰판관이 되니 호부
상서 봉오의 아들이다.
彦卿詩云: …(시는 본문에서 인용하여 분석함.)
彦卿, 大中進士第, 爲浙東觀察判官, 戶部尚書敖之子.

《전당시》 주에 보면,

봉언경은 수인이다. 대중 연간에 진사 급제하였다. 함통 연간에
중서사인 관직을 하고 종에 연루되어 사호로 좌천되었다.
封彦卿, 滁人. 大中進士第. 咸通中, 累官中書舍人, 坐于琮, 貶
司戶.

라고 간단하게 기술하고 있으며, 《중국문학가대사전》 당오대권을 보면,

자는 치원이며 그 선조가 발해 수인이다. 부친 봉오는 관직이
호부상서에 이르렀다. 언경은 대중 원년에 진사 급제하였다. 대중
연간에 이눌절의 동막관찰판관이 되었다. 함통 때에 청관과 현직으
로 역임하여 중서사인에 이르렀다. 13년에 종과 친했다 하여 권신
위보형에게 원망을 받아서 조주사호로 좌천되고 이듬해에 태주자

사로 옮겼다.

라고 하여 비교적 상세하게 기록하고 있다. 봉언경이 만당 선종宣宗 대중大中과 함통咸通 연간(847-873)에 상서尙書에 올랐으며, 성품이 청렴하여 권력투쟁에 희생되어 대중 13년(859)에는 좌천 생활을 겪었고, 이듬해에는 자사로 복직된 것은 전적으로 인품에 의한 것임을 확인할 수 있다. 대중 원년(847)에 진사가 되어 관직 생활 중 청백리로서 빼어난 관리의 평판을 들었다. 그가 변방인으로 중앙정치무대에서 활약한 경력으로 보아서, 부친 봉오封敖의 후광도 있겠으나, 그 사람됨이 고매하였음을 알 수 있다. 〈이상서의 최시어 전별에 화답하여和李尙書命妓餞崔侍御〉를 보자.

> 대신이 잠깐 푸른 강에 나그네 되어
> 문득 청총마를 타고 장안에 들도다.
> 그대 위해 슬픈 서하곡을 부르고
> 날이 저무니 더욱 상심하여 떠나노라.
> 蓮府纔爲綠水賓, 忽乘驄馬入咸秦.
> 爲君唱作西河調, 日暮偏傷去住人.

조주사호潮州司戶로 좌천되어서 지은 작품으로 보는데, 송별시 형식이지만 내용은 충성심과 소외감이 동시에 함축되어 있다. 시에서 '함진咸秦'은 진秦나라 도성인 함양咸陽으로 여기서는 장안長安을 가리킨다. '서하조西河調'의 '서하'는 산서山西성과 섬서陝西성의 경계를 흐르는 황하의 지류 지방으로서, 공자 제자인 자공子貢이 서하에 있을 때 자식을 잃고 슬피 울어서 소경이 된 고사가 있다. 여기서의 서하조는 슬픈 곡조의 사패詞牌 〈서하만西河慢〉을 일컫는다.

본 시화에 수록된 발해인의 시 이외에, 신라인의 시처럼《전당시全唐詩》와《전당시보편全唐詩補編》에 발해인의 시가 다음과 같이 수록되어 있다.

> 《전당시》: 封行高〈冬日宴于庶子宅各賦一字得色〉(권33)、高適(권211-214)、高騈〈言懷〉등 47제 50수(권598)、高元裕 시 2구(795)、高雲 시 2구(권870)
>
> 《전당시보편》: 楊泰師〈夜聽擣衣詩〉〈奉和紀朝臣公咏雪詩〉(《全唐詩補逸》권5)、王孝廉〈奉敕陪内宴〉등 5수(《전당시보일》권7) 仁貞〈七日禁中陪宴〉(《전당시보일》권18) 貞素〈哭日本内供奉大德靈仙和尚詩〉(《전당시보일》권18)、高士廉〈五言春日侍宴次望海應詔〉(《全唐詩續拾》권2)、高邁〈三五七言體詩〉(《전당시속습》권8)、高元裕〈簡知擧陳商〉(《전당시속습》권29)、封特卿〈離別難〉등 2수(《전당시속습》권30)、李愚〈述懷〉(《전당시속습》권41)、李玄光〈還丹口訣〉등 2수(《전당시속습》권54)

위에 열거한 작품 중에서 고변高騈과 양태사楊泰師, 그리고 이우李愚의 시를 살펴보기로 한다.[17]

고변(821-887)은 자가 천리千里로서 군인이며 정치가로 문학도 출중하여, 그 시가 《전당시》(권598)에 단독 1권으로 수록되어 있다. 당대 최고의 변새 시인 고적高適(702-765)을 발해인으로 단정하는 데는 객관

---

17) 발해인 시에 관한 자세한 내용은 졸저《新羅와 渤海 漢詩의 唐詩論的 考察》푸른사상 2009 참조

성이 부족하여, 단지 그의 풍격만을 시평을 통하여 소개하는 선에서 머문 것에 비해,[18) 고변은 검남절도사劍南節度使 고관을 지낸 조부 고숭문高崇文(746-809)이 '발해인'이란 점을, 《신당서》(권170) 열전 제95에 「고숭문의 자는 숭문이며 그 선조가 발해에서 유주로 옮겨가서 7세대 동안 달리 이거하지 않았고 개원 연간에 다시 그 가문을 드러냈다.(高崇文字崇文, 其先自渤海徙幽州, 七世不異居, 開元中, 再表其閭.)」라고 기술하여 본래 발해인임을 밝히고 있다.[19) 고변은 중국 자료에 직접 발해인으로 기술하지 않았다 해도, 조부와 함께 발해군왕渤海郡王에 봉해진 역사적인 사실로 보아, 분명히 발해인으로 확정한다. 고변에 대해서는 《신당서》(권224) 〈열전〉 제149하 반신하叛臣下에 기술하기를,

> 고변의 자는 천리이며 남평군왕 숭문의 손자이다. 집안이 대대로 금위를 맡았고 어려서 자못 다듬고 삼가며, 의지를 굽혀 문학을 하여 여러 선비와 교제하고, 곧게 치도를 말하니, 양군의 사람들이 더욱 그를 칭찬하여 높였다. 주숙명을 섬겨 사마가 되었다. 두 마리 수리가 함께 날거늘 고변이 말하기를, 「나는 귀하니 그것들을 마땅히 적중시킨다.」라 하고 한 발에 두 마리 수리를 관통시키니, 뭇사람이 크게 놀라서 '낙조시어'라고 불렀다. … 위소도에게 조서를 내려 제도염철전운사를 맡게 하고, 고변을 시중 관직을 더하여, 백 호를 더 주어 발해군왕에 봉하였다.
>
> 高騈字千里, 南平郡王崇文孫也. 家世禁衛, 幼頗修飭, 折節爲

---

18) 필자는 중당대 문호 高適이 발해인이며, 그러므로 한국 漢詩에 넣을 것을 주장.(2014년 10월 중국 蘇州大學 중국唐代文學學會 국제학술대회에서 《全唐詩》 所載渤海人詩考〉 발표)

19) 高騈이 渤海人이라는 점을 기록한 자료로 千寬宇의 《人物로 본 韓國古代史》 p.381에 「고변은 渤海系로 高崇文 - 高承簡 - 高騈의 三代가 모두 節度使를 歷任하였다.」라고 서술됨.

文學, 與諸儒交, 踽踽譚治道, 兩軍中人更稱譽之. 事朱叔明爲司
馬. 有二鵰並飛, 騈曰; 我且貴, 當中之. 一發貫二鵰焉, 衆大驚,
號落鵰侍御. …詔韋昭度領諸道鹽鐵轉運使, 加騈侍中, 增實戶一
百, 封渤海郡王.

라고 하여 고승문의 손자이며 문학을 기호하고 선비와 교제하며 발해
군왕渤海郡王에 봉해진 것을 알 수 있다. 고변은 만당 유미파의 이상은李
商隱(811?-859?)과 대조적인 현실주의 시인인 나은羅隱(838-910)을 위시
하여 고운顧雲(?-894?)과 한국한문학의 비조鼻祖로 칭하는 신라 최치원
崔致遠 등을 그의 막부에 종사케 하면서, 문인과의 교류를 원활히 하였
다. 그의 시풍에 대해서 본 시화(권5)에 「교만하여 고르지 않음(驕傲不
平)」이라든가, 명대 양신楊愼(1488-1559)의 《승암시화升庵詩話》(권10)에
는 「높은 격조(高調)」라는 평을 하고 있다. 그리고 남송대 우무尤袤
(1127-1194)의 《전당시화全唐詩話》(권5)에는 그의 시 〈풍쟁風箏〉과 관련
된 일화를 소개하면서 군인이지만 문인으로서의 품격이 어떤지를 기술
하고 있다.

　　고변이 촉을 진압하여 다스릴 시기에 남조南詔[20]가 침략하니,
　　성을 40리에 걸쳐 축조하매, 조정에서 상을 내렸지만, 또한 자신을
　　건고하게 보호하려는 것으로 의심했다. 어느 날 음악 연주를 듣고
　　자리 이동이 있을 줄 알고서, '풍쟁'을 시 제목으로 자신의 생각을
　　기탁하여 이르기를; 「밤이 고요하고 현 소리는 푸른 하늘에 울리니,
　　궁음과 상음이 멋지게 바람 따라 들려오네. 어렴풋이 곡조가 들리
　　는 듯하더니, 다시 다른 곡조로 옮겨 가네.」라고 하였는데, 열흘

---

20) 南詔: 당대 宣宗 大中 13년에 왕이 죽으니, 그해 12월에 남조의 추용酋龍이 황제
　　를 자칭하고 국호를 大禮라 함.

후에 임명장이 와서 저궁으로 자리를 옮겼다.

駢鎭蜀日, 以南詔侵暴, 築羅城四十里, 朝廷雖加恩賞, 亦疑其
固護. 或一日, 聞奏樂聲響, 知有改移, 乃題風箏寄意曰:「夜靜弦
聲響碧空, 宮商信任往來風. 依稀似曲才堪聽, 又被移將別調中.」
旬日報道, 移鎭渚宮.

그의 시 47제 50수(《전당시》권598)는 주제별로 영회詠懷(감회를 읊
음), 기증寄贈, 탈속脫俗(속세를 초탈), 송별送別, 계절季節, 우정友情, 고적
古跡, 유람遊覽, 변새邊塞(변방 국경), 영물詠物(사물을 읊음) 등 다양하며
시 형식도 5언율시 1수, 7언율시 6수, 5언절구 5수 그리고 나머지는
모두 7언절구로 구성되어 있다. 주제에 따라 시 몇 수를 다음에 살펴보
기로 한다. 영회시로 〈흥취가 나서遣興〉를 본다.

　　　술잔 잡고 술을 사랑하지 않고
　　　낚싯대 쥐고 고기잡이하지 않네.
　　　다만 혜강을 따라 지낼지니
　　　내 마음 할 일 없이 게으름 피겠지.
　　　把盞非憐酒, 持竿不爲魚.
　　　唯應嵇叔夜, 似我性慵疏.(《전당시》권598)

삶에 있어서 인위적인 형식을 벗어나서, 죽림칠현竹林七賢의 한 사람
인 위대 혜강嵇康(223-263)처럼 무위자연無爲自然 즉 아무 일도 하지 않
으면서 자연 그대로의 경지를 추구하고 싶은 흥취를 담고 있다. 혜강은
자가 숙야宿夜로서, 노장老莊 사상을 좋아하여 〈양생편養生篇〉을 지었다.
〈감회를 적으며寫懷〉 2수를 본다.

　　　고기잡이 낚싯대로 소일하고 술로 수심을 잊으니

한번 취해 잊으니 만사가 그만이라.
오히려 한팽이 한나라 왕실 일으킨 것 한스러우니
공을 이루고서 다섯 호수의 산천에 노닐지 않아서네.
漁竿消日酒消愁, 一醉忘情萬事休.
卻恨韓彭興漢室, 功成不向五湖遊.(其一, 상동)

꽃이 서쪽 뜰에 가득하고 달은 연못에 가득한데
생황으로 노래하니 고운 배 흔들대며 가네.
이제 몰래 이 마음에 약속할지니
군대 깃발은 움직이지 않고 주막 깃발만 휘날리기를.
花滿西園月滿池, 笙歌搖曳畫船移.
如今暗與心相約, 不動征旗動酒旗.(其二, 상동)

　　제1수는 자연의 순리에 따라 살면서 세상일을 잊는 것이 상책인데,
옛날 한나라 한팽韓彭이 나라를 일구는 공功이 있으나, 자연에 노니는
일만 못하다는 초탈적 의식을 보여준다. 시에서 '오호五湖'는 태호太湖、
파양호鄱陽湖、동정호洞庭湖、팽려호彭蠡湖, 소호巢湖 등을 일컬으니 자연
산수를 지칭한다. 제2수는 군인으로서 국방의 책임이 크지만, 세상적인
욕망을 탈피하려는 좌망坐忘(잡념을 버리고 나를 잊음. 무아無我의 경지
에 들어감)의 염원도 있었기에, 주기酒旗만 휘날리고 싶은 마음을 나타
내고 있다. 기증시로 〈호두 이수랑 처사에게 부치며寄鄂杜李邃良處士〉를
본다.

잠시 은거하여 세상일 잊으려니
아마도 쉬면서 꿈에서나 서울에 들 수 있겠지.
연못가에서 글을 써서 선배를 본받아
좌우명으로 삼아 후생에 본보기로 삼네.
시 짓는 모임의 나그네 저녁에 진나루로 돌아가고

술 취해 지내는 별천지의 어부 날 맑은데 미피로 떠나네.
봄이 와도 산중의 소식은 없으니
종일토록 아무도 없고 곁에 냇물만 흐르네.
小隱堪忘世上情, 可能休夢入重城.
池邊寫字師前輩, 座右題銘律後生.
吟社客歸秦渡晚, 醉鄉漁去渼陂晴.
春來不得山中信, 盡日無人傍水行.(상동)

시인은 잠시 세상일을 떨치고 산중에 홀로 깊은 사색을 모색하고
싶어 한다. 시도 짓고 술을 마시면서 산수를 벗하고 싶다. 시에서 '중성
重城'은 고대 성시가 외성과 내성으로 되어 있어서 붙여진 이름으로,
여기서는 궁성宮城과 도성都城을 지칭한다. '미피渼陂'는 섬서陝西성 호
鄠현에서 발원하여 종남산終南山의 물을 받아 서북으로 흐르는 노수澇
水의 지류이다. 다음은 유람시 〈천위경을 지나며過天威徑〉를 본다.

이리와 늑대 굴이 아침 하늘에 막혔는데
전장의 말 우니 나쁜 기운 낀 산이 안개 자욱하네.
귀로가 험준한데 이제는 평탄하니
한 가닥 천리 길이 곧기가 현 같네.
豺狼坑盡卻朝天, 戰馬休嘶瘴嶺煙.
歸路嶮巇今坦蕩, 一條千里直如弦.(상동)

변방 전장의 행군에는 험난한 길이 대부분이다. 천위경天威徑 길은
평탄하여 행진도 편하고 마음도 홀가분하다. 시인은 맡은 소임이 순탄
하기를 기원하고 있다. 이어서 변새시로서 〈변새의 노래塞上曲〉2수를
다음에 보기로 한다.

두 해만에 변방 수자리에 전쟁이 끊기니

하만곡 한 가락에 온갖 맺힌 한이 새롭네.
이제부터 봉림관 밖의 일에
누가 고심할지 모르겠네.
二年邊戍絶煙塵, 一曲河灣萬恨新.
從此鳳林關外事, 不知誰是苦心人.(其一, 상동)

언덕 위의 정벌 간 사람 언덕 아래 넋이 되니
죽든 살든 같이 한나라 장군을 한하네.
만 리 사막의 고통을 모르고서
공허히 평화의 횃불 올리며 구름 속에 드네.
隴上征夫隴下魂, 死生同恨漢將軍.
不知萬里沙場苦, 空擧平安火入雲.(其二, 상동)

　　제1수에서 '봉림관鳳林關'은 지금 감숙甘肅성 임하臨夏현 남쪽에 있는
변방이니, 그 변새의 고생을 단적으로 묘사하고, 제2수는 처절한 전쟁
터의 실상을 보여주면서 평화가 오기를 바라고 있다. 고변은 문인으로
도 이름났지만, 무장으로 당대 말기 혼란한 정세에 변방을 수호하는
임무를 수행하였다. 고변은 의종懿宗 함통咸通 5년(864) 7월 영남서도절
도사嶺南西道節度使로 임명되어, 함통 7년(866) 10월에는 남조南詔를 대
파하고 잃었던 교지交趾(지금의 베트남 등 동남아 일대)를 회복하기도
하였다. 영물시로 〈눈을 대하고對雪〉와 〈풍쟁風箏〉을 본다.

여섯 모 눈꽃이 날아 창가에 들 때
앉아 푸른 대나무 보니 옥 가지로 변하네.
이제 높은 누대에 올라 바라보니
세상의 거친 샛길까지 다 덮었네.
六出飛花入戶時, 坐看靑竹變瓊枝.
如今好上高樓望, 蓋盡人間惡路岐.(〈對雪〉, 상동)

제1연은 눈 내리는 광경을 섬세하고 사실적으로 묘사하였는데, '청죽靑竹'(푸른 대나무)에 하얗게 눈 덮힌 모습을 '경지瓊枝'(옥 가지)로 보는 시인의 관찰이 영물시의 기흥법寄興法을 활용한 면에서 탁월하다. 그 흥탁이 세속으로부터 초탈한 심회로 승화된다.

> 밤이 고요하고 음악 소리 푸른 하늘에 울리니
> 음률이 멋지게 바람 따라 들려오네.
> 어렴풋이 곡조가 들리는 듯하더니
> 다시 다른 곡조로 옮겨 가네.
> 夜靜弦聲響碧空, 宮商信任往來風.
> 依稀似曲才堪聽, 又被移將別調中.(〈風箏〉, 상동)

　　풍쟁은 풍경風磬으로 처마 끝에 달아 바람에 흔들려서 소리 나게 하는 작은 종이다. 풍쟁 소리에서 시인의 심경이 은일적이며 낭만적으로 표출된다. 시인은 현실의 고통을 초탈의 승화된 의식으로 정화하고, 나아가서는 삶의 가치를 그 속에서 갈구하고 있다. 시에서 "궁상宮商"은 음률의 기본이 되는 궁宮, 상商, 각角, 치徵, 우羽 다섯 음계인 오음五音 중의 궁宮성과 상商성이다.

　　이어서 발해인 양태사楊泰師(생졸년 불명)의 시를 보면, 중국 푸단復旦대학 천상쥔陳尚君 교수가 편찬한 《전당시보편》의 《전당시보일》(권5)에 〈밤에 다듬이 소리 들으며夜聽擣衣詩〉와 〈기조신공이 눈을 읊음에 화답하여奉和紀朝臣公咏雪詩〉 두 편이 실려 있다. 그의 생졸년은 불명하나, 성당대에 생존했음을 다음 자료에서 확인할 수 있다.

　　발해국인이다. 발해왕 대흠무 대흥 22년 빙일부대사가 되어 일본에 사신으로 가서 일본 조정 신하와 시를 지어 창화하였다.

渤海國人, 渤海王大欽茂大興二十二年爲聘日副大使, 出使日
本, 與日本朝臣作詩唱和.(《중국문학대사전》당오대권)

양태사는 당대에 발해국인이다. 발해 문왕 대흥 22년에 빙일부
대사가 되었다.

楊泰師, 唐時渤海國人. 渤海文王大興二十二年爲聘日副大
使.(《전당시보편》의 《전당시보일》권5)

위의 두 글에서 양태사가 발해국 문왕文王 흠무欽茂 대흥大興 22년
(759)에 빙일부대사聘日副大使란 직함으로 일본에 사신으로 가서 활동
한 것으로 보아, 성당대에 생존하였음을 알 수 있다. 방학봉은 양태사를
발해 최고 시인이라고 서술하고, 일본 고시집인 《경국집經國集》(권13)
에 수록되어 있다고 하였다.[21] 그의 시 〈밤에 다듬질 소리 들으며夜聽擣
衣詩〉[22]를 본다.

> 서리 낀 하늘의 달이 비추니 밤 은하수가 밝고
> 나그네 돌아가고픈 마음 유난히 깊네.
> 싫증 나서 앉아 긴 밤에 수심에 차서 죽고 싶은데
> 문득 들리나니 이웃 여인의 다듬이 소리.
> 소리가 끊어졌다 이어졌다 바람 따라 들리니
> 밤이 깊어 별이 드리어도 잠시도 멈추질 않네.
> 고향 떠난 후 소식 못 듣다가
> 오늘 타향에서 그런 듯이 듣네.
> 채색 방망이 무거운지 가벼운지 모르고
> 푸른 다듬잇돌이 고른지 아닌지 잘 모르네

---

21) 방학봉《발해의 문화》p.263-264 정토출판 2005
22) 이 시의 본래 출전은 김육불金毓黻 撰集 《渤海國志長編》권18, 《經國集》권13

아련히 가련한 것은 몸이 약해 땀이 많으니
옥같이 고운 팔이 힘든 줄 더 깊이 아네.
응당 나그네 홑옷을 덥게 하려 하지만
보다 먼저 쓸쓸한 규방이 마음 아프네.
비록 그 모습 잊어 묻기 어렵지만
모르긴 해도 님 향한 아득한 원한 그지없겠지.
타향에 부쳐도 새 소식 없고
마음을 같이 하고 싶어 길게 탄식하네.
이 때에 홀로 규방에서 들리는 소리
이 밤에 밝은 눈동자 작아지는 것 누가 알리.
지난 일 생각이 마음에 이미 맺혀 있어
거듭 다듬이 소리 들으니 마음 트이지 않네.
곧 꿈에서 소리 찾아가려는데
다만 근심이 가득 차서 잠이 오지 않네.

霜天月照夜河明, 客子思歸別有情.
厭坐長宵愁欲死, 忽聞隣女擣衣聲.
聲來斷續因風至, 夜久星低無暫止.
自從別國不相聞, 今在他鄕聽相似.
不知綵杵重將輕, 不悉靑砧平不平.
遙憐體弱多香汗, 預識更深勞玉腕.
爲當欲救客衣單, 爲復先愁閨閣寒.
雖忘容儀難可問, 不知遙意怨無端.
寄異土兮無新識, 想同心兮長歎息.
此時獨自閨中聞, 此夜誰知明眸縮.
憶憶兮心已懸, 重聞兮不可穿.
卽將因夢尋聲去, 只爲愁多不得眠.

　　다듬이 소리를 들으며 계절의 감각을 토로하고, 일본에 사신으로
가서 타향의 심회를, 여인의 님 향한 심정에 비유하여 묘사하고 있다.
시 형식은 7언고시를 기본으로 하여 6언구를 넣고, 어조사 '혜兮'자를

사용하여 초나라 굴원屈原(339-278? BC)의 〈이소離騷〉 같은 《초사楚辭》
와 한나라 사마상여司馬相如(179?-118 BC)의 〈자허부子虛賦〉 같은 부賦
에서 보는 사부체辭賦體를 구사하였으며, 운韻을 쓰는 압운법도 일정하
지 않다. 그리고 양태사의 시 〈기조신공의 '눈을 읊음'에 화답하여奉和紀
朝臣公咏雪詩〉를 본다.

> 어제 밤에 용 같은 구름이 위에 뜨더니
> 오늘 아침엔 학처럼 흰 눈이 새롭네.
> 다만 보이는 건 꽃이 나무에 피는데
> 봄을 깨우는 새 소리는 안 들리네.
> 돌고 있는 그림자 선녀인가 하니
> 높은 가락은 노래 잘 부르는 가수 같네.
> 그윽한 난초 향기 이어 맡기 어려워서
> 더욱 힘써 맡으려고 얼굴 찡그리네.
> 昨夜龍雲上, 今朝鶴雪新.
> 祇看花發樹, 不聽鳥驚春.
> 迴影疑神女, 高歌似郢人.
> 幽蘭難可繼, 更欲效而嚬.

봉제시로서 초봄에 잔설이 내리는 광경을 통해, 임금을 사모하고(思
君) 충성하는 심경을 묘사하고 있다. 5언율시로서 제1연의 '용운龍雲'
(용 같은 구름)과 '학설鶴雪'(학처럼 흰 눈)은 군왕과 왕자를 비유하고,
제2연은 꽃이 피고 새가 우는 봄의 풍취를 제시하여 희망과 생동을
비유하며, 제3연은 화락하는 태평성대의 광경을 비유한다. 제4연에서
군왕의 온후한 훈향을 난초에 비의比擬하여 본받기를 바라는 심회를,
얼굴 찡그리는 표현으로 대신한다. 이 시에 대해서 《속일본기續日本紀》
에서 「보자 3년 정월에 태보 등원혜미조신압승이 전촌제에서 변방 손

님에게 좋은 연회를 베풀어, 그 당시 문사들이 시를 지어 송별하니 부사 양태사가 시를 지어 화답하였다.(寶字三年正月, 大保藤原惠美朝臣押勝宴蕃客於田村第, 當代文士賦詩送別, 副使楊泰師作詩和之.)」(《全唐詩補逸》의 附記를 재인용)라고 기록하고 있다. '보자寶字'는 일본 순인淳仁의 연호이고, 그 3년은 발해 문왕 대흥 22년(759)이므로, 작시 연대는 성당대에 속한다.

다음으로 이우李愚(?-935)의 시를 보기로 한다. 이우의 생애에 대해서 《전당시대사전》에 서술하기를,

> 자는 자회이며 어려서 이름은 안평이다. 스스로 말하기를, 「월군 평극의 명망있는 집안으로 아버지가 무체로 이사하였다.」라고 하였다. 당대 말엽에 진사가 되고 후량과 후당 두 왕조에서 벼슬하였다. 후당 때에는 관직이 재상에 이르렀고 말제 때에 재상을 그만두었다. 글을 잘 지으니, 문장에 기풍이 있어서, 자못 한유와 유종원의 문풍에 가까웠다.
> 字子晦, 初名晏平. 自謂郡望越郡平棘, 其父遷居無棣. 唐末進士, 仕後梁後唐兩朝. 後唐時官至宰相, 末帝時罷相. 善屬文, 爲文有氣格, 頗近韓柳文風.

라고 하여 자가 자회子晦이며 그 부친이 발해 무체無棣로 이거하여 스스로 발해인이라고 하였다. 당나라 말기에 진사 급제하였고, 당나라가 멸망한 후에 후당後唐에서 재상까지 지냈다. 그의 문장은 격조格調가 있어서 한유韓愈와 유종원柳宗元을 본받아서 문명文名이 알려졌다. 그리고 《전당시보편》의 《전당시속습》권41의 기록을 보면,

> 자는 자회이며 발해 무체인이다. 천우 3년에 진사 급제하고 또 굉사과에도 올라서, 하남부참군을 제수받았다. 후량 초기에 황하

북쪽 하북으로 피난 갔다가 말제가 불러서 좌습유가 되었다가 사훈
원외랑으로 승진하였다. 장종 때에는 한림학사가 되었다. 장흥 초
년에 중서시랑평장사 직책을 받았다.

字子晦, 渤海無棣人. 天祐三年, 登進士第, 又登宏詞科, 授河南
府參軍. 梁初避地河朔, 末帝召爲左拾遺, 累遷司勳員外郞. 莊宗
時, 爲翰林學士. 長興初, 拜中書侍郞平章事.

라고 하니, 발해 무체인이며 당대 마지막 왕인 애제哀帝 천우天祐 3년
(906)에 진사 급제하여 굉사과宏詞科에도 오르고, 후량後梁 말제末帝 시
기(913-922)에는 좌습유左拾遺와 사훈원외랑司勳員外郞을 지냈고, 후당
後唐 장종莊宗 시기(923-925)에는 한림학사翰林學士, 명종明宗 장흥長興
연간(930-933)에는 중서시랑평장사中書侍郞平章事 등 여러 관직을 역임
하였다고 기술하고 있다. 그의 시 〈자신의 생각을 말하며述懷〉(《전당시
보편》의 《전당시속습》권41)을 다음에 본다.

> 관직을 행함은 엷은 얼음판을 밟는 것 같아서
> 궁궐 지붕 모서리에 지는 석양을 자주 보네.
> 소금과 매실처럼 필요한 신하로 나라의 호걸 되려다가
> 죽을 달게 먹는 물러난 중이 되었네.
> 천자의 넘치는 은총을 헛되이 등지고
> 백발에 깊이 병 든 몸 절로 마음 아프네
> 내년에는 이내 연남 땅에 가서
> 대숲 둑 구름 낀 초막에 홀로 팔베개하리
> 奉職常如履薄冰, 屢看斜日下觚稜.
> 鹽梅且讓當朝傑, 粥飯甘爲退院僧.
> 虛負紫宸思寵渥, 自傷白髮病侵凌.
> 明年便向燕南去, 竹塢雲庵獨枕肱.

이 시는 일종의 영회시詠懷詩로서 시인이 관직에서 은퇴하여 낙향한 노년의 심정을 솔직하고 담백하게 표현하고 있다. 인생의 말로를 과거에 대한 회고 속에 질병과 고독, 그리고 빈궁의 굴레에 매여 배회하는 시인의 심정이 가식假飾 없이 드러나 있다. 시에서 '고릉觚稜'은 높은 전당殿堂의 뾰족한 모서리이니 궁궐 내 관청이고, '염매鹽梅'는 소금과 매실로서 짠 것과 신 것이 음식에 조미료로서 음식을 맛나게 하듯, 나라에 필요한 현재賢才이며 중신重臣을 비유한다. '죽반粥飯'은 시 구절 끝의 승僧(중, 스님)과 합하여 죽을 먹고 지내는 중인 '죽반승粥飯僧'이니, 즉 무능한 사람을 조롱하는 말이다.

한국역사인 발해국 문인의 시는 '당시'의 일부로 취급해서는 안 되고, 응당 한국한시의 범주에 넣어야 하는 '한국한시사'적으로 소중한 자료들이다. 그 이유는 첫째 만주를 기반으로 형성된 230여 년간의 발해사는 고구려를 계승한 한국 역사임에도, 중국의 지방 국가로 편입시키려는 중국 당국의 공작이 조직적으로 노골화되고 있다는 사실이다. 둘째는 한국문학사에서 한국한시의 세밀하고 정확한 수집과 정리가 아직 진행되고, 그 학술적 연구작업도 더 필요한 단계에 있으며, 더구나 한국한시사에서 발해인의 시를 국내외 자료에서 수집하여 거론된 바가 거의 없다. 이와 관련해서, 필자는 2006년 베이징北京 서우두首都사범대학에서 개최된 중국당대문학학회 제13회 국제학술대회에서 《全唐詩》所載新羅文人之詩〉(《전당시》에 실린 신라 문인의 시)라는 제목으로 신라시를 소개하였고, 2014년 쑤저우蘇州대학에서 개최된 상기 학회 제17회 국제학술대회선 《全唐詩》所載渤海人詩考〉(《전당시》에 실린 발해인 시 고찰)라는 제목으로 발해시를 발표하였다. 쑤저우대학 학술대회에서의 발표 당시에, 발해인 시를 한국한시의 범위에서 거론해야 함을 강조하였는데, 중국 학자들의 거친 저항과 비판을 받아서 난처한 경우를 당한 일은 지금도 잊지 않는다. 필자는 '당시사'에서 중요한 비중을 차지하는 발해인 고적高適 시를 '한국한시사'에 열입할 것을 주장한 바도 있다.23) 중국 측은 발해인을 당나라 사람으로 분류하지만, 엄연한 한국사인 발해의 '한시'이므로, 한국 한시로 분류하여 관심을 두어야 할 것이다.

당시를 중심으로 한국한시와 비교하고, 시화 등 고전시 연구에 종사해왔지만, 광대한 중국문학 영역에서 지금까지 남겨 놓은 것이 넉넉치 못한 자신을 돌아보면서, 만감이 교차함을 금할 수 없다. 중국문학 연구는 교감校勘과 훈고訓詁의 연속이라는 스승들의 체험적 고백에 깊이 공감한다. 다만 가능하다면 정신이 맑은 날까지, 절차탁마切磋琢磨24)하며 위편삼절韋編三絶25)의 자세를 지키려 한다. 학문의 길은 아득하지만, 쉬지 않고 걸어가야 하는 삶의 여정이다. 아마도 그 누구에게도 그 여정의 종착역은 보이지 않을 것이다.

---

23) 졸저《신라와 발해 한시의 당시론적 고찰》p.289-293(푸른사상 2009) 참고. 그리고 高適이 渤海 출신인 점을 기록한 자료를 다음에 보기로 한다.《全唐詩》(권211): 「高適, 字達夫, 渤海蓨人.」《新唐書》(권134):「高適, 字達夫, 滄州渤海人.…廣德元年…召還爲刑部侍郎, 左散騎常侍, 封渤海縣侯.」《唐才子傳》(권2):「適, 字達夫, 一字仲武. 滄州人.」《唐詩解》(권9):「字達夫, 一字仲武. 滄州人.」譚嘉定《中國文學家大辭典》:「高適字達夫, 一字仲武. 滄州渤海人…封渤海縣侯.」張忠綱 主編 《全唐詩大辭典》:「達夫, 排行三十五, 渤海蓨人.…進封渤海縣侯.」

24) 切磋琢磨: 骨角 또는 玉石을 자르고(切) 갈고(磋) 쪼고(琢) 닦는다(磨)는 뜻으로 학문과 덕행을 힘써 닦음을 비유. 출전:《詩經》衛風〈淇澳〉:「有匪君子, 如切如磋, 如琢如磨.」

25) 韋編三絶: 孔子가 만년에《周易》을 좋아하여 너무 숙독하였기 때문에 책을 꿰맨 가죽끈이 세 번이나 끊어졌다는 고사. 출전: 司馬遷《史記》孔子世家:「孔子晩而喜易, …韋編三絶.」

참고자료

王仲鏞 《唐詩紀事校箋》 巴蜀書社 1989

《全唐詩》 中華書局 1992

陳尙君 編 《全唐詩補編》 中華書局 1992

永瑢等 《四庫全書總目提要》 河北人民出版社 2000

郭紹虞 《宋詩話考》 中華書局 1985 1986

周勳初 主編 《唐人軼事彙編》 上海古籍出版社 1995

蔣祖怡 《中國詩話辭典》 北京出版社 1996

陳伯海 《唐詩彙評》 浙江敎育出版社 1995

蔡鎭楚 《中國詩話史》 湖南文藝出版社 1988

周祖譔 主編 《中國文學家大辭典》 唐五代卷 中華書局 1992

蔣祖怡 主編 《中國詩話辭典》 北京出版社 1996

金富軾 《三國史記》 景仁文化社 1969

李家源 《韓國漢文學史》 民衆書館 1976

金台俊 《朝鮮漢文學史》 漢城圖書株式會社 昭和6년

柳晟俊 《新羅와 渤海 漢詩의 唐詩論的 考察》 푸른사상 2009

柳晟俊 《中國唐宋詩話解題》 명문당 2021

王夫之의 시와 음악의 화해 미학과 심미 효용

조성천(을지대학교 교양학부 교수)

1. 들어가며

왕부지王夫之는 "시는 노래의 가사이고 노래는 시의 음조"[1]라고 하였다. 이는 "시와 음악은 상호 표리가 되고"[2], "체體와 용用이 되고"[3], "시와 음악은 그 이치가 하나다."[4] 라는 의미를 내포한다. 그가 "시와 음악이 하나의 이치라고 한 것은 시가와 음악이 심미적 정신·예술적 구성·예술적 풍격·사회적 효용 등에서 서로 통한다."[5]고 여겼기 때문이다. 왕부지의 시와 음악이 하나의 이치라는 화해 미학은 그의 《상서인의尙書引義》·《예기장구·악기편禮記章句·樂記篇》에서 집중하여 논의되었다. 이는 또한 《강재시화薑齋詩話》에서는 문예 창작의 강령이 되고, 《고시평선古詩評選》·《당시평선唐詩評選》·《명시평선明詩評選》 등에서는 역대 시의 품평 척도가 되었다.

본고는 먼저 《상서인의》·《예기장구·악기편》 두 저작을 중심으로 시와 음악이 하나의 이치라는 이론을 살펴본다. 다음으로 성聲과 정情의 변증 관계로써 시와 음악의 이치가 하나임을 논한 그의 성정론을 고찰한다. 그리고 시와 음악의 화해 미학이 가지는 심미 작용, 감화 작용에 대해 알아보고자 한다. 이는 시는 인생을 위한 예술이어야 한다는, 왕부지의 심미 관점을 탐구하는 것이다.

---

1) 《船山全書》六, 《禮記章句》卷一九, 《樂記》, 928쪽, "詩, 歌之辭也. 歌, 詩之調也." (이하 《船山全書》는 모두 湖南, 嶽麓書社出版社, 1988~1996년의 판본임)

2) 《船山全書》六, 《讀四書大全說》卷四, 《八佾篇》, 623쪽, "《詩》與樂相爲表裏."

3) 《船山全書》一二, 《張子正蒙注》卷八, 《樂器篇》, 315쪽, "其說《詩》而先之以《樂》, 《樂》與《詩》相爲體用者也."

4) 위와 같은 곳, 316쪽, "正《雅》直言功德, 變《雅》直言得失, 異於《風》之隱誦, 故謂之《雅》, 與樂器之雅同義. 卽此以明《詩》, 《樂》之理一."

5) 陶水平, 〈試析王夫之詩學"詩樂一理"論〉, 東南大學學報(哲學社會科學版)(2007年 7月 第4卷 第4期), 110쪽.

2. 시와 음악의 갈래와 발생

왕부지는 '악교樂敎'의 함의와 작용의 각도에서 시의 본질을 해석하여 시는 '노래의 가사'로부터 온 것이라 하였다.《주례周禮》에서는 노래의 가사는 흥興·도道·풍諷·송誦·언言·어語 등 6종의 표현방식이 있다고 말하고 있다. 왕부지의 시에 대한 정의는 시 언어의 의의와 작용을 강조한 것이 아니라, 시와 '악교'의 융합이라는 미학적 관점에 초점을 맞추었다. 그리하여 그는 "음악에 밝은 사람이라야 시를 논할 수 있다"고 하였다. 고대 중국에서 원래 시와 음악은 분리되지 않았다. 비록 한漢 나라 이후에 양자의 분리 현상이 두드러졌지만, 시가 음악에서 비롯되었다는 것은 바꿀 수 없는 사실이다. 왕부지가 "노래의 가사만 홀로 남아 시로 전해지게 되었다(樂語孤傳爲詩)"라고 한 것, "시와 음악은 모두 마음의 원성元聲을 지극함으로 삼는다(二者一以心之元聲爲至)."라고 한 것은 모두 시와 음악은 본래 하나였음을 말한 것이다.6)

왕부지는 시와 음악은 모두 사람의 마음에서 발생한다고 여겼다. 그는 시와 음악의 관계에서 '악교'의 의의와 효용을 중시하였으며, '원운元韻'·'원성元聲'으로 시와 음악의 본질을 설명하였다. 따라서 그는 "원성의 기미는 사람의 마음에 전조로 나타나서 맴돌다가 분방하게 흘러나오기도 하는데 그 한마디 한마디가 감정의 애락이 아닌 것이

---

6) 《船山全書》15,《夕堂永日緒論內編·序》, 817쪽, "《周禮》大司樂以樂德·樂語敎國子, 成童而習之, 迨聖德已成, 而學韶者三月. 上以廸士, 君子以自成, 一惟於此. 蓋涵泳淫洗, 引性情以入微, 而超事功之煩黷, 其用神矣.世敎淪夷, 樂崩而降于俳優. 乃天機不可式遏, 旁出而生學士之心, 樂語孤傳爲詩.詩抑不足以盡樂德之形容, 又旁出而爲經義.經義雖無音律, 而比次成章, 才以舒, 情以導, 亦所謂言之不足而長言之, 則固樂語之流也.二者一以心之元聲爲至. 舍固有之心, 受陳人之束, 則其卑陋不靈, 病相若也.韻以之諧, 度以之雅, 微以之發, 遠以之致, 有宣昭而無罨靄, 有淡宕而無獷戾.明於樂者, 可以論詩, 可以論經義矣."

없고, 이는 반드시 소리로 길게 읊조리게 되는 것이다."⁷⁾라고 하였다. 이른바 "원성의 기미가 사람의 마음에 전조로 나타난다"라는 것은 시와 음악은 내면의 진실한 애락의 감정을 표현하는 것임을 강조한 것이다. 이는 "문장의 법도이며 음악의 이치"라고 하였다. 이는 시와 음악이 발생의 측면에서 모두 하나의 이치임을 말한 것이다.⁸⁾

3. 시와 음악의 화해和諧 미학

왕부지는 《상서인의》제1권 《순전舜典》에서 시와 음악이 하나의 이치라는 이론에 대해서 논하였다. 여기에는 시와 음악의 조화미에 관한 그의 관점이 내포되어 있다. 그는 시와 음악이 분리될 수 없음을 강조하고, 시의 영탄과 음악의 음률 양자의 조화를 중시하였다.

> 시詩로는 시인의 뜻志을 말하는 것이요, 노래歌로는 시의 언어言를 길게 늘이永는 것이요, 소리聲로는 길게 늘이는 것永을 배합하는 것이요 음률律로는 소리聲를 조화하는 것이다. 시詩로써 뜻을 말하는데 뜻은 막히지 않아야 하고, 노래歌로써 시의 언어言를 노래하는데 시의 언어는 막히지 않아야 하고, 소리聲으로써 길게 늘이는 것永을 배합하는데 노래는 규칙을 벗어나서는 안 되고, 음률律로써 소리聲를 조화하는데 소리가 치우쳐서는 안 된다. 군자가 음악을 귀하게 여기는 것은 바로 이 때문이다. …… 따라서 음률로써 소리를 조절하고 소리로 노래를 조화시키며 노래로써 시의 언어를 펼치

7) 《船山全書》一五, 《詩譯》, 807쪽, "元韻之機, 兆在人心, 流連泆宕, 一出一入, 均此情之哀樂, 必永於言者也."
8) 《船山全書》一四, 《唐詩評選》卷三, 999쪽, 張子容〈泛永嘉江日暮廻舟〉評語. "景盡意盡,意盡言息, 必不強括狂搜,含有而尋無.在章成章,在句成句.文章之道,音樂之理,盡於斯矣."

고, 시의 언어로써 뜻을 말한다. 음률律이란 애락哀樂의 법이요, 소리聲란 청탁清濁의 운이요, 길게 늘이는 것永이란 장단의 수數요, 말言이란 말하고자 하는 뜻일 뿐이다. 음률律이 조화된 뒤에 소리聲가 화음을 얻고, 소리聲가 조화된 뒤에 길게 늘이는 것永이 조화되고, 노래가 조화된 뒤에 시의 언어가 노래 불리고, 시의 언어가 노래 불린 뒤에 뜻이 시의 언어에 드러난다.9)

　"이는 모두 《상서·순전》 '시는 뜻을 말하는 것이고, 노래는 말을 길게 읊조리는 것이며, 소리는 음영吟詠에 의지하고, 음률은 소리를 조화시킨다. (詩言志, 歌永言, 聲依永, 律和聲)'에 대한 부연 설명이고 진일보한 발휘이며, 정지情志와 시가詩歌의 대응성과 점진성, 즉 지志·언言·영永·성聲·율律의 의뢰성과 점진성에 대해 거듭 밝힌 것이다."10)

　시는 언어 문자를 통해서 시인의 정지를 표현하고, 언어 문자는 가영歌詠의 방식을 통해서 드러나고, 가영의 소리는 음악에 부합하는 선율이다. 지志와 언言은 시에, 가歌·영永·성聲·율律은 음악에 속한다. 율律11)은 음악의 선율로, 애락의 감정을 표현하는 규칙이다. 성聲12)은 사람이 선율에 따라 내는 음성으로, 그 음질은 청음과 탁음으로 구분된

---

9) 《船山全書》二, 《尙書引義》卷一, 《舜典》三, 251쪽, "詩所以言志也, 歌所以永言也聲所以依永也 律所以合聲也. 以詩言志而志不滯, 以歌永言而言不鬱, 以聲依永而永不蕩, 以律合聲而聲不陂. 君子之貴於樂者, 貴以此也. ……故以律節聲, 以聲諧永, 以永暢言, 以言宣志. 律者哀樂之法也, 聲者淸濁之韻也, 永者長短之數也, 言則其欲言之志而已. 律調而後聲得所和, 聲和而後永得所依, 永依而後志得以永, 言永而後志著於言."

10) 陶水平〈試析王夫之詩學"詩樂一理"論〉, 東南大學學報(哲學社會科學版)(2007年7月 第4卷第4期), 110-111쪽.

11) 律은 律呂 즉 六律六呂. 六律은 黃鍾, 太簇, 姑洗, 蕤賓, 夷則, 無射. 六呂는 大呂, 應鍾, 南呂, 林鍾, 仲呂, 夾鍾.

12) 聲은 五聲 즉 宮, 商, 角, 徵, 羽.를 말함.

다. 영永은 장단의 수數이다. 왕부지는 시의 영탄과 음악의 음률과의 상관관계를 통해 시와 음악의 조화를 말하였다. 그는 시와 음악이 조화되어야 하는 이유를 다음과 같이 설명하였다.

> 음악은 천하에 본래 있는 것이기 때문에 감정은 그 절도에 부합된 이후에 안정된다. 따라서 음률은 조화되어야 한다. 음률을 방치하고 소리에 제멋대로 맡긴다면 음일하게 된다. 길게 읊조림을 방치하고 제멋대로 말에 맡긴다면 저속하게 된다. 이미 제멋대로 맡겨놓고는 또 억지로 합치되게 하려고 한다. 장단이 없다면 억양·고저가 없고, 고저가 없으면 상호 호응이 없게 된다. ……《예기》에 "음악이란 음이 말미암고 발생하는 것이다. 그 근본은 사람 마음이 경물에 감촉을 받음에 있다"라고 하였다. 이는 음률은 바로 마음에 있고 소리는 그것을 따라서 발생하는 것임을 말한 것이다. 또 "소리를 알지만, 음을 모르는 것은 금수들이다. 음을 알지만, 음악을 모르는 것은 백성들이다. 오직 군자만이 음악을 알 수 있다"라고 하였다. 이는 소리·길게 읊조림이 반드시 음률에 부합되어 억양·고저의 절도가 있어야 하지 금수·백성의 앎으로 지혜를 삼아서는 안 됨을 말한 것이다.[13]

왕부지는 시와 음악의 조화를 강조하여, 시의 언어는 모종의 '절률節律'에 부합되어야 한다고 하였다. '절률'에 부합되지 않으면, 시의 언어는 음성淫聲[14] 혹은 야성野聲이 된다고 하였다. 그리고 이러한 소리는

---

13) 《船山全書》二,《尙書引義》卷一,《舜典三》252쪽. "樂因天下之本有, 情合其節而後安, 故律爲和. 舍律而任聲則淫, 舍永而任言則野. 即已任之, 又欲强使合之.無修短則無抑揚抗墜, 無抗墜則無唱和. …… 《記 》曰:"樂者, 音之所由生也. 其本在人心之感於物也." 此言律之即於人心, 而聲從之以生也.又曰: "知聲而不知音, 禽獸是也. 知音而不知樂, 衆庶是也. 惟君子能知樂." 此言聲永之必合於律, 以爲修短抗墜之節, 而不可以禽獸衆庶之知爲知也."

금수가 내는 것과 같다고 하였다. 그는 또한 시와 음악 모두 하나의 이치이기 때문에 양자의 성격이나 형식은 반드시 중화에 부합되어야 한다고 하였다. 그가 "《시경》의 문사와 음절은 모두 애락의 중화를 얻었다(《詩》之文辭與歌之音節, 皆得哀樂之和)."라고 한 것은 이를 말한다. 이는 시와 음악의 본질이 되는 희로애락의 감정뿐만 아니라, 감정의 표현방식 또한 중화의 미에 부합되어야 함을 강조한 것이다. 이러한 심미 인식은 〈관저·서關雎·序〉의 "감정을 발동하여 예의에 머무른다(發乎情, 止乎禮義)."라는 관념을 계승, 발휘한 것으로 그의 심미 정감 및 심미 표현은 이러한 심미 관념을 전제로 한다. 이에 부합하는 심미 감정이 바로 '올바른 감정貞情'이다. 이른바 "감정이 올바르다는 것은 원망하기는 하나 마음을 상하게 하지는 않고, 사모하기는 하나 버릇없게 하지는 않고, 비방하기는 하나 혈기로써 하지 않고, 그리워하기는 하나 사사로운 정으로 하지 않는 것이다."[15]를 말한다. 그가 시나 음악에서 강조한 심미적 표현은 아雅[16]·화和[17]·충담沖淡[18]·화평和平[19] 등의 방식이다. 이러한 심미적 감정 및 표현이 발휘된 음악이 바로 '고악古樂'과 '덕음德音'이다. 이와 반대의 감정과 표현방식이 '음정淫情'과 '음성淫聲'이다. '음정淫情'은 이치의 절제나 제약 없이 희로애락의 감정

---

14) 고대에는 雅乐으로 正声을, 俗乐으로 淫声을 삼았다.

15) 《船山全書》三, 《詩廣傳》卷一, 〈邶風·擊鼓〉, 321쪽. "貞於情者, 怨而不傷, 慕而不暱, 誹而不以矜其氣, 思而不以其私恩也."

16) 《船山全書》一四, 《古詩評選》卷四, 700쪽, 陸雲〈爲顧彦先贈婦往返四首之二〉評語. "含怨微甚, 方可許之曰雅."

17) 《船山全書》六, 《禮記章句》卷一九, 《樂記》, 929쪽. "樂生於心之動機, 動而正則聲和, 動而邪則聲淫, 各象其所樂也."

18) "《古樂》樂聲沖淡, 舞容簡肅, 故視聽有餘而可以酬問也"

19) "德音者, 原本至德, 被之音昭其美, 則適如和平之理, 而與六律五聲之自然相協合矣."

이 과도하게 발산된 것이다. 그는 "무릇 시로써 정을 말한다고 하는데, 천하의 정이 원한과 분노 가운데로 흘러가서 돌아오지 않는 것이 어찌 여기서 말하는 정이겠는가?"[20]라고 하였다. 그는 이러한 감정은 시나 음악의 본질이 될 수 없다고 한 것이다. '음성淫聲'은 과過·난亂·폭暴·극極·우憂 [21]등으로, 심미 표현의 규칙을 벗어난 것이다. 이러한 것은 청자의 심리상태를 혼란스럽게 함으로써 화평의 즐거움을 사라지게 한다.[22] 왕부지에게 있어 중화의 심미 감정 및 심미 표현은 예술창작 및 비평에서 심미 척도이기도 하다. 그는 《시경》의 〈북산北山〉 시를 품평하여 "그 음은 슬프게 중복되며 그 절주는 촉급하여 어지럽고 그 가사는 무망하고 그 감정은 사특하다."[23]고 하였다. 그가 시나 음악에서 중화를 강조한 것은 희로애락의 감정이 중화의 방식에 의하여 표현되어야 일창삼탄一倡三歎의 예술적 경지에 이르러 성정을 도야하는 시교詩敎와 악교樂敎의 작용을 할 수 있다고 여겼기 때문이다. 그는 《고시십구수古詩十九首》에 훌륭한 시적인 교화가 체현된 것은 작자가 자신의 성정으로 인간 만사와 자연 만물의 변화를 체험하여 거기에서 발생하

---

20) 《船山全書》三,《詩廣傳》卷一,〈王風〉, 341쪽. "夫詩言情也, 胥天下之情於怨怒之中, 而流不可反矣, 奚其情哉!".

21) 《船山全書》六,《禮記章句》卷一九,《樂記》, 907쪽. "樂生於心之動機, 動而正則聲和, 動而邪則聲淫, 各象其所樂也." 過者, 違天之和而失地之序也. 亂, 謂等秩紊亂. 暴, 謂發揚太過而不能養其元聲也.
《船山全書》六,《禮記章句》卷一九,《樂記》, 907쪽. "極, 盛而不知返也., 粗, 美而不之節也. 憂者, 發揚過盛, 繼必零替無歸而生感愴也. 偏者, 精意既失, 邪侈而失其正也."

22) "亂世之音, 哀思之感, 情廢而偸, 民益困矣.", "今之樂, 煩手曼聲, 淋漓幽肭, 多爲曲折頓挫, 則動搖不寧, 而人心平和之德滅矣.", "鄭聲者, 其音孤淸而柔曼, 善如人之而蕩人之心, 使人聞焉, 雖有貞志而不能自拔者也.."

23) 《船山全書》三,《詩廣傳》卷三,〈論北山〉, 422쪽. "爲北山之詩者, 其音複以哀, 其節促以亂, 其詞誣, 其情私."

는 감정이 내재하였을 뿐만 아니라 그러한 감정을 중화의 심미 규율로써 표현하였기 때문이라고 하였다.[24]

왕부지는 또한 시와 음악의 화해는 심미와 교화가 조화된 화해의 예술정신으로, 그것이 갖는 의의와 가치에 대하여 말하였다.[25] 그것은 시의 조화롭고 감미로운 선율이 자아내는 음악미로 성정을 함양하는 것이라 하였다. 또한 "시가 고악古樂·대악(大樂 -시와 음악과 무용이 혼연일체 된 종합예술)과 같은 화해의 정신을 표현하고, 음양 변화의 기미를 깊이 통찰하고 궁구하여 이상적인 인격을 실현해야 함을 강조하였다. 그리고 시가 심미와 교화가 합일된 화해의 예술정신을 획득하여 하늘과 인간의 화해, 인간과 인간사이 및 인간 내심의 화해에 독특한 공헌을 해야 한다."[26]고 생각하였다.

4. 성정론聲情論

왕부지는 그의 창작론·비평론에서 성정론聲情論으로 시와 음악의 화해와 그 일체성을 강조하였다.

---

24) 《船山全書》一四, 《古詩評選》卷四, 644쪽, 〈古詩十九首〉評語. "〈古詩十九首〉該情一切, 群怨俱宜, 詩敎良然, 不以言著."

25) "禮莫大於天, 天莫親於祭, 祭莫效於樂, 樂莫著於《詩》. 《詩》以興樂, 樂以徹幽. 《詩》者幽明之際者也. 視而不可見之色, 聽而不可聞之聲, 搏而不可得之象, 霏微宛蜒, 莫而靈, 虛而實, 天之命也, 人之神也. 命以心通, 神以心栖, 故《詩》者象其心而已矣. 嗚呼! 能知幽明之際, 大樂盈而《詩》敎顯者, 鮮矣, 況其能效者乎? 效之於幽明之際, 入幽而不慚, 出明而不叛, 幽其明而明不傳器, 明其幽而幽栖鬼, 此《詩》與樂之無盡藏者也, 而孰能知之."

26) 陶水平, 〈試析王夫之詩學"詩樂一理"論〉, 東南大學學報(哲學社會科學版)(2007年 7月 第4卷第4期), 116쪽,

1) 성정聲情의 제기, 함의, 의의

왕부지는 순치順治 2년(1645) 그의 나이 27세 때에 이르러, 창작에 있어서 "고금을 떠나서 내 생각을 전해야 한다."라는 자각을 하였다. 이러한 결과로써 창작 원리를 끊임없이 사색하고 탐구하여, 순치 4년 (1647) 그의 나이 29세 때에 "성정을 흔들어 움직여 흥興·관觀·군群·원怨에서 바로 잡는다(搖蕩聲情, 而檠括於興觀群怨)."를 자신의 시의 창작 원리로 삼았다.[27] 이는 한편으로는 음악의 선율을 살려서 감정을 표현하고, 다른 한편으로는 흥興·관觀·군群·원怨을 심미 규칙으로 삼아서 감정을 절제하는 것을 말한다. 왕부지 자신의 시사詩詞 등의 예술 창작도 이 창작 강령에 뿌리를 두고 있다.

왕부지는 중국 문학비평 사상 가장 일찍이 '성정聲情' 개념을 대량으로 사용하여 역대 시를 품평함으로써 신비평용어를 개발하고 비평의 경계를 확대했다는 점에서 큰 공헌을 하였다. 연구자들은 '성정'의 함의에 대해 다음과 같이 정의하였다.

> 왕부지의 시가평선 저작 가운데 가리키는 바의 성정은 바로 《석 당영일서론내편(夕堂永日緒論內篇)》 가운데서 말한 '귀에 화목 하고 마음에 화합한다(穆耳協心)'라는 것이며 또한 소리와 감정의 통일이다.[28]

---

27) 《王船山詩文集》下, 《憶得》, 〈述病枕憶得〉, 508쪽, "崇禎甲戌, 餘年十六, 始從里中 知四聲者問韻, 遂學人口動. 今盡亡之, 其有以異於鷇音否? 已而受教於叔父牧石 先生, 知比耦結構, 因擬問津北地信陽, 未就而中改從竟陵時響. 至乙酉乃念去古 今而傳己意. 丁亥與亡友夏叔直避購索於上湘, 借書遣日, 益知異制同心, 搖蕩聲 情, 而檠括於興觀群怨, 然尙未卽損故習. 尋遭鞠凶, 又展轉戎馬間, 耿耿不忘此事, 放於窮年."

28) 陶水平, 《船山詩學研究》(北京: 社會科學出版社,2001),187쪽. "船山在詩評著作中 所指的聲情卽《夕堂永日緒論內篇》中所說的'穆耳協心', 也就是聲與情的統一."

성정은 소리로 감정을 표현하는 것으로 외재의 소리로 내심을
밝게 드러내는 것이며, 외재의 절주로 내재의 절주를 묘사하는 것
이다.29)

이른바 성聲이란 성음聲音·성향聲響을 말한다. 성음은 청탁에 따라
궁宮·상商·각角·치徵·우羽 5음으로 나누는데, 여기에 변궁變宮·변치
變徵를 더하면 칠음이 된다. 이 칠음은 음계의 명칭이다. 자음은 평平
·상上·거去·입入 사성四聲으로 나누고, 평성平聲은 또 양평陽平·음평陰
平으로 나뉘어 오성五聲이 된다. 성음은 조화의 악음樂音과 부조화의
조음噪音으로 구분된다. 《예기·악기禮記·樂記》에서 "소리가 문文을 이
루니, 이를 음音이라 한다(聲成文, 謂之音)"라고 하였는데 여기서 '문文'
은 교착交錯의 의미이다. 《설문(說文)》에서 "문은 교착해서 그리는 것이
다(文, 錯畵)."30)라고 하였다. 이에 근거하면 악음은 성음이 악조의 선
율에 부합하고 화해적으로 교차하여 이루어진 것이고, 조음은 이와
반대되는 것이다.

정情은 희로애락의 감정이다. 《예기·예운禮記·禮運》에서는 "기쁨·
노여움·슬픔·두려움·사랑·증오·욕망의 일곱 가지 감정은 배우지
않아도 능한 것이다(喜·怒·哀·懼·愛·惡·欲七者弗學而能)"라고 하
였다. 왕부지는 "감정이란 희로애락이 발동한 것으로 본성의 단서이
다."31)라고 하였다. 또한 "감정을 성의 정(性之情)"32)이라 하였다. 이는

---

29) 蕭馳,《抒情傳統與中國思想·王夫之詩學發微》,(上海: 古籍大學出版社, 2003),192
　　쪽. "聲情是以'聲'體'情', 使外在的'聲'昭徹內在的'情', 外在的節奏模寫內在的節
　　奏."
30) 漢 許愼 撰, 淸 段玉裁注,《說文解字注》(臺北, 紅葉文化出版社, 1999), 429쪽.
31) 《船山全書》六,《禮記章句》卷一九 ,《樂記》, 891쪽. "喜怒哀樂之發, 情也. 情者,
　　性之緒也."

성을 근간으로 발동하는 것이 정이라는 의미이다.

왕부지는 성정론聲情論을 통하여 음악과 시를 상호 조화롭게 배치하여, 귀에 감미롭고 마음에 감화를 주는 선율을 구성해, 내면의 감정을 표현해야 한다고 생각하였다. 그리하여 독자가 이를 감상하고 감화를 받아 흥興·관觀·군群·원怨을 발동하여 고금의 인정과 소통하도록 하였다. 여기에는 시와 음악이 하나의 이치, 혹은 시와 음악이 하나의 체계一體라는 왕부지의 심미 관점이 반영되어 있다.

2) 성음聲音과 정의情意의 화해

시에서 성음에 속하는 음운, 성률, 음향 등은 음악미를 구성하는 중요 요소이다. 왕부지는 이러한 예술 요소들을 조화롭게 안배하여 귀에 감미롭고 마음에 감화를 주는 선율과 절주를 구성해서, 시인의 감정과 뜻(情意)을 감미롭게 전달하여 독자의 심금을 울리는 창작을 추구하였다. 그는 시의 음악미의 각도에서 선율, 절주 등 소리의 심미적 배치규율과 심미 특징에 관하여 탐구하였다.

(1) 선율

선율이란 소리의 높낮이가 길이나 리듬과 서로 어울려 이루어지는 음의 흐름이다. 주광잠朱光潛은 시와 음악의 근원이 같다는 것을 가장 분명하게 나타내는 형식은 중첩重疊, 질구迭句, 친자襯字 3종류로, 이는 모두 시나 음악에서 음악적 리듬감이나 절주감을 조성하는 요소들로

---

32) 《船山全書》三, 《詩廣傳》卷二, 〈豳風·論東山〉, 384쪽. "不毗於憂樂者, 可與通天下之憂樂矣. 憂樂之不毗, 非其忘憂樂也, 然而通天下之志而無蔽. 以是知憂樂之固無蔽而可爲性用, 故曰: 情者, 性之情也."

선율의 범주에 속한다고 하였다.[33] 중첩은 같은 글자를 중복시켜서 새로운 사어를 조성하여 어기를 강화하고 음악적 리듬감을 살려 표현 내용을 강조하며 깊은 감정을 묘사하는 효용을 가진다. 왕부지도 이와 유사한 심미 관점을 제기하였다.

> 뜻 또한 한 번에 말할 수 있으나, 결국에는 왕복해서 정중하게 표현해야 사람의 마음을 곡진하게 감동시키니, 시와 음악의 효용이 바로 이에 있다.[34]
> 고인은 뜻은 간약하게 하고 문사는 간약하게 하지 않았으니, 마치 하나의 마음이 모든 뼈를 부리는 것과 같다. (이와 반대로) 후인은 문사를 줄이고, 뜻을 모아놓았으니, 마치 백 사람이 양 한 마리를 치는 것과 같아, 치란의 음악이 이로써 판별된다.[35]

이른바 "왕복해서 정중하게 표현한다"라는 것은 반복적으로 은근하게 감도는 선율을 말한다. 이러한 선율을 통해 뜻을 표현함으로써, 독자는 지극한 예술미 속에서 감동하고 부지불식간에 성정을 미묘한 곳으로 이끌어 갈 수 있다.

왕부지는 또한 시에 음악적 선율이 갖춰지기 위한 조건으로, 반드시 언사는 간결해야 하고 뜻은 극진하게 표현되어야 함을 강조하였다.

---

33) 朱光潛, 《詩論》(廣西, 師範大學出版社, 2004), 9-10쪽, "重疊有限於句的, 也有應用到全章的.----其次是迭句. 迭句有每章首尾都用同一語句, 也有每句之後用一字或語句者.----第三是襯字. 襯字在文義上不必要, 樂調長而歌詞簡短, 歌詞必須加襯字才能與樂調合拍."
34) 《船山全書》一四, 《古詩評選》卷一, 489쪽, 〈瑟調曲・西門行〉評語. "意亦可一言, 而竟往復鄭重, 乃以曲感人心, 詩樂之用, 正在于斯."
35) 《船山全書》一四, 《古詩評選》卷一, 495-496쪽, 〈古歌謠・鷄鳴歌〉評語. "古人之約以意, 不約以辭, 如一心之使百骸; 後人斂詞攢意, 如百人而牧一羊. 治亂之音, 於此判矣."

이와 상반되는 경우, 마치 백 사람이 한 마리의 양을 치는 것과 같아서 사람들에게 영탄을 불러일으킬 수 없고 사람들의 심령을 감동시킬 수 없다고 하였다. 그는 이러한 관점을 《시광전詩廣傳》에 상세하게 드러내었다. 만약 시에서 뜻이 번잡하면 독자의 청각을 교란한다고 하였다.[36]

이 외에도 왕부지는 시가 반복으로 은근하게 감도는 선율을 갖추기 위해서는 시에서 묘사하는 감정, 시기, 일, 뜻은 반드시 하나에 그쳐야 함을 강조하였다. 이것은 소리와 뜻이 화해하기 위한 심미 조건을 말한다.[37]

그가 이러한 심미관점을 견지한 것은 바로 시에 한 가지 뜻을 써야 하나의 기氣로 관통될 수 있고, 시의 처음과 결미가 사건의 발전에 따라 연결되어 하나의 악장을 구성할 수 있기 때문이다.[38] 만약 한 편에

---

36) 《船山全書》三, 《詩廣傳》卷五, 506쪽, 〈魯頌·論駉〉. "有求盡於意而辭不溢, 有求盡辭而意不溢, 立言者必有度, 而各從其類. 意必盡而儉於辭, 用之於《書》; 辭必盡而儉於意, 用之於《詩》; 其定體也. 兩者相貿, 各失其度, 匪但其辭之不令也." 爲之告戒而有餘意, 是詒人之疑也. 特炫其辭, 而恩威之用抑黷. 爲之歌詠而多其意, 是熒聽也, 窮於辭, 而興起之意微矣. 故曰: "言之不足, 故嗟嘆之; 嗟嘆之不足, 故永歌之; 永歌之不足, 故不知手之舞之." 知然, 則言固有所不足矣. 言不足, 則嗟嘆永歌·手舞足蹈, 以引人於輕微幽浚之中, 終不於言而祈足也. 故《書》莫勝於文, 文者, 兼色者也. 故《詩》莫善於章者, 章者, 一色者也. 方欲使之嗟嘆之, 抑欲使人永歌之, 終欲使人舞蹈之, 而更爲之括初終, 攝彼此, 喤耳煩心, 口促氣忿, 涕笑謹嗽而罔所理, 又亥以施諸手足而于行綴乎?""

37) 《船山全書》一五, 《夕堂永日緒論內編》, 822쪽, "一詩止於一時一事, 自十九首至陶·謝皆然."夔府孤城落日斜", 繼以"月映荻花", 亦自日斜至月出, 詩乃成耳. 若杜陵長篇, 有歷數月日事者, 合爲一章. 《大雅》有此體. 後唯《焦仲卿》·《木蘭》二詩爲然. 要以從旁追敍, 非言情之章也. 爲歌行則合, 五言固不宜爾.". 《船山全書》一四, 《唐詩評選》卷三, 1048쪽, 杜審言〈春日江津遊望〉評語. "旣已命意成章, 則求盡一物一景一情一事之旨, 得盡而畢. 若條此旋彼, 生起無根, 拾掇不以其倫, 流漾不赴其曲, 則形者愈充, 神者久喪.". 《船山全書》一五, 《夕堂永日緒論內編》卷下, 829쪽, "一時, 一事, 一意, 約之止一兩句., 長言永歎, 以寫纏綿悱惻之情, 詩本敎也."

38) 《船山全書》一五, 《夕堂永日緒論外編》, 847쪽, "一篇載一意, 一意則自一氣, 首尾

많은 사물, 긴 시간, 복잡한 정의情意를 표현할 경우 이와 상반된 현상이 출현한다.

친자襯字는 "문장의 의미상에는 불필요한 글자이다. 곡조는 길고 가사는 간약하기 때문에 가사에 반드시 친자를 넣어야만 곡조와 박자가 맞을 수 있다. 이는 《시경》·《초사》 중의 혜兮나, 현대 가요 중의 이咦·아呀·오唔 등의 글자와 같은 것이다."[39] 주광잠이 친자라고 말한 이러한 조사들은 구의 중간이나 끝에 위치하여 장단을 조절하고 음조를 조화시켜, 선율을 구성하는 역할을 한다.

왕부지도 이와 같은 관점을 가졌다. 그는 시가의 연변을 고찰하는 과정에서, 음악의 '영永'과 시가의 '언言'이 상호 배합되었다가 점차 멀어진 것을 발견하였다. '영'은 시가 언어의 음절, 성률을 조절하는 작용을 하며("憑之以爲音節', '以合聲律"), 글자로는 존재하지만 뜻을 갖지 않는다("有字而無義"). 왕부지는 '영'을 현대의 친자 즉 조사의 작용으로 보았다. 왕부지는 위진(魏晉) 시기 이전의 시가는 "영이 언외에 있다(永在言外)"라고 하였다. 이는 시가 언어의 장단을 잘 조절하여 언외에서 음악의 선율이 흐르는 것을 말한다. 제양齊梁 시대는 "영이 언어 속에 있다(永在言中)"라 하였다. 이는 '영'이 시가 언어 속에서 사용되고 작용을 하여 시가 언어에 음악적 선율이 배합된 것이다. 수당隋唐 시대는 고금의 법을 두루 사용하여, 고대 시가 전통의 '무언으로 '영'을 표현함(無言之永)'하고, 당시 특유의 '언어로 '영'을 표현함(以言實永)'이 있었다. 전자는 왕유의 〈양관삼첩陽關三疊〉·〈감주입파甘州入破〉와 같은 것으로 비록 짧은 18자이지만, 장단의 빠름과 느림이 잘 조절된

順成, 謂之成章., 詩賦·雜文·經義有合轍者, 此也."

39) 朱光潛, 《詩論》(廣西, 師範大學出版社, 2004), 9-10쪽,

선율 가운데 무한한 깊은 정을 내포하고 있다. 후자는 양광楊廣의 〈강남호江南好〉, 이백의 〈억진아憶秦娥〉, 〈보살만菩薩蠻〉 등인데, 시가에 사용한 언어로 성율을 맞추어 음악의 선율을 삼았기 때문에 음악적 선율이 점차 희미해졌다. 宋송에 이르러 "'영'이 언어의 뜻을 담지 않음이 없다(永無不言)"라고 하였다. 이는 시가의 언어형식이 음악의 선율을 대체하고, 음영, 영탄의 작용을 상실해서 '문으로 시를 짓는(以文爲詩)' 풍조를 이룬 것을 말한다.40)

왕부지는 음악의 '영'과 시의 '언'의 상호 배합 관계로써 시가 연변을 고찰하여, 시는 음악의 선율을 갖춰야 하고 자연스럽게 내심의 정감을 화해시키는 절주를 체현해야 함을 강조하였다.

(2) 절주

절주란 일정한 박자나 규칙에 따라서 음의 장단이나 세기 등이 반복될 때 생겨나는 규칙적인 음의 흐름이다. 중국 시에서는 압운으로써 절주를 조성한다. 주광잠은 "중국 시의 절주는 운韻에 의뢰하여 이루어진다."… 일반적으로 말해서 운의 최대 작용은 흩어진 성음을 연계해서 완정한 곡조를 만드는 것이다. 그것은 구슬을 꿰는 꿰미와 같은 것으로, 중국 시에서 이 꿰미는 없어서는 안 된다."41)라고 하였다. 원행패袁行霈

---

40) 《船山全書》二, 《尙書引義》卷一, 《舜典義》三, 252쪽, "漢之〈鐃歌〉, 有有字而無義者, 〈鐃歌〉之永也. 今失其傳, 直以爲贅. 當其始製, 則固全憑之以爲音節. 以此知升歌·下管·合樂之必有餘聲在文外之外, 以合聲律, 所謂永也. 晉·魏以上, 永在言外. 齊·梁以降, 永在言中. 隋·唐參用古今, 故楊廣〈江南好〉, 李白〈憶秦娥〉·〈菩薩蠻〉之制, 業以言實永; 而〈陽關三疊〉·〈甘州入破〉之類, 則言止二十八字, 長短疾徐, 存乎無言之永. 言之長短, 而歌之襯疊異, 固不可以〈甘州〉之歌歌〈陽關〉矣. 至宋而後, 永無不言也. 永無不言而古法亡. 豈得謂古之無永哉!"

41) 朱光潛, 《詩論》(廣西, 師範大學出版社, 2004), 145-146쪽.

는 "압운은 같은 운모를 규칙적으로 중복시키는 것으로 마치 악곡 가운데 반복적으로 출현하는 하나의 주음主音과 같다. 전체 악곡은 이것으로 관통된다. 중국 시의 압운은 구의 끝에 있는데, 구의 끝은 뜻과 성음이 비교적 크게 정돈되는 곳으로, 다시 위의 운과 짝을 이룬다. 그래서 조성되는 절주감은 더욱 강렬하다."42)

왕부지도 시에서 운으로 조성되는 절주를 매우 중시했다.43) "왕부지는 시의 음악성을 중시했다. 운을 사용해서 절주를 형성하고 이로써 독자의 심령을 진탕시키는 것을 중시했다. 그 가운데 평성 압운은 여음이 이루다 할 수 없는 미감의 향수를 가지며, 또한 전아한 풍격을 드러내어 독자에게 일창삼탄하는 가운데 마음이 화평해지고 기가 온화해져, 성정을 미묘한 데로 이끌어 들인다. 남조 시인 포조鮑照의 〈의행로난擬行路難〉과 두보의 〈석호리石壕吏〉가 왕부지의 높은 평가를 받은 이유는 운도 교묘하게 사용했지만, 그 공통점은 하나의 압운을 끝까지 운용하지 않고, 정감의 유동을 따라서 자연스럽게 환운하면서 운각韻脚 가운데 절묘한 조예를 드러냈기 때문이다. 그리하여 화해적으로 절주감을 형성하고 유미한 정감으로 독자를 사로잡아 감동을 준다는 점이

---

42) 袁行霈, 《中國詩歌藝術研究》(臺北, 五南圖書出版公司, 1989), 116쪽.
43) 《船山全書》一四, 《古詩評選》卷四, 700쪽, 陸雲〈爲顧彦先贈婦往返四首之二〉評語. "含怨微甚, 方可許之曰雅." 《船山全書》一四, 《明詩評選》卷八, 1583쪽, 劉渙〈絶句〉評語. "韻勝卽雅. 竟陵淫褻易甚, 亦由韻不足耳." 《船山全書》一四, 《唐詩評選》卷一, 918쪽, 李益〈輕薄篇〉評語. "平直有韻度, 樂府本色." 《船山全書》一四, 《唐詩評選》卷三, 918쪽, "元·白固以往風味, 流蕩天下心脾, 雅可以韻相賞." 《船山全書》一四, 《古詩評選》卷一, 534쪽, 鮑照〈擬行路難之一〉評語. "《行路難》諸篇, 一以天才天韻吹宕而成, 獨唱千秋, 更無和者." 《船山全書》一四, 《唐詩評選》卷二, 961쪽, "片段中留神理, 韻脚中見化工, 故刻畫愈精, 規模愈雅, 直自〈孤兒行〉來, 嗣古樂又非用修所得苟丹鉛. "夜久語聲絶"二句乃現賓主.起句"暮投"二字, 至此方有起止. 作者非有意爲之, 自然不亂耳."

다."44)

　왕부지는 환운의 음악적 절주와 시인의 정감과의 관계를 통해 시와 음악이 하나의 유기체가 되어야 함을 강조하였다. 이를 대변하는 것이 그의 '운의불쌍전韻意不雙轉'론이다. 이것은 시에서 운과 뜻이 동시에 바뀌어서는 안 된다는 취지이다. 압운의 작용은 고저 청탁을 활용하여 음악의 절주를 낳게 하는 데 있고, 정의情意는 시인의 주지主旨이다. 시인의 주지는 운에 실려 신축적이고 탄력적으로 펼쳐진다. 양자는 서로 엇갈려 뒤섞이면서 문장을 이룬다. 따라서 뜻이 이미 다하면 운이 뜻이 이어지게 하고, 운이 변하면 뜻이 또한 운을 연속되게 해야 한다.45) 왕부지는 이러한 관점에 따라, 환운하는 경우라도 반드시 운과 뜻이 한꺼번에 바뀌게 해서는 안 된다고 하였다. 만약 운이 뜻이 동시에 바뀌게 된다면, "문기가 끊어지고 신기가 흩어져서(氣絶神散)", "마치 잘린 뱀이나 쪼개진 오이와 같다"라고 하였다. 그의 '운의불쌍전韻意不雙轉'론은 성음과 정의의 화해를 강조한 것으로46), 시는 성정을 통해서

---

44) 張栢恩,《從「興」之觀點論詩學》(淡江大學, 碩士學位論文, 民國96年), 101쪽.

45)《船山全書》一四,《楚辭通釋·序例》, 209쪽. "自《周易》象以韻製言,《雅》,《頌》,《風》胥待以成響. 然韻因於抗墜, 而意有其屈伸, 交錯成章, 相爲連綴, 意已盡而韻引之以有餘, 韻且變而意延之未艾, 此古今藝苑妙合之樞機也. 因韻轉而割爲局段, 則意之蟄戾者多矣. 今此分節立釋, 一唯其意之起止, 而餘韻於下, 以引讀者不倦之情. 若吟諷欲其成音, 則自隨韻爲于喁, 不待斁也. 韻意不容雙轉, 爲詞賦詩歌萬不可逆之理."

46)《船山全書》一五,《詩譯》, 811-812쪽. "句絶而語不絶, 韻變而意不變, 此詩家必不容昧之幾也. "天命玄鳥, 降而生商." 降者, 玄鳥降也, 句可絶而語未終也. "薄汚我私, 薄澣我衣. 害澣害否? 歸寧父母." 意相承而韻移也. 盡古今作者, 未有不率繇乎此, 不然, 氣絶神散, 如斷蛇剖瓜矣. 近有吳中顧夢麟者, 以帖括塾師之識說詩, 遇轉則割裂, 別立一意. 不以詩解詩, 而以學究之陋解詩, 令古人雅度微言, 不相比附. 陋于學詩, 其弊必至於此."
《船山全書》一五,《夕堂永日緒論內編》, 823쪽. "古詩及歌行換韻者, 必須韻意不雙

시와 음악이 하나의 유기체가 되어야 함을 말한 것이다. 그리고 이것은 시의 창작에서 "절대 거스를 수 없는 이치"[47] 라고 하였다.

3) 역대 시의 품평 척도

왕부지는 《고시평선》·《당시평선》·《명시평선》에서 선진에서 명대에 이르는 시, 총합 2,491수를 선평하였다. 그 선평에서 성정은 역대 시의 포폄 척도가 되었다. 시기별로 품평의 몇 사례를 들어본다.

한 무제武帝의 〈추풍사秋風辭〉는 한 무제武帝 유철劉徹이 여러 신하를 이끌고 하동군河東郡 분양현汾陽縣에 가서 지신地神에게 제사를 지내는데, 마침 가을바람이 쓸쓸하게 불고 기러기는 남쪽으로 돌아가고 있었다. 무제는 분하汾河에 배를 띄워놓고 중류에서 연회를 벌이다가 이러한 광경을 보고 감정이 일어 〈추풍사〉를 지었다. 이 시는 경물로 감흥을 불러일으키고 이어서 누선樓船 가운데 가무가 절정에 이른 장면을 묘사하고 있다. 마지막에는 즐거움이 종극에는 슬픔을 낳고, 인생은 늙기 쉽고, 세월이 빨리 흘러간다는 것으로 결말을 지었다. 전체 시는 비比와 흥興의 수법을 병용하고, 감정과 풍경을 교융시킴으로써 의경意境은 우미하고 음운은 유창하다. 이 작품은 즐거운 광경 속에 슬픔을 드러내고, 그 선율은 슬픈 곡조를 띠고, 그 감정은 처량하다. 시의 정조에 대하여 왕부지는 "성정이 서늘하고 차가운 느낌을 주니 가을이 아닌 것이 없다."[48]라고 하였다. 처량한 감정과 슬픈 곡조의 어우러짐은 이

轉.自《三百篇》以至庾·鮑七言, 皆不待鉤鎖, 自然蟬連不絶.此法可通於時文, 使股法相承, 股中換氣.近有顧夢麟者, 作《詩經塾講》, 以轉韻立界限, 劃斷意旨.劣經生桎梏古人, 可惡孰甚焉! 晉〈淸商〉·〈三洲曲〉及唐人所作,有長篇拆開可作數絶句者, 皆蝨蟲相續成一靑蛇之陋習也."

47) 주)43과 같은 곳. "韻意不容雙轉, 爲詞賦詩歌萬不可逆之理."

작품이 중국 문학사상 처량한 가을을 잘 묘사한 가작으로 평가받는 이유이다. 이외에도 성정으로 한대 민가 〈전성남戰城南〉49), 진晉의 악부 고사樂府古辭 〈휴세홍休洗紅〉 제2수50), 왕초王初의 〈송왕수재알지주도관 送王秀才謁池州都官〉51), 포조鮑照의 〈대백저무가사지일代白紵舞歌詞之一〉·〈의행로난지팔擬行路難之八〉52) 등을 품평하였다.

당대 낙빈왕駱賓王의 〈악대부만사樂大夫挽詞〉는 5수의 연작으로 죽은 친구를 애도하는 시이다. 전체는 죽은 친구의 생애를 추서하거나 두 사람의 우정을 서술함이 없이 단지 묘 앞에서 애도하는 정경만을 묘사했다. 그러나 그 정경이 눈에 선하며 깊이 감동을 불러일으킨다. 특히 제4수의 결구(寧知荒壟外, 吊鶴自裴徊)는 애도와 친구를 그리는 감정이 독자의 눈물을 금할 수 없게 한다. 왕부지는 이에 대해 "성정이

---

48) 《船山全書》一四, 《古詩評選》卷一, 484쪽, 〈古樂府歌行· 漢武帝·秋風辭〉評語. "聲情涼銑, 無非秋者."

49) 《船山全書》一四, 《古詩評選》卷一, 486쪽, 〈漢鐃歌曲 · 戰城南〉評語. "所詠雖悲壯, 而聲情繚繞, 自不如吳均一派裝長脖大面腔也. 丈夫雖死, 亦閒閒爾, 何至槓面張拳?" 〈戰城南〉는 죽은 사람의 어투를 빌어 전쟁의 참상을 묘사하였다. 전쟁에서 죽은 병사를 애도하고 추념하는 비장한 감정을 표현하였다. 그 비장한 감정을 선율을 조성하여 완곡하게 표현함으로써 그 색채를 더욱 드러나게 하였다. 특히 이 작품의 "梁築室"의 '梁'에 대해서《古樂錄》에서는 그것을 노래할 때의 발성 기호로 보았다.

50) 《船山全書》一四, 《古樂府歌行· 休洗紅〉評語."一往動人, 不入流俗, 聲情勝也."

51) 《船山全書》一四, 《唐詩評選》卷四, 1120쪽, 王初〈送王秀才謁池州都官〉評語. "聲情不惡."

52) 《船山全書》一四, 《古詩評選》卷一, 533쪽, 鮑照〈代白紵舞歌詞之一〉評語. "一氣四十二字, 平平衍序, 終以七字於悄然暇然中遂轉遂收, 氣度聲情, 吾不知其何以得此也! 其妙都在平起. 平, 故不迫急轉抑. 前無發端, 則引人入情處, 澹而自遠, 微而弘, 收之促切而不短. 用氣之妙, 有如此者! 嗚呼, 安得知用氣者而與言詩哉?",《船山全書》一四, 《古詩評選》卷一, 537쪽, 鮑照〈擬行路難之八〉評語. "全以聲情生色."

자연스럽게 이르렀고 애도에서 색채를 내었다."53)라고 하였다. 이 작품
에는 애도하는 감정과 슬픔의 음악이 넘치어 애도의 분위기를 자아낸
다는 설명이다. 이외에도 성정으로 두보의 〈신혼별新婚別〉54), 이하의
〈곤륜사자崑崙使者〉55) 등을 품평하였다.

명대 고계高啓의 〈과백학계過白鶴溪〉는 관직을 그만두고 고향으로 돌
아가는 도중에 백로주를 지나면서 지은 작품이다. 눈앞의 정경을 묘사
하되 감정과 풍경이 어우러지고, 실경과 허경이 교차하는 가운데 작가
의 감정을 기탁하였다. 투명하며 순정하고 청신하며 자연스럽다. 왕부
지는 이에 대해, "성정이 모두 갖춰졌으니 결국에는 좌로는 사조를
양보시키고 우로는 이백을 위협하려 한다."56)라고 하였다. 고계의 작품
은 음악과 감정이 모두 체현되어 있어서 사조를 뛰어넘고 이백에 버금
가는 경지라고 하였다.

이와 반대로 성정미가 없는 경우, 좋지 않은 작품으로 평가하였다.

> 성정은 장경체에는 속하지 않으니, 바로 序를 꾸며서 파도가 놀
> 라고 눈이 춤추듯 내리는 묘미를 갖도록 하였다.57)

온전히 성정으로 색채를 내었다. 송인은 시를 논하는데 뜻을 위

---

53) 《船山全書》一四, 《唐詩評選》卷三, 985쪽, 駱賓王〈樂大夫挽詞二首之一〉 評語.
""聲情自邃,於挽詩爲生色."
54) 《船山全書》一四, 《唐詩評選》卷三, 959쪽, 杜甫〈新婚別〉 評語. "意韻婉切."
55) 《船山全書》一四, 《唐詩評選》卷三, 925쪽, 李賀〈崑崙使者〉 評語. "長吉長於諷刺,
直以聲情動今古,直與供奉爲適,杜陵非其匹也."
56) 《船山全書》一四, 《明詩評選》卷四 ,1268쪽, 高啓〈過白鶴溪〉評語. "聲情俱備,邃欲
左把玄暉,右拍太白."
57) 《船山全書》一四, 《明詩評選》卷二, 1231쪽, 顧開雍〈柳生歌〉評語. "聲情不屬長慶,
正使點序自有驚濤舞雪之妙."

주로 하니, 이와 같은 부류처럼 줄곧 뜻으로써 서로 표방한다면, 촌의 삿갓 쓴 농부나 눈이 먼 여자가 연주하는 것과 무엇이 다르겠는가?"58)

만약 성정미가 아니라 단지 이 뜻만 있다면, 담원춘이 짓는 것과 같아서 거리의 외설스러운 시가를 짓지 않게 하는 것이 불가능하다.59)

　장경체長慶體는 백거이白居易·원진元稹의 문집 이름에서 기원했다. 원진은 백거이의 시문을 50권으로 편정編定하여 《백씨장경집白氏長慶集》이라 하고, 원진은 자기의 문집을 《원씨장경집元氏長慶集》이라 하였다. 이로부터 장경체는 백거이와 원진의 문체의 별명이 되었는데 원진과 백거이가 개창開創한, 장편의 칠언서사 가행체歌行體로 되어 있다. 왕부지는 장경체에 대하여 시문을 장식하고 꾸밈으로써 "파도가 놀라고 눈이 춤을 추는驚濤舞雪" 묘미는 있지만, 감정의 표현이 단도직입적이고 음악미가 없는 단점이 있다고 여겼다. 또한 송나라 문인들의 작품도 이와 같은 병폐가 있다고 하였다. 그들은 시문에서 '뜻을 위주로 한다(以意爲主)'를 주창하였기 때문에 시와 문장 간에 혼란을 일으키는 병폐를 낳았고, 이로써 시에서 성정미聲情美가 상실되는 결과를 낳았다고 여겼다. 명나라 사람 담원춘이 주창한 성령파性靈派도 내재의 정감만을 추구하고, 시의 성정미를 홀시함으로써 그들 작품은 거리의 외설스

---

58) 《船山全書》一四, 《古詩評選》卷一, 537쪽, 鮑照〈擬行路難之八〉評語. "全以聲情生色. 宋人論詩以意爲主, 如此流直用意相標榜, 則與村黃冠盲女子所彈唱, 亦何異哉?"
59) 《船山全書》一四, 《明詩評選》卷八, 1619쪽, 湯顯祖〈病酒答梅禹金〉評語. "若非聲情之美, 但有此意, 令譚友夏爲之, 求不爲淫哇不得也."

러운 노래와 같아 심금을 울릴 수 없다고 하였다.

이처럼 왕부지가 선진에서 명대에 이르는 시, 총 2,491수를 품평하는 과정에서 성정을 직접 들어 논한 것은 수없이 많다. 또한 성정을 직접 사용하지는 않았지만 성정의 취지에서 논한 평어는 헤아릴 수 없이 많다. 이는 왕부지가 시와 음악의 화해를 시의 평가에서 절대 기준으로 삼은 것을 의미한다.

5. 시와 음악의 심미 효용

왕부지는 시나 음악은 성정미를 체현하여 귀에 감미롭고 마음에 감화를 주는 선율을 구성하여 작게는 개인의 성정을 도야시키고 크게는 풍속을 변화시켜, 난세에서도 인도人道를 구하여 천하를 안정시킬 수 있는 효용을 가진다고 하였다. 이것이 이른바 시교詩敎와 악교樂敎이다.

> 시의 교화는 사람을 맑고 깨끗한 곳으로 이끌고 완고와 비루를 제거해주며 소인에 미쳐서는 단정한 품행이 깎이지 않게 하니 이것이 또한 그 효용이다.[60]

> 성인은 시교로서 탁한 마음을 제거하며 씻어내고 쇠락한 기운을 진작시켜서 호걸로 이끌어 들이고 나중에는 성현을 기대할 수 있게 한다. 이는 난세에서 인도를 구하는 커다란 방법이다.[61]

> 《시경》은 막히어 고르지 못한 것을 깨끗이 씻어주고, 천하를

---

60) 《船山全書》三, 《詩廣傳》卷一, 326쪽, "詩之敎, 導人於淸貞而鐲其頑鄙, 施及小人而廉隅未刓, 其亦效矣."
61) 《船山全書》十二, 《俟解》, 479쪽, "聖人以詩敎, 以蕩滌其濁心, 震其暮氣, 納之於豪傑, 而後期之以聖賢, 此救人道於亂世之大權也."

여유가 있게 안정시키는 것이다.62)

　군자는 아악을 배워서 자신의 덕을 함양한다.63)
　음악의 교화는 선왕이 이로써 공경대부의 자제를 교육하는 본업
으로 삼는데, 학자로서 13세 이상부터 익히지 않는 사람이 없다.
대개는 이로써 성정을 바꾸고 고무하여 선으로 옮겨가는 것으로
그 효용이 가장 빠르고 점차 큰 성취에 이르니 또한 이를 버리고
달리 교화의 성공이 있을 수 없다.64)

　왕부지는 시와 음악의 심미 작용은 개인의 성정, 덕을 함양시키는
데 있고 천하를 안정시키는 작용을 한다고 하였다. 그의 시론이나 악론
에서 정貞과 음淫, 아雅와 속俗을 엄격하게 구별한 것은 시와 음악의
이러한 심미적 절대가치와 효용 때문이다. 시나 음악에서 올바른 감정
과 아악을 사용하여 인심을 바로잡는다면, 마음이 바르지 못한 사람은
바르게 되고, 마음이 바른 사람은 더욱 올바르고 화평해지게 된다. 음일
한 감정과 속악俗樂이 유행하면 사심을 일으키고, 사악한 마음을 가진
사람은 더욱 사악하게 된다. 이것이 바로 시와 음악이 국가의 민심과
풍속에 영향을 미침으로써 국가의 존망을 좌우하게 되는 까닭이다.
이처럼 시와 음악은 그 심미 효용 및 작용에 있어서 서로 같은 작용을
한다. 시와 음악의 화해가 체현하는 시교와 하교의 이러한 심미 작용,
사회 작용은 왕부지가 예술창작에서 추구하는 지고지선의 예술적 목표

---

62) 《船山全書》三, 《詩廣傳》卷一, 302쪽. "《詩》者, 所以蕩滌怨滯而安天下於有餘者
　　也."
63) 《船山全書》六, 《禮記章句》卷一八, 《樂記》, 925쪽. "君子學於雅樂以養其德."
64) 《船山全書》六, 《禮記章句》卷一八, 《樂記》, 887쪽. "樂之爲教, 先王以爲教國子之
　　本業, 學者自十三以上莫不習焉. 蓋以移易性情而鼓舞以遷於善者, 其效最捷, 而
　　馴至大成, 亦不能舍是而別有化成之妙也."

와 심미적 이상이다.

6. 나가며

왕부지의 시와 음악은 하나의 이치라는 이론은 고대 시가 연변에서 중요 의의가 있다. 중국 시는 원래 음악과 배합되어 가창되었지만, 한 대 이후 악부가 쇠망하자 시는 가사만 있고 곡조는 없어졌다. 시와 음악이 배합되었을 때는 시의 음악은 곡조에서 나왔지만, 가사가 곡조를 이탈한 뒤에는 시의 음악은 가사의 문자에서 나왔다. 이에 시인은 시의 언어, 문자 자체의 절주 변화, 압운 및 자음의 경중과 청탁 등을 강구하여 음악미를 살리고자 하였다. 이는 성률설聲律說과 영명체永明體가 일어나 게 되는 배경이 되었다. 성률설과 영명체는 격률시 형성에 공헌하였지만, 지나치게 성율을 강구하여 결국은 형식주의로 흘러 시의 생명이 서정에 있음을 간과하게 되었다. 왕부지의 시악일리론詩樂一理論과 성정론聲情論 은 이런 성률설과 영명체에 대한 반발이자 수정이다.

당대에는 성률설을 극복하고, 음악미를 추구하기 위해서 각종 변통 의 방법을 강구하였다. 점대粘對 등 각종 평측平仄 규율이 그것이다. 그러나 왕부지의 '귀에 감미롭고 마음에 감화를 줘야 한다'라는 예술적 관점에서 보면, 이것은 죽은 법에 불과하다.65) 송대는 시에 학문, 이치

---

65) 《船山全書》一五, 《夕堂永日緒論內編》, 827쪽. "《樂記》云:'凡音之起, 從人心生 也.'固當以穆耳協心爲音律之准.一三五不論, 二四六分明"之說, 不可恃爲典要.--- '昔聞洞庭水', '聞'·'庭'二字俱平, 正爾振起.若'今上嶽陽樓'易第三字爲平聲, 雲 '今上巴陵樓', 則語塞而戾於聽矣.'八月湖 水平', '月'·'水'二字皆仄, 自可;若'涵 虛混太淸'易作'混虛涵太淸', 爲泥聲土鼓而已.又如'太淸上初日', 音律自可;若云 '太淸初上日', 以求合於粘, 則情文索然, 不複能成佳句.又如楊用修警句云:'誰起 東山謝安石, 爲君談笑淨烽煙?'若謂'安'字失粘, 更云'誰起東山謝太傅', 拖遝便不

를 강구하고, 산문의 시가 창작되어, 성정·음악미 등 시의 생명이 도외
시되었다. 왕부지는 자신의 예술관점에 따라, 송대의 이러한 병폐를
비판, 부정하였다.[66] 명대의 복고파는 송대의 약점을 극복하고자 각종
운서를 통해 시격·시법을 주장하였지만, 시와 음악의 화해를 주장하는
것은 아니었다. 이에 명대의 격조파는 왕부지의 비판을 받게 된다.[67]
왕부지가 시와 음악은 하나의 이치라는 예술적 관점을 제기하고 성정
미를 강조하여, 시와 음악의 분리를 극복하고 양자의 화해를 강조한
것은 시의 진정한 예술 생명과 정신을 되찾고자 한 것이다. 왕부지는
성정을 역대 시의 비평 개념으로 자리매김하게 하였다. 왕부지 이전에
왕세정王世貞·왕기덕王驥德·종성鍾惺[68] 등이 성정으로 희곡을 평론하
고 작품을 평한 사례가 보이기는 하지만, 그 출현 빈도나 평한 작품은
소수이다. 왕부지에 이르러 성정은 시 품평의 주요 개념, 척도, 범주가
되었다. 이는 그가 중국 시가 비평에 끼친 공헌이다.

成響.足見凡言法者, 皆非法也. 釋氏有言：‘法尙應舍, 何況非法？’藝文家知此, 思
過半矣.”

66) 《船山全書》一四,《古詩評選》卷一, 537쪽.鮑照〈擬行路難〉“君不見栢梁臺”評語, “宋
人論詩以意爲主, 如此流直用意相標榜, 則與村黃冠盲女子所彈唱, 亦何異哉？”

67) 《船山全書》一五,《夕堂永日緒論內編》, 833쪽. “所以門庭 ·立, 擧世稱爲‘才子’,爲
‘名家’者有故. 如欲作李, 何, 王, 李門下廝養, 但買得《韻府羣玉》,《詩學大成》,《萬
姓統宗》,《廣輿記》四書置案頭, 遇題査湊, 卽無不足. 若欲吮竟陵之睡液, 則更不須
爾, 但就措大家所誦時文‘之’, ‘於’, ‘其’, ‘以’, ‘靜’, ‘澹’, ‘歸’, ‘懷’熟活字句湊泊將去,
卽已居然詞客.”

68) 왕부지 이전에 聲情을 사용한 경우, 明·王世貞《曲藻 》“凡曲: 北字多而調促,
促處見筋; 南字少而調緩, 緩處見眼. 北則辭情多而聲情少, 南則辭 情少而聲情
多.” 王驥德《曲律》“北辭情少而聲情多, 南聲情少而辭情多. 北力在弦, 南力在板.”
鍾惺《古詩歸》“聲情搖曳而紆回”, “簡文擧體皆俊, 聲情筆舌足以發之” 등이다.
그러나 聲情’을 빈번하게 사용하여 역대 시가를 품평하여 비평용어로 자리매김
되게 한 경우는 왕부지이다.

왕부지의 귀에 감미롭고 마음에 감화를 줘야 하고, 시와 음악은 하나의 이치라는 성정론은 현대적 가치를 가진다. 현대의 '심미 해석학'은 예술형식의 심미 효과와 예술을 통해 표현하려는 주지와의 관계에 있어서, 양자 고도의 통일을 강조한다. 현대의 '심미 해석학'은 중국 고전 시론 중에서 특히 성정론을 그 이론 배경으로 삼고, 시가 언어의 심미 효과와 작가의 지향, 감정과 사상 등의 상호 관계를 고찰하여 그 고도의 화해와 통일을 최대의 심미 조건으로 삼는다.

최근 중국 고전시사古典詩詞 교육에서도 성정 교학敎學을 중시한다. 이는 음악과 감정이 함께 어우러진 혹은 시와 음악, 무용이 합일된 선율로써 감정이나 정지를 살려 심미 효과를 고조시키는 교학 방법이다. 성정 교학에서는 고전시사가 단순히 낭독과 외우는 방식을 벗어나서 노래와 무용 등의 각종 표현형식을 강구하고, 각종 고대나 현대의 악기를 활용하여 고전시사의 가사를 감미롭고 매혹적으로 전달하여 청자의 심금을 울림으로써 카타르시스 작용을 불러일으키게 한다. 최근 시가 비평에서도 음악과 감정이 조화롭고, 음악과 감정이 교융해야 한다는[69] 성정의 개념을 운용하여 고전시가를 분석하고 있다. 이런 의미에서 왕부지의 성정론은 현대 심미 해석학·성정 교학·현대 시가 비평 등의 선구적 역할을 담당했다고 할 수 있다.

---

[69] 袁行霈《中國詩歌藝術研究》(北京, 北京大學出版社, 1987)에서는 聲情의 개념을 운용하여 고전시가를 분석하여, "聲情和諧, 聲情幷茂의 경지에 이르러야, 시가의 음악미가 완미해진다"라고 하다. 童慶炳 주편《문학이론교정》에서는 '聲情幷茂'의 범주로써 시의 음악미를 분석하였다.

참고자료

王夫之 著, 《詩廣傳》, 《讀四書大全說》, 《張子正蒙注》, 《薑齋詩話》, 《禮記章
       句》, 《古詩評選》, 《唐詩評選》, 《明詩評選》

(이상 《船山全書》(全 十六冊), 湖南, 嶽麓書社出版社, 1988-1996年).

淸·劉熙載, 《藝槪》, 臺北, 廣文書局, 1964.

趙則誠等主編, 《中國古代文學理論辭典》, 吉林: 文史出版社, 1985.

袁行霈, 《中國詩歌藝術研究》, 北京, 北京大學出版社, 1987.

陶水平, 《船山詩學研究》, 北京: 社會科學出版社, 2001.

蕭馳, 《抒情傳統與中國思想·王夫之詩學發微》, 上海, 古籍大學出版社, 2003

朱光潛, 《詩論》, 廣西, 師範大學出版社, 2004.

조성천, 《王夫之 시가 사상과 예술론 연구》, 서울: 역락, 2008.

陳松靑, 〈中國古典詩學之"聲情說"闡釋〉, 中國文學研究, 2006年 第3期.

張宗良, 〈王船山詩論"聲情"觀〉, 遼寧師專學報(社會科學版), 2001年 第3期.

張栢恩, 《從「興」之觀點論詩學》, 淡江大學, 碩士學位論文, 民國96年.

蔡登進, 《王船山音樂思想研究》, 東海大學, 碩士學位論文, 民國96年.

陶水平, 〈試析王夫之詩學"詩樂一埋"論〉, 東南大學學報(哲學社會科學版),
       2007年 7月 第4卷 第4期

본 글은 2018년, 중국어문논총, 90집의 〈王夫之의 시가와 음악의 화해 미학〉
의 내용을 수정, 보완한 것임

일엽一葉의 완전한 생명과 소만수蘇曼殊의 묵은 인연

한운진(경완)(동국대학교 불교학술원 전문연구원)

1. 인간의 생명, 개인의 삶

생명은 그 자체로 존귀하며, 생명이 있는 존재의 삶은 어느 것이든 고유한 존엄과 서사가 있다. 한 인물의 서사란 그가 무엇을 어떻게 이루었는지에 관한 이야기며 그래서 각 개인의 서사는 고유하다. 현재를 사는 우리는 타자로서 대상화한 그들 서사의 궤적을 따라 과거와 대화하고 격정과 승화에 공감한다. 그래서 어쩌면 그것은 상처받은 현실에 치유라는 미래를 불러오려는 인간의 희망이라고 할 수도 있겠다.

이 글은 한·중 승려 문인 일엽(一葉, 1896~1971)과 소만수(蘇曼殊, 1884~1918)에 관한 탐색이다. 필자는 학회 발표를 통해 두 인물을 소개하였고 정리 보완하여 논문으로 등재한 바 있다. 이 글에서는 학술 논문의 특성상 다 하지 못했던 말을 더하고, 동시에 논문투의 글을 좀 더 평이하게 풀어쓰고자 한다.

두 문인의 가장 큰 공통점은 모두 불교에 귀의한 스님으로서 문학 활동을 병행하였다는 것이다. 한국의 비구니 일엽(또는 김일엽)은 문학 외에도 여러 학계에서 다양한 논의가 진행되는 인물이다. 불교학, 철학, 여성학, 국문학, 일문학 등 다양한 분야의 주목을 받는다. 그 이유는 무엇보다 독특한 삶의 이력 때문이다. 여류문인으로 이름을 내걸었고, 한때 파격적인 주장을 펼친 사회운동가였다. 그러나, 그 모든 영욕을 떨치고 홀연히 불가에 귀의하여 일생을 마친다. 역설적 생애에 관한 주목에 비해 상대적으로 작품의 사상성과 가치는 평가절하를 받았다. 생존 당시 출간된 수필집은 세간의 주목을 불러일으켰으나 그저 일사逸事를 기록한 연애담으로 치부되었다.

근래 들어 일엽이 당대에 받았던 소외와 평가절하가 근대성, 창조성 등으로 전환되어 재평가되고 있다. 학자들은 당대에는 제대로 평가받지 못한 작품을 수집하여 출판하고, 특히 출가 후 작품 속에 드러난 불교 철학과 선禪적 특징을 드러내고 있다. 수상록에 은유 되어있던 불교 철학적 가치가 드러나며, 여전히 부족하나 호기심으로 성행했던 생애에 관한 관심에 버금가게 되었다. 무엇보다도 일엽은 당시 불경의 인용구로 가득한 불교 문단에 자신만의 목소리로 불교사상을 펼침으로써 창작 역량을 드러낸다. 그것은 삶의 창조성이며 생명의 드러냄이자 진정한 깨달음의 일갈이라고 할 수 있겠다.

소만수는 중국 학계에서 제법 다양한 논의가 있으나 국내에는 잘 알려지지 않은 인물이다. 소만수는 출가와 환속을 수차례 번복했던 인물로 출생과 성장에서 죽음까지 파란만장하고 기구하였다. 그는 스님이었고, 문인이었으나 반복된 출가와 환속으로 인해 혹자는 소만수가 불교에 온전히 몰입하지 못했다고 평가한다. 그러나 끝의 마지막은 시작이듯, 환속했다 다시 돌이키는 마음은 치열하게 불교를 견지했음을 반증하는 것이 아니었을까? 그래서 소만수가 기어이 불교에 귀환하는 일관성은 마땅히 찬탄해야 하지 않을까?

2. 소만수의 출가와 수행 그리고 요절

소만수의 생애와 작품은 평생 친구인 유아자柳亞子가 전한다. 유아자는 유명한 문인으로 소만수의 작품을 모아『소만수전집蘇曼殊全集』을 편찬한다. 현존하는 소만수에 관한 가장 완벽한 전집으로 연구자료로 활용할 수 있다. 생애와 관련한 전기는 세 편이 실려 있다. 유아자·양홍렬楊鴻烈이 중국어본 소만수 전기를 썼고,[1] 양두건梁杜乾이 1924년에 쓴 영어본「만수대사전략曼殊大師傳略」이 있다.[2]

이에 근거하면 소만수는 속명은 현영玄瑛, 자가 자곡子穀이며, 만수曼殊는 법호다. 아버지가 광동廣東의 상인이며, 모친은 일본인으로 전한다. 요즘 사용하는 용어를 빌면 다문화인多文化人[3]이다.

소위 사회적인 약자라고 할 수 있는데, 사회적 약자란 육체적 조건이 약한 사람만이 아니라 정치, 사회경제, 문화면에서 차별을 받거나 받는다고 느끼는 사람을 뜻한다. 이렇게 볼 때, 다문화인이라는 혼종성은 소만수를 외롭게 했을 것이다. 사회적인 소외감을 느꼈을 것이며, 일찍이 존재의 의미에 관해 사고하게 하는 인연이 되었다. 게다가 아버지는 어릴 때 돌아가시고 어머니마저 일본에 있어서 소만수는 사실상 천애의 고아였다. 어머니가 소만수를 돌보아줄 돈을 부쳐주었다고는 하나 사실상 사고무친인 소만수가 의탁할 곳은 없었다. 어린 시절부터 시작된 소만수의 고뇌와 방랑, 출가는 이처럼 외로운 현실 상황을 배경으로 한다. 10대 초반의 소만수는 사문沙門의 길로 들어선다.

---

1) 柳亞子 編訂,『蘇曼殊全集』, 哈爾濱出版社, 2011, pp.396-424. 이 외에「蘇和尙雜談」에 소만수의 알려지지 않았던 생평과 문학적 업적을 정리하였다. 전집에는 유아자 외에 楊鴻烈, 梁杜乾 등의 문인들이 쓴 소만수 전기가 실려 있다.
2) 柳亞子, 위의 책, p.305.
3) 다문화인(多文化人) : 우리말샘에 따르면 혼혈을 달리 이르는 말, 이질적인 문화적 환경 속에서 살아가는 사람을 통틀어 이르는 말이다. 사회적 약자, 소수자로 표현하며 사회학에서 사용하던 용어이지만 현재는 인문학 대중이 자주 인용 활용하는 단어이다.

불가에서는 출가를 구별하여 인연출가와 발심출가를 말한다. 모든 출가가 인연으로 말미암은 것이겠지만, 덧붙여 말하면 인연출가는 삼세 三世의 인연으로 이루어지는 출가라고 할 수 있겠다. 대부분의 동진童眞 출가가 그러한데 동진 출가는 10대나 그 미만의 어린 동자(동녀)가 불가에 입문하는 경우이다. 소만수는 스스로 절에 찾아간 것으로 전한다. 12세 되던 해인 1895년 광주廣州 장수사長壽寺에서 혜룡사慧龍寺 주지 스님인 찬초贊初 스님으로부터 박경博經이라는 법명과 만수曼殊라는 법호를 받고 삭발하였다. 이후 광동의 박라현博羅縣으로 돌아가 3개월간 좌선한다. 예나 지금이나 정식으로 스님이 되려면 구족계를 받아야 한다. 소만수는 뇌봉해운사雷峰海雲寺에서 구족계를 받고 비구가 되었다.

소만수의 출가는 척박한 삶을 스스로 개척한 것이고, 돌파구가 불교 입문에 따른 출가였다는 것이 불교와의 친연성을 보여준다고 하겠다. 소만수는 특유의 영민함으로 출가 후 얼마 되지 않아 특별한 재능을 발휘한다. 바로 언어적 재능이다. 소만수는 짧은 시간 안에 한문과 산스크리트(범어)에 정통하게 되었고, 어머니의 모어인 일본어는 물론이고 선교사 등에게 배운 영어도 능통하게 되었다. 영어의 경우 영국의 시인 바이런의 시를 최초로 번역하여 그를 '중국의 바이런'이라 부른다.

불교학에서 한문과 산스크리트는 기본적으로 알아야 하는 일종의 공구工具 언어이다. 불교의 팔만사천 경전이 한문으로 번역되어 있기 때문이며, 그렇긴 하지만 사실 불교 최초의 원전어는 산스크리트와 빨리어이기 때문이다. 불교 경전의 고전적 의미와 부처님 당시에 설한 그 본뜻을 세밀하게 해석하기 위해서는 산스크리트의 독해가 중요하다. 그러나 산스크리트는 사용자가 너무 적어 사어死語에 가까운 언어로 이에 능통한 사람은 예나 지금이나 많지 않다. 이처럼 산스크리트는 보편적이지 않고, 희소하므로 익히기가 쉽지 않은 언어이다.

그런데 소만수는 약관 20세(1903년)에 서호西湖 영은사靈隱寺에서 산스크리트 사전인 『범문전梵文典』 8권을 완성한다. 외국어 습득은 어릴수록 빠르다고 하나 산스크리트는 주변에 사용자가 거의 없는 고전 문어이다. 소만수는 어린 나이에 익히고 사전을 편찬할 정도로 능통하게 되었으니 천재적 재능이라고 할 수 있겠다. 이외에 불교에서 말하는 '숙세의 인연'이라고 할 수도 있겠는데, 이것은 전생부터 익혀서 왔다는 뜻이기도 하다.

소만수의 출가는 동진출가로 숙세의 인연출가라 하지만, 이어지는 발심이 있다면 그것은 자립적이며 진실하며 그래서 발심출가라 할 수 있다. 불경 원전어 산스크리트와 관련한 기록에서 소만수의 발심과 원력을 찾아볼 수 있다. 그가 저술한 산스크리트 사전 『범문전梵文典』 자서에 다음과 같이 전한다.

> 유럽 문자의 근원은 라틴어로 보는데 이는 다시 고대 그리스로 연원이 올라가며, 그것의 근원은 실제로는 산스크리트이다. 고문학의 언어는 한자와 산스크리트 두 종류뿐이다. 중국에서 산스크리트로 작법作法을 하나 오래도록 전문 서적이 없었다. 『용장龍藏』이 전하고, 유일하게 당승唐僧 지광智廣의 『실담자기悉曇子記』가 있으나 음운에 오류가 심하고 문법은 일체 알 수가 없다. 다라니를 수지할 수 있는 자원資源은 있음에도 그 뜻은 이해할 수 없다. 소납이 일찍이 출가한 이유가 바로 여기에 뜻이 있었기 때문이다.[4]

여기에서 말하는 작법은 불교에서 범패 의식을 행할 때 하게 되는 여러 법식을 의미한다. 그 방법은 염불, 다라니 지송, 수인, 바라춤 등등

---

4) 柳亞子, 위의 책, p.40.

다양하다. 이 가운데 '다라니'는 산스크리트 음을 가차하여 음역한 것으로 '신비로운 주문'이라고 거칠게 해석할 수 있다. 범패 법사를 따라 의식을 진행하던 것이 후대로 내려오면서 변질된다. 다라니를 온 마음專心으로 받아서 외우면[지송持誦] 모든 영험과 위대함이 발현되는 것으로 보았다. 이렇게 쉽고 빠른 수행법이다 보니 의미가 무엇인지도 모르고 소망과 발원을 성취하기 위해 그저 입으로만 외우고 지니게 되었다.

소만수는 위의 예문에서 자신이 출가한 연유가 첫째 작법을 여법하게 진행하게 하려는 것, 둘째 그 본 의미를 되찾으려는 것이 원력이라고 밝히고 있다. 불자들이 올바른 신행 활동을 하도록 잘 갖추어진 작법을 마련하고, 그러기 위해 원전을 명확하게 번역하고 밝히겠다는 발원이다. 불가에서 흔히 초발심시변정각初發心時變正覺이라 하듯이 출가와 수행은 사실상 초발심이 전부이며 부단한 재발심으로 정진하는 일이라 할 수 있다. 출가의 이유를 밝히며 발심을 다지며 정진하는 모습에서 출가 사문으로서 충실한 소만수를 볼 수 있다.

이 외에 산스크리트와 관련한 다른 활동으로 일본 범학회梵學會에서 번역가로 지냈던 것을 들 수 있다. 1907년 일본 활동 당시에 산스크리트 대장경 편찬을 건의했으나 이후에 후속 작업이 이루어지지는 않았다.

소만수는 외국에 가는 것이 일반적이지 않던 시대에 살았음에도 불구하고 여러 국가를 자유롭게 드나든다. 어머니가 일본인이었던 이유도 있겠지만 일본은 거의 매년 왕래한다. 그리고 산스크리트를 2년간 배웠던 태국[暹羅]에서 열린 방콕청년학회[盤穀青年學會](1904년)에 참석하고 강연을 하기도 한다. 스리랑카 보리사菩提寺에 주석하기도 했으며, 1909년에는 남쪽 싱가포르를 순회하고, 1910년에는 인도로 떠나는데 다음 해 여름 돌아올 때는 일본을 통해 귀국한다.

소만수의 문학 세계를 자유주의 정신이라 분석하기도 하는데 이처럼 자유롭게 소요逍遙하는 일상과도 무관하지 않다. 번역 작업 역시 자유주의 정신이 드러나며, 그리고 불교적 발원과 관련된다. 박노종은 소만수가 산스크리트 번역에 열정을 보인 것은 불교를 통해 자유주의적 정신을 구현하고자 하는 열망이었다고 해석하였다.5)

소만수는 1918년 35세로 요절하는데 특이한 습관이 원인이 되어 생을 마감한다. 이른바 자살 정책이라는 것으로 음식을 폭식하는 행위이다. 장태염章太炎은 「만수유화병언曼殊遺畵幷言」에서 소만수가 얼음을 대여섯 근씩 먹어 치웠던 행위를 언급한다. 이것은 공연히 그런 것이 아니고 의도적으로 자신을 소모하려는 이른바 자살 정책이라는 것이다. 결국에 이러한 음식 습관은 병을 만들었고 그 병으로 말미암아 상해上海 광자의원光慈醫院에서 짧은 생애를 마감한다.

소만수는 당시의 유명 인사들과 교류하였는데 그들이 전하는 소만수는 이처럼 괴각乖角에 가깝다. 일본에서 함께 동인지를 만들었던 노신魯迅의 전언에 의하면, "내게는 기이한 친구가 하나 있는데 돈만 생기면 술을 사 먹고, 돈이 없으면 절에 돌아가 성실하게 살아간다. … 돈 생기면 다 써버리고, 돈 없으면 절에 들어가는 친구가 바로 소만수다."6) 이처럼 소만수의 불교 출가수행은 표면적으로는 비승비속非僧非俗의 순환이다. 더욱이 음주와 음식에 관해서는 이처럼 극단적인 행위를 한다.

필자의 생각으로는 소만수는 자신의 방식대로 계를 파하지 않는 방편方便을 쓴 것 같다. 불음주不飮酒계를 지키기 위해 술을 마실 때는

---

5) 박노종·권혁건, 앞의 논문, p.254.
6) 吳長華, 「魯迅的一個古怪朋友蘇曼殊」, 『世紀』 43, 2002.06, p.43.

116 · 중국문학과 인생

파계 행위이니 일반인(속인)으로 마시는 것이다. 그리고 그렇지 않을 때는 다시 스님의 모습으로 돌아오고, 말하자면 일종의 개차법開遮法이자 방편이다. 혹자는 개차법이라고 이름 지어주고 개차법을 함부로 쓴다고 할 수도 있다. 그것은 이현령비현령耳懸鈴鼻懸鈴이라며 논란을 초래할 수도 있을 것이다. 그러나 소만수의 치열한 삶에서 나름의 방식으로 계율을 지키려 했음을 느낄 수 있다. 불교 수행에서 지켜야 하는 계율의 중요 부분인 불음주계를 지키는 방식이 독특하다고 해야 할까?

그건 그저 소만수가 괴각이었고, 그의 독특한 취향이니 어쩔 수 없다고 치부하는 것은 그의 전체를 보는 것이 아닐 것이다. 소만수라는 개인이 이렇게 할 수밖에 없었던 시대적 상황이 있었고 그 배경을 간과해서도 안 된다. 근대에 관해 다시 언급할 기회가 있겠지만, 당시 중국은 외세에 침탈당하여 중화中華라는 자존심이 박탈당했다.

전통문화는 소외되고, 외래문화인 서양 과학이 밀려들었다. 당시 지식인들은 이런 배경에서 계몽과 교육을 당면한 소명으로 받아들이고 그 방면에 노력을 기울였다. 소만수도 지식 문인과 교류하며 교육 계몽 활동을 하고, 불교 교육과 편찬에도 적극적으로 참여하였다. 그런데 당시 사회의 중심 사조인 마르크시즘은 종교를 금기시하였다. 계율, 강학 등을 중시하는 중국 전통불교는 사회적 조류에 휩쓸려 기반을 잃고 있었다. 격변기, 종교를 아편으로 생각하는 사회 상황이다 보니 불교계에 어디에도 안정적인 수행환경은 없었다고 할 수 있다. 후일 태허太虛 대사, 홍일弘一 대사 등 중국 근대를 이끈 걸출한 고승의 노력으로 중국불교는 어렵게 계승될 수 있었다. 그렇지만 소만수가 살았던 시절은 계몽 지식인 소현영과 출가 스님인 소만수 사이에는 일상과 사상의 괴리가 있을 수밖에 없는, 아직은 여전히 혼란한 시기였다.

소만수는 환속과 출가를 거듭하다가 끝내는 출가승으로 돌아와서 일생을 마친다. 이는 어쩌면 양쪽의 소임을 다하려는 치열한 노력의 결과이며, 소만수 생명을 지탱하는 중심이 불교였으며 그래서 결국에는 불교로 귀환함을 보여준다.

3. 일엽의 출가와 수행

일엽의 생과 업적에 관해서는 다양한 논문이 존재하며[7] 영어로 평전이 출간되기도 했다.[8] 국내 비구니 가운데 가장 많이 연구된 인물 가운데 하나이다. 가시적 원인으로 스스로 창작한 저작물이 현재 전하고 있다는, 물리적 조건을 들 수 있다. 지금도 스님이 창작물을 낸다는 것은 쉽지 않은 작업이다. 더욱이 일엽이 살았던 시대는 자신의 이름을 내걸고 독창적 저작물을 출간한다는 것은 승려로서도 사회적 약자인 여성으로서도 쉽지 않았던 선구적인 일이었다. 어렵게 출간된 저작물

---

7) 成樂喜, 「金一葉 文學論」, 『아시아여성연구』 17, 숙명여자대학교 아시아여성연구소, 1978; 鄭英子, 「金一葉의 文學 硏究」, 『睡蓮語文論集』 14, 부산여자대학교 국어교육학과 수련어문학회, 1987; 이태숙, 「'여성해방론'의 낭만적 지평 - 김일엽론 -」, 『여성문학연구』 4, 한국여성문학학회, 2000; 盧美林의 「樋口一葉와 金一葉의 여성성 대조」, 『일어일문학연구』 40, 한국일어일문학회, 2002; 김현자, 「자유의길, 구도의 글쓰기」, 『한국시학연구』 9, 한국시학회, 2003; 신달자, 「新女子 김일엽의 파격과 종교적 귀의」, 『(작고여성문인 문학 재조명 세미나) 시인 김일엽 선생』, 한국여성문학인회, 2003; 兪珍月, 「김일엽의 『신여자』 출간과 그 의의」, 『비교문화연구』 5, 경희대학교부설비교문화연구소, 2002; 방민호, 「김일엽 문학의 사상적 변모 과정과 불교 선택의 의미」, 『한국현대문학연구』 20, 2006; 김광식, 「김일엽 불교의 재인식」, 『불교학보』 72, 동국대 불교문화연구, 2015. 등 생애 관련 연구 외에 다수.

8) Jin Y. Park(박진영), 『Women and Buddhist Philosophy: Engaging Zen Master Kim Iryŏp』University of Hawaii Press, 2017. 2023년, 3월 김영사에서 한글 번역본 출간 예정.

은 당시 화제를 일으키며 인기 도서가 되었으며 호사가들은 그저 그런 흔한 연애담으로 치부하였다. 근래에 와서 연구자들에 의해 애정 고사라는 은유를 넘어 내포한 의미에 주목하며 문학적 철학적 가치가 제고되고 있다.

알려진 사실이나 출생과 유소년기를 간략히 언급하고자 한다. 일엽은 1896년(음력 4월 28일)에 태어났으며, 평안남도 용강군龍岡郡 삼화면三和面 덕동리德東裏가 고향이다. 부친이 김용겸金用蒹, 모친은 이마대李馬大, 속명은 원주元周이다. 선조는 개성의 권문이었다고 하며 후일 낙향한 곳이 이곳 용강이다. 지역 유지로 부친이 향교의 향장鄕長을 지냈기에 김 향장, 김 제당이라고 불리며 존경을 받았다고 한다. 후일 부친은 목사가 되어 이웃 사랑하기를 내 몸같이 하며 평생 감사하는 마음가짐이 생활화되어 자족하게 일생을 마쳤다고 일엽 스스로 기억하고 있다. 모친은 생활력이 강했으며 개화한 여인으로서, 장녀인 일엽은 다섯 남매가 모두 요절하는 바람에 모든 기대를 한 몸에 받았다고 한다. 모친은 일엽을 소학교에 입학시켜 신교육을 받게 했으나 일엽이 졸업하던 해에 출산 후 산후가 좋지 않아 병사하고 그때 태어난 남동생도 죽는다. 1915년 이화학당에 입학하였고, 1919년 3·1운동 당시에는 전단을 살포하기도 한다. 일본 동경 일신日新, 영화학교英和學校에 유학하였으며, 여성이 편집한 최초의 여성지 『신여자新女子』를 창간한다.

주지하듯 이러한 모든 선각자적 세연世緣을 뒤로하고 일엽은 금강산에서 이성혜를 은사로 출가한다. 다만, 출가로 인도한 직접적인 계기가 된 것은 '법(불교의 가르침)'의 스승이었던 만공 선사와의 만남이다. 이후 일엽은 스승 만공의 뜻에 따라 절필하였으며 이 기간은 비구니 제일 선원 수덕사 견성암과 환희대에서 용맹정진을 이어 가던 때이기도 하다.

일엽의 출가는 인연출가와 발심출가 두 가지 가운데, 제행무상諸行無常을 철저히 인식하고 출가한 발심출가이다. 일엽은 "그래도 나는 무엇이든지 마음대로 취할 수도 있는 지식을 가진 건강하고 잘생긴 여인이 전인미답前人未踏의 어려운 길을 아주 세상을 잊어버리고 빈 마음으로 '발심 출가發心出家'하여 인천人天의 스승이 될 공부를 하게 된 것은 석가불이 유성출가踰城出家하는 일같이 생각되어 스스로는 크게 장쾌한 일로 알게 되고 또 큰 자부심도 가졌던 것이다."9)라 하였다.

요컨대, '나는 인물도 좋고, 지식도 갖춘 자립한 여성으로서, 아무도 가지 않은 길을 가려고 한다. 이 길은 석가모니 부처님이 싯다르타 태자로서 성을 넘어 출가했던 유성출가逾城出家와 다름이 없다.'라는 뜻이겠다.

필자는 선행 논문에서 일엽 출가의 특징과 의미를 세 가지로 요약한 바 있는데 그 첫째가 발심출가라는 내용이다. 즉 무상의 명확한 인식과 깨달음을 위한 결단으로 출가했다는 것이다. 둘째는 위대한 선지식 만공 선사의 인도이다. 스승과 제자로 이어지는 역사적 장면으로 한국 선종의 역사에서 선지식의 역할이 얼마나 중요한가를 알려주는 일면이라 하겠다. 일엽이 만공스님을 처음 뵈었을 때를 이렇게 회고한다.

내가 귀의歸依한 만공 스님을 처음 뵈었을 때 다음과 같이 말씀하셨다.

"세상을 버리고 산에 들어와서 하는 공부는 「먼저 살고 보자!」는 것이다. 즉 끝없는 생명이 살아나는 일인 것이다. …… 다만 누구나 자기의 전체적 정신으로 만들어 전능적인 행동력으로 내 마음대로 사는 것이 사는 것이다. 지금 우리 인간은 생명의 가장 작은

---

9) 김일엽, 『행복과 불행의 갈피에서』, pp.29-30.

파편의 의존이니 그 파편을 다 모아 한 큰 조각의 정신 즉 전체적 정신으로 만들어 전체력으로 살게 되는 것이 사람답게 사는 것이요, 또 삶의 보람이 있는 것이다. …… 우선 내 생명을 찾아 산 사람이 되어서 살아갈 세상살이에 노력해야 하는 것이 삶의 순서이며 …… 우선 천 갈래 만 갈래로 분열되어 돌아다니는 그 마음들을 일심불란一心不亂으로 모아 뭉쳐진 큰 힘으로 살게 하여야 한다. …… 내 마음을 내가 모으는 데는 한량없는 자유가 있고 더구나 우주적인 내 마음을 쓸 때 자유를 미리 느껴 본다면 얼마나 상쾌하겠느냐?. …… 이 송장을 끌고 다니는 것이 무엇인가? 또는 생각의 시발점 즉 생각나기 전이 있을 것이니 생각하게 하는 그것이 무엇일까? 하는 의심을 일념으로 하여 한 생각도 없는 자리에 얼마든지 머무르게 되어 다시 흩어지는 생각이 없게 되면 그때가 생각이 통일된 때인데 거기서 한 걸음 더 나가 전광電光 같은 한 큰 생각이 일어나면(覺) 모를 것도 못 할 것도 없는 인간 즉 내 마음대로 행동하는 산 인간이 되는 것이다. …… 산 인간은 우주가 자체화한 인간이기 때문에 우주적 생리도 내 생리이므로 내 마음대로 처리되는 것이다. 그리고 시공時空과 한가지로 미래세未來世가 다함이 없는 생명을 가지고 현실 생활에 자유 자재함을 얻어 어떤 때나 어느 곳에서나 안신입명安身立命 즉 열반涅槃을 하게 되는 것이다. 그때는 나 한 사람에게만 바치던 사랑을 네 사랑 내 사랑을 합쳐서 평등하게 사랑할 일체애一切愛, 平等愛 즉 자비심慈悲心을 얻어서 쓰게 되는 것이다."[10]

세 번째는 잘 드러나지 않았지만 인연출가를 짐작한 것이다. 논문에서는 다생겁래多生劫來 수행해온 결과라고 하였다. 다른 말로 하면 일엽이 지닌 몰입의 힘으로 그 예로 든 것이 윤심덕과의 일화인데 자세히 서술하면 다음과 같다. 윤심덕은 장난이 심한 편이었는데 한 번은 자신

---

10) 김일엽, 앞의 책, pp.30-31.

의 잘못을 일엽이 한 것이라 누명을 씌웠고, 선생님은 두 사람 모두를 체벌하였다. 심덕은 한 대 맞으면 쓰러져 울곤 했는데 일엽은 아파 괴로운 그 순간에도 '우선 편안해져야겠다'라고 생각했고, 그러자 그 순간 아픔이 사라졌다고 하였다. 일엽은 "나는 여덟 살 때에 아프다는 것은 아프다는 느낌을 두는 데 느껴질 뿐, 아프다는 느낌만 없으면 아픈 생각도 나지 않는다는 것을 두 번이나 경험했다."라고 회고하였다.[11]

몰입하여 육체를 초월한 상태, 방하착放下著의 도리를 생이지지生而知之로 깨우친 모습이다. 요즘 유행하는 표현을 빌리자면 DNA에, 불교 식으로는 아뢰야식阿賴耶識에 들어있는 모습이 아닐까? 그래서 범상치 않았던 수행자로서의 모습이라고 하면 지나친 비약일까?

일엽의 출가는 일대 역설로 회자되며 한때를 풍미한다. 대중에게 신여성 김원주의 출가란 지속 불가능한 것으로 여겨진다. 그러나 그러한 편견에는 아랑곳없다는 듯 일엽은 출가 후 철저한 수행으로 일관한다. 출가 후 30년간 입승을 억임하였다던가 명실상부 용맹정진으로 수행하였다는 것이 그 예다.[12]

일엽 스님이 만년에 주석하였던 수덕사 환희대는 일엽문중에서 추모 도량으로 조성한 곳이다. 이곳에는 일엽의 제자들이 상주하며 그 가운데 3대代 제자(손주 상좌)가 정진, 월송 스님이다. 두 스님은 환희대 창건주이며, 정진은 노년의 일엽을 직접 시봉하였고, 월송은 일엽 생전

---

11) 경완 외, 앞의 책, pp.233-234.
12) 한운진, 경완(한운진) 외, 『한국 비구니의 수행과 삶』, 「일엽선사의 출가와 수행」, 예문서원, 2007; 민족작가회의 비평분과위원회 저, 『한국 현대 작가와 불교』, 「일엽선사와 선」, 예옥, 2007; 한운진(경완), 「일엽(一葉) 선사의 만공 사상 재해석과 독립운동」, 『대각사상』 29, 대각사상연구원, 2018.

에는 원고 정리를 전담하고, 사후에는 유고 문집을 편찬한 바 있다.

두 스님의 증언에 의하면, 일엽 스님은 오래도록 입승 소임을 맡으셨다고 한다. 출가하여 얼마 되지 않아 선방 소임을 잘 모를 때에는 법명이 입승인 줄 알았고, 시간이 지난 후에야 입승이 선방 소임인 것을 알았다고 한다. 부언하면 지금과는 다르게 당시에는 선원장이 없었으므로 입승이 대중을 지도하는 소임이었다고 할 수 있다. 더욱이 "감기가 들어도 눕지 않고 수행하셨는데 입승 스님은 다 그렇게 해야 하는 줄로만 알았다."라고 전한다.[13] 일엽이 한결같이 수행에 전념하였음을 알려주는 사례이다. 보통 용맹정진이라 하면 밤에도 자지 않고 오매일여寤寐一如의 수행을 이어가는 것을 의미한다. 일엽은 건강상의 이유도 있었으나 밤에도 앉아서 수행하는 용맹정진을 이어갔다고 한다.

이외에도 검소하고 절약하는 수행자의 면모는 남겨진 유고를 통해서도 찾아볼 수 있다. 김일엽문화재단이 소장한 유고를 보면 원고지에 몇 겹으로 다시 고쳐 쓴 것은 차치하고, 편지 봉투를 넓게 펼쳐서 이면지를 활용한 것이 다수이다. 세상의 화제가 된 『청춘을 불사르고』의 모태는 겹쳐 쓴 원고지와 편지 이면지였으니 참으로 소박한 것이었다. 일엽은 사중, 대중 우선이라는 공심公心으로 일관하며, 자신에게 들어온 공양물을 개인적으로 수거한 경우는 없었다고 한다. 비구니 수행환경 개선을 위해 견성암 신축 건립에 힘쓰며, 기금 마련을 위해 '이차돈의 사'를 연극으로 상연하는 등 원력행을 이어간다.

1971년 1월 28일 (음 1.2) 새벽 1시 11분에 총림원(견성암) 별실에서 열반한다. 세수로는 76세였으며, 양력 2월 1일에 최초의 '전국비구니장'

---

13) 대전 MBC 특집 다큐, 「시대의 벽을 넘은 여성」, 38분-40분, 2014년 9월 방송. 유튜브에서 영상 검색 가능. https://www.youtube.com/watch?v=eYm8cXOE8-8

으로 장례를 거행하는 역사적 기록을 남겼다.[14] 일엽은 출가 이후 세간의 편견과는 다르게 오롯이 출가 스님으로 평생을 다하였다. 그냥 지내는 세월이 아닌 수행에 있어서 누구보다 진지하고 철저했으며 불교로 얻은 깨달음을 저서를 통해 회향한다. 여성 선각자로서 계몽과 교육의 삶을 정리하고 출가한 일엽은 이처럼 투철한 불교 수행자로 살아내며 자신의 심득心得을 깨달음으로 승화하였다.

4. 어두움을 깨치고 가르치는 선각자

두 스님 인생의 시련과 삶의 격랑은 시대적 배경과 무관하지 않다. 세상을 떠난 해는 50년 정도 차이가 나지만 태어난 해는 약 10년 상관으로 비슷하다. 바로 근대라는 시점에 사회 참여와 문필활동을 했다는 공통점이 있으며, 그래서 어느 정도 공시성을 지닌다.

근대가 과연 어느 시점부터 언제까지인가에 관한 논의는 여전히 진행 중이다. 다행인 것은 근대화는 곧 서구화라는 등식에서 벗어나 다양한 방면의 해석이 이루어지고 있다는 사실이다.

한국과 중국의 근대에 관한 시점은 각국의 환경에 따라 약간의 차이가 존재한다. 다만 이 시기가 급격한 변화가 이루어지던 격변기라는 점에서는 견해가 일치한다.

무엇보다도 근대에 살았던 인물은 그 이전에는 보지 못한 서구 과학문명과 마주해야 했다. 개인의 삶은 과학 무기를 앞세운 전쟁과 식민지 침탈로 얼룩졌으며, 한국과 중국 모두 봉건주의와 제국주의의 극복이 당면 과제였다. 이에 대한 대책 가운데 애국계몽사조를 들 수 있는데,

---

14) 위의 다큐.

근대 문인들은 신문, 잡지 등을 통하여 논설, 혹은 소설로 국민 각성을 시도한다.[15)]

애국계몽사조(운동)의 백과사전적 정의에 따르면 "애국계몽운동은 계몽주의에서 비롯하며, 우리나라는 을사조약 이후 …… 사회운동 중심으로 전개된 특징이 있다. 신문발행을 통해, 교육을 통해 성과를 이루었다. 민간 유지들이 사립학교를 설립하여 근대 교육기관을 확대하였으며, 기독교 계열 학교 수가 크게 증가한다. 계몽주의문학이 일반적으로 뚜렷하게 드러난 것은 1900년대에서 1910년대까지라고 본다. 1910년대 이후에는 최남선崔南善과 이광수李光洙에 의해 확대되었다. …… 계몽주의문학의 공통점은 작가는 시대적 선각자이며, 민족의 지도자라는 것이다."[16)]라 하였다. 근대 지식인들이 받아들이는 것은 달랐으나 행동하는 방식은 계몽과 교육이라는 공통된 특징이 있다.

근대에 나타나는 교육과 계몽 활동은 근대성의 산물이라고 할 수 있지만, 다시 보면 지식인 스스로 자임한 소명이라고도 할 수 있다. 소만수 역시 활발한 교육 활동으로 일반 민중을 계도하고자 하였는데, 양인산(문회)(楊仁山(文會)가 남경에 설립한 기원정사祇洹精舍에서 교수로 활동한다.[17)] 기원정사의 설립자 양문회는 중국 근현대 불교에서 빼놓을 수 없는 주요 인물이다. 그는 격변기 중국의 위대한 사상가이자

---

15) 남민수, 「한국 근대전환기소설에 미친 중국 근대소설론의 영향」, 『중국어문학』 39, 영남중국어문학회, 2002, pp. 384-385.

16) 한국민족문화대백과사전, http://encykorea.aks.ac.kr/Contents/Item/E0003125 참조.

17) 조명제, 「동아시아 근대불교의 지향과 굴절」, 『동아시아불교문화』 27, 동아시아 불교문학학회, 2016, p.105.; 樓宇烈, 阪本ひろこ譯, 「中國近代佛學の振興者-楊 文會」, 『東洋學術研究』 25-1, 1986의 재인용. 양문회는 청말 거사 불교계의 주요 인물로 금릉각경처(金陵刻經處)를 세우고 불전을 간행하여 중국 근대불교 발흥에 기여한 인물이다

교육자이며 혁명가로, 불교를 부흥하고자 노력하였으며, 이를 통해 시대 정신을 드러내고자 하였다. 소만수는 양문회가 세운 기원정사에서 영어와 산스크리트를 담당하였으며,[18] 이 외에 금릉범문학당金陵梵文學堂의 영어 교원이 되었다는 기록이 전한다.

기원정사는 본래 석가모니 부처님 당시의 수행처이다. 한자로는 기원정사祇園精舍라고 하여 기원을 조금 다르게 쓰기도 한다. 정식 명칭은 기수급고독원祇樹給孤獨園이다. 기타祇陀 태자와 급고독給孤獨 장자의 이야기로 유명한 곳이다. 급고독이라는 이름에는 고독한 사람들에게 나누어준다는 뜻이 있다. 이미 사회적인 기부를 실천하고 있던 급고독 장자였지만 원래 종교를 바꿔 불교의 가르침을 받아들였고, 불교 교단을 위해 승원을 건립하고자 하였다. 부처님이 급고독장자의 마을에 오셨을 때 설법을 들을 장소가 필요했고, 당시 스님들이 안거에도 돌아다니며 수행하느라, 여러 가지 어려움이 있었기 때문이다. 마침 좋은 터로 눈에 들어온 것이 기타 태자의 원림이었다. 그런데 기타 태자는 아끼던 원림을 팔지 않으려고 했고, 그래서 원림을 금화로 다 덮으면 팔겠다고 한 것이다. 그런데 정말로 급고독 장자가 금화를 깔기 시작했고, 감동한 기타 태자는 원림을 팔았고, 자신의 나무를 기증하여 정사가 지어졌다. 이후 정사의 이름에 두 사람의 이름이 모두 쓰이게 되었다.[19] 수없이 많은 경전이 설해진 장소로 언급되는 기수급고독원이 바로 기

---

18) 동국대학교 불교문화연구회, 『근대동아시아의 불교학』, 동국대학교 출판부, 2008, pp.126-127.
19) 『중본기경(中本起經)』권하(T4) : 이 경은 부처님의 전기(傳記)로서, 성도 이후의 교화 행적에 대해 설한 경전이다. 별칭으로 『태자본기경(太子本起經)』・『태자중본기경』이라고도 한다.
https://kabc.dongguk.edu/content/pop_seoji?dataId=ABC_IT_K0663

원정사이다.

소만수는 기원정사에서 주로 강의하는 한편 백령대학白零大學에서도 교수를 지낸다. 이후에도 환강중학晥江中學, 육군소학陸軍小學 등에서 계몽 교육활동을 이어간다.

이 외 소만수는 적극적으로 사회 혁신·혁명에 참가한 것으로 고증된다. 1902년에 청년회에 가입하여 요절할 때까지 소신을 굽히지 않았다.[20] 소만수는 남사南社라는 동맹회에 가입한다. 남사는 '민족주의, 반청혁명反淸革命, 문학연구'라는 기치를 들었던 문학단체이다. 남사라는 이름의 뜻은 만청滿淸을 북이라 할 때 대적하는 의미로 사용한 것이다. 진거병陳去病, 고욱高旭, 유아자柳亞子 등이 주요 인물이다. 유아자는 남사의 성립과 시기를 3단계로 구분한 바 있으며 주요 발기인의 모색기를 거쳐 1909년에 성립한 것으로 고증한다. 유아자와 각별한 관계를 유지했던 소만수도 여기에 동참한다. 당시 남사에는 유명한 문인들이 모여 있었고, 소설가, 번역가 등 다양한 전문가가 동참한다.

소만수는 남사의 간행물인 『남사총각南社叢刻』 제3집 『문선文選』 「고천매 논문학서와與高天梅論文學書」에서 바이런과 샐리 등 서양의 시인을 찬탄한다.[21] 소만수의 대표적 문학적 업적은 앞서 언급했듯 최초로 바이런의 시를 전면 번역한 것이다. 스스로 칭하기도 하였지만 그래서 소만수를 '중국의 바이런'이라 부른다.

소만수는 이처럼 "교육사업 및 문학, 불학의 각종 저술"을 하였으며, 그의 시는 같은 문인들의 언급을 빌리면 "승려의 고적이 배어" 있었다

---

20) 박영환, 「중국근대소설에 나타난 불교적 사유와 역사의식」. 『불교연구』35, 한국 불교연구원, 2011, p.212.
21) 孫之梅, 「南社及南社硏究」, 『山東大學學報(哲學社會科學版)』, 2000, pp.10-12.

고 한다.22) 소만수의 작품에 드러나는 고적함을 승려의 풍모라 한 것일 수도 있겠다. 그렇지만 이로써 그의 작품에 불교적 내용과 승려로서의 모습이 담겨 있었음을 알 수 있다. 소만수는 앞서 언급한 일반 학교 외에도 불학원佛學院에서도 교수로서 활동하며 불교적 계몽 교육을 이어간다. 소만수가 불교 소설의 맥락을 이었으며, 근대 비극 정신, 근대 자유 정신, 근대 전통문학의 재발견이라는 기제가 있다는 평가23)도 의미 있다.

일엽의 교육 경력으로는 아현보통학교 교사를 지냈다는 것이 있다. 사회적 교육과 강연을 펼쳤던 기사가 다양하게 전하며, 자유롭고 솔직한 발언과 주장으로 주목을 받았다. 이 가운데 소문과 같은 기사도 어렵지 않게 찾아볼 수 있다. 계몽과 문학에 관련한 일엽의 업적은 최초로 여성이 만든 잡지인 『신여자』의 창간을 들 수 있다. 일엽이 창간한 『신여자』는 구한말 조선의 여성해방운동과 관련하여 중요한 의미를 지닌다.24) 재정난으로 4권을 발행하고 폐간했으나 여성이 주도

---

22) 박노종·권혁건, 「근대 거사불교와 근대적 글쓰기 전략」, 『동북아 문화연구』 20, 동북아시아문화학회, 2009,p.244,"작가의 생활 이력 때문에 그의 소설에는 승려의 孤寂이 배어있다."; 北京大學, 『中國文學史』, 北京人民文學出版社, 1959;「혁명을 고취한 남사」"교육사업 및 문학, 불학의 각종 저술과 번역에 종사함"; 復旦大學, 『中國文學史』, 中華書局, 1959의 재인용.

23) 박노종, 위의 논문, pp.257-258,"소만수의 불교 소설의 맥락을 열었고, 鬱達夫, 徐志摩, 施蟄存, 王統照, 林語堂, 兪平伯, 許地山, 無名氏 등이 그의 영향과 파급을 받았다고 볼 수 있다. 이러한 중국 현대소설의 불교적 미학이 계승은 2000년 노벨문학상을 수상한 高行健의 문학사상은 이러한 중국문학의 전통적 가치에 힘입은 바가 크다고 할 수 있다. 그의 희곡 작품 『八月雪』과 소설 『靈山』등 그의 대부분의 작품이 이러한 사상적 가치를 현대적 문학 수법으로 체현하여 고스란히 승계하고 있다고 볼 수 있다."

24) 이성천, 「김일엽 문학에 나타난'신여성'담론 고찰」, 『한민족문화연구』 39, 한민족문화학회, 2012, p. 293.

한 최초의 잡지이며 '신여성'이라는 이미지로 표상되는 일엽이 마주하여 발현한 근대적 정체성의 발현이라고 할 수 있다. 다시 말해 일엽의 '소문'에 가까운 개인사에 주목하는 경향에 대해, 『신여자』라는 잡지의 존재는 전문성과 선구성의 근거가 되는 중요한 업적이다. 일엽이 주장한 여성 해방 논지는 현재의 시각으로 보자면 일관성이 부족하고 모순적이라 평가된다. 그때는 옳았지만, 지금은 달라진 것이다. 다만 유진월이 평가하듯 일엽의 발걸음은 "먼저 내디뎠던 그 첫발자국이 있었기에 우리의 오늘이 있기"[25] 때문에 부족해 보이더라도 여전히 가치를 지닌다.

이 잡지에 관한 당시 사회의 평가도 나쁘지 않았는데 『동아일보』 기사가 전한다. 1920년 5월 4일 자 『동아일보』에는 "일엽 김원쥬녀사一葉 金元周女史의 주간하는 잡지 신녀자新女子 뎨일호는 이천부를 박았는데 벌서 다팔니고 호평이 자자하다"[26]라는 기사가 실려 있다. 일엽(김원주)가 『신여자』의 주간으로 창간한 제1호 잡지는 2000부를 발간, 완판되었을 뿐만 아니라, 좋은 평을 듣고 있음을 알 수 있다. 『신여자』는 직설적인 논설로 여성의 의식개혁을 주장하고 여성 계몽을 주도하였다.[27]

이 외 각종 문인 모임의 일원으로 지상에서 활약하며 다양한 강연을 다녔던 기록들을 발견할 수 있다. 사회활동 가운데 애국부인회라는 독립운동 단체에 가입하여 활동한 것이 전한다.[28] 또 잘 알려지지 않았던 기사로 1922년에는 황해도 수재水災 지역 구호 활동을 한다. 1922년

---

25) 유진월, 『김일엽의 『신여자』 연구』, 푸른사상사, 2006, pp.5-6.
26) 『동아일보』 1920.05.04 기사.
27) 유진월, 앞의 책, p.31.
28) 한운진(경완), 「일엽(一葉) 선사의 만공 사상 재해석과 독립운동」, 『대각사상』 29, 대각사상연구원, 2018, p.234.

12월 22일『동아일보』4면의 기사에「수해구제순강단水害救濟巡講團」이라는 제목으로 광주기독청년회光州基督青年會의 수재구조활동 기사를 싣고 있다. 여기 방명에 김원주金元周라는 이름이 들어있다.

일엽은 불교를 접한 후에는 여성불교청년운동에도 적극적으로 참여한다. 조선불교여자청년회朝鮮佛教女子青年會의 발기인이자 간부였으며, 이를 단일화한 조선불교청년총동맹朝鮮佛教青年總同盟의 중앙집행위원이기도 했다. 이후 재편된 구도에서 경성여자동맹京城女子同盟의 집행위원을 지냈으며, 문교부장, 회계장 등을 역임한다.29) 이 무렵『불교』지에 입사하여 집필 등 문예활동을 계속한다.30)

일엽은 불교에 입문하기 전에는 물론이고 입문한 후에도 교육받은 지식인 신여성으로 적극적으로 사회활동에 임했음을 알 수 있다. 가시적인 업적과 활동으로 그녀가 받아야 했던 억압적 상황도 적지 않았다. 그러나 일엽은 "과감하게 털고 일어설 수 있는 결단력을 가졌으며", 그리고 출가한 이후에는 "되돌아보고 아쉬워하며 미련을 갖지도 원망하지도 않았다."31) 이는 불교의 가르침을 오롯이 승화하여 깨달음에 정진한 노력의 산물이다. 그를 지탱한 사상은 불교이며 궁극의 귀의처 역시 불학이었음을 방증한다.

---

29) 김광식,「김일엽 불교의 재인식」,『불교학보』72, 동국대학교 불교문화연구, 2015, pp.240-242.

30) 김종진,『근대 불교잡지의 문화사/불교청년의 성장 서사』, 소명, 2022, p.343.; "『불교』지 46·47합호(1928.5)에 백성욱이, 48호(1928.6)에 일엽 입사"한다.

31) 유진월, 위의 책, p.6

5. 문학을 통한 독창성의 발현

일엽과 소만수는 다양한 장르의 작품을 창작한다. 시란 자신의 내밀한 감정을 은유하며 마음을 드러내기 쉬운 장르이다. 일엽의 경우 시 작품은 출가 전의 것이 훨씬 많다. 그 원인으로 우선 출가 후 얼마 지나지 않아 긴 절필의 시간이 시작된 것을 들 수 있다. 다음으로 수행 기간을 거쳐 다시 문필활동을 시작한 이후에는 자신의 사상을 설파하기 쉬운 수필 형식의 글을 주로 썼기 때문이다. 일엽 시는 출가를 기점으로 달라지는데 창작의 주제가 달라지기 때문이다. 출가 전의 시는 개인의 감정을 서정적으로 표현하는 시가 대부분이다. 「고파孤波」라는 시를 보자.

> 어저 내일이여
> 이제는 홀이로다
> 인생의 험한 길을 나 어이 혼자 갈까
> 님이야 사귈 님 많으니
> 외로시다 하리까."[32]

여기의 님은 연애의 감정이 담긴 대상이다. 시를 통해 자신의 외로운 서정을 표현하고 있다. 1930년대에 출가 전후로 시 작품을 왕성하게 발표하는데,『불교佛敎』지에 발표한 시만 보더라도 13편이 전한다.[33] 이 무렵 시로 「행로난行路難」이 있다.

---

32) 김일엽,『미래세가 다하고 남도록』상, 인물연구소, 1974, p.50.;『동아일보』1926.12.04.; 1932.4『삼천리』개작.

33) 한운진(경완),「1930년대 김일엽(金一葉) 소설의 현실과 치유」,『춘원학보』14, 춘원연구학회, 2019, p.110.

행로난

님께서 부르심이

천 년 전인가! 만 년 전인가!

님의 소리 느끼일 땐

금시 님을 뵈옵는 듯

법열法悅에 뛰놀건만

…

님이여! 어린 혼이

님의 말씀 양식 삼아

슬픔을 모르옵고 가노라고 가건마는

지축지축 아기걸음

언제에나 님 뵈리까"34)

　여기에서 님은 만해의 님과 같은 은유성이 내포되어 있어서 앞서
본 시 「고파」의 님과는 다르다. 이 시에 있는 '법열', '천 년 전, 만
년 전' 등의 시어는 불교 귀의를 시사하고 있다고 할 수 있다. 이 시는
특히, 한국문학 영역 사업으로 2017년 영문 번역으로 출판되기도 하였
다.35)

　출가 후의 시는 대략 20여 편이 전하는데 대부분 『불교』지를 통해
발표된다. 송정란은 선지를 내포한 어법인 적기수사법賊機修辭法을 운

---

34) 『미래세가 다하고 남도록』 상, p.56. 1932년 『불교(佛敎)』지에 발표.

35) 한용운 외, David MCCANN 역, The Temple of Words : An Anthology of Modern
Korean Buddhist Poetry, 동국대학교출판부, 대한불교조계종, 2017, pp.196-197,
"The beloved's call- / Was it a thousand years ago? Ten thousand? / As if about
to hear the beloved's voice, / and see the beloved right at this moment, / leap
up in rapture! / Only know, I am just here. / … / O love, young soul! / The
beloved's words, nourishment. / Know nothing of sorrow / and keep on, keep
going on, / plodding steps, a baby's, / wondering"When will I see the beloved?"

용하여 일엽의 선시를 분석한 바 있다. 반야심경에서 말한 즉비卽非의 설법을 적용한 것이 적기수사법36)이다. 일엽의 오도송 3장 가운데 「1. 자성」37)을 적기수사법 가운데 반상합도反常合道를 적용하여 분석하였다.38) 이는 불립문자不立文字, 견성성불見性成佛, 직지인심直指人心 등 선의 개념을 은유하는 선시를 분석하기에 적절한 방식으로 생각한다. 특히 아래 두 장은 시공제한을 초월하는 선시의 풍모를 볼 수 있다.

> 2. 송구영신送舊迎新
> 때 본래 있잖거니
> 새 해 간 해 하올걸까.
> 생각이 제 지어서
> 오간다고 하는고야.
> 다만지 시공화時空化 나뿐이라

---

36) 송정란, 「일엽 선시에 나타난 수사적 표현기법 -적기수사법(賊機修辭法)을 중심으로」, 『韓國思想과 文化』 90, 2017, p.49. 이 논문에서 말하는 적기수사법이란 선시를 해석하기 위해 도출한 독특한 미학적 구조이다. 서구의 문예이론이 아닌 불교적 사유를 바탕으로 한다. 송정란은 "적기 적기수사법은 일상을 돌이켜 도에 합치시키는 반상합도(反常合道), 동일과 차이를 융합하고 초월하는 초월은유(超越隱喩), 무한 도약하고 무한 현현하는 상인 무한실상(無限實相)으로 구분할 수 있으며, 선시를 표현하는 데 서로 불가분의 관계를 내포하고 있다."라고 설명한다.

37) 『미래세가 다하고 남도록』 상, 인물연구소, 1974, p.90, "내가 나를 버려두고 / 남만 따라 헤맸노라. / 가람과 그 말 소리 / 서로 못 봄 같아야서 / 뵐 모습 없사옵건만 / 기거자재(起居自在)하여라.(참선 10년째 되던 해)"1943년에 지은 것으로 추정.

38) 송정란, 「일엽의 불교시 고찰을 위한 서설」, 『韓國思想과 文化』 75집, 2014, pp.61-85.; 「김일엽의 출가과정과 불교시 변모양상」, 『韓國思想과 文化』 80집, 2015, pp.31-57.; 「김일엽의 선(禪)사상과 불교 선시(禪詩) 고찰」, 『韓國思想과 文化』85집, 2016, pp.443-466.; 「일엽 선시에 나타난 수사적 표현기법 -적기수사법(賊機修辭法)을 중심으로」, 『韓國思想과 文化』 90집, 2017, pp.37-63.

궁굴 자재하여라.
(정유(丁酉, 1957)년을 맞을 때)
3. 일념一念
천겁전千劫前 시간들과
만겁후萬劫後에 그 일들을
이 일념에 갈무려서
전우주를 날 삼으니
자연이 스사로와서 날 받으러 셍기더라.
(무술(戊戌, 1958)년 생일에)[39]

깨달음의 경지를 읊은 오도송은 시간의 순서, 공간의 제한을 깨트리며 곧바로 가리키는 직관적 방식으로 표현된다. 위 두 장의 선시 역시 그러하다. 일엽의 오도시는 마음이 가리키는 자성, 그리고 시공의 초월을 자신의 언어로 표현한다. 기존에 전하는 선사들의 선시가 주로 앞선 조사祖師들의 어구나 불교 경구를 인용하는 것과 다르다. 일엽의 오도시는 자신의 목소리가 담긴 시어로 깨달음을 표현한다. 형식상 누구나 이해하기 쉬운 한글 시조에 가까우며 한시라는 한계에 제한되지 않고 깨달음의 세계를 표현한다. 1920년대『불교』지가 한글문화를 창달하려는 학술의 경향성을 보인 것과 무관하지 않다.[40] 시어를 보면 제1장의 마지막 구질은 '기거자재起居自在', 제2장의 마지막 구절은 '궁글지제'라 하여 '자재'라는 시어로 경지를 표현하고 있다. '기거자재'란 오고 가는 행의 해탈을 의미하며, '궁글자재'란 모든 것이 원만해진 경지를 의미한다. 이처럼 일엽 문장의 특색이자 가치이기도 한 자신만의 고유한 방식으로 사상을 나타낸다. 일엽은 만년에 '생명'을 주제어로 우주와 만물,

---

39) 『미래세가 다하고 남도록』 상, 인물연구소, 1974, pp.90-91.
40) 김종진, 앞의 책, p.348.

존재와 자유를 설파한다.[41] 생명을 몸과 옷, 혼魂으로 은유하는데, 「몸
과 혼」이라는 작품을 예로 들 수 있다. 이 시에서 일엽은 존재의 육체와
정신을, 몸과 혼이라는 시어로 표현한다.[42] 이어지는 다음 시 「네 생명
은」에서는 불교의 세계관으로 존재를 설명한다.

> 네 생명은 무엇인가 행여나 알아보라.
> 네 몸은 생명의 옷
> 네 혼은 생명의 몸
> 옷과 몸이 사라지면
> 그 무엇이 네 생명일까?[43]

생명이란 단어를 반복적으로 사용하여 운율을 살리면서 제행무상諸
行無常의 도리를 묻고 있다. 생명의 본 의미에 관해서는 수상록의 다른
글에서 분명하게 설명하고 있다.

"이 몸은 생명의 의복이요 이 혼은 습관의 집적集積이다. 선악善惡간의
습관을 따라 변혼變魂되는 것으로 천성이니, 마음이니 하는 것이다."[44]

여기서 생명이란 불성과 같은 의미로 보인다. 이어서 몸과 혼으로
이루어진 중생의 생명이란 옷을 갈아입는 것과 같다고 설파한다.

"이 몸을 여읜 후에는 혼신으로 생전에 지은 대로 다시 무슨 옷(몸은
생명의 의복)이든지 갈아입고 생활하게 된다."[45] 고 하여 생명의 의미

---

41) 한운진, 앞의 논문, p.230.
42) 『미래세가 다하고 남도록』 상, p.84. 몸과 혼 / 이 몸은 생명의 옷 / 이 혼은
　　생명의 몸 / 이 몸과 혼 / 생명인 줄 그릇 알고 / 몸과 혼 사라질제 / 몸부림쳐
　　우짖더라.
43) 『미래세가 다하고 남도록』 상, 인물연구소, 1974, p.85.
44) 『일엽선문』, p.78.
45) 위의 책, p.83.

를 불교의 기본 가르침인 무상無常과 무아無我로 설명한다.

이후 생명의 의미는 확장되어 근원적인 뜻으로 발전한다. 존재적 생명의 의미에 관해서, "본연의 생명은 느끼기 전이며 생명의 작용이 생각이다."라고 하며, "그러므로 인간이 되려면 우선 본 생명을 회복하는 공부부터 해야 한다."46)라고 하여 실천의 중요성을 강조한다. 이러한 사상은 만년의 녹취록에서도 드러난다.

> "부처님의 제자예요. 다 바쳐야 해요. 육체와 혼을 다 살아야
> 한다. 그래서 청춘을 불사르고 그 말이 그 말입니다."47)

수행에 일심으로 전심전력해야 함을 고구정녕苦口丁寧 일깨운다. 세간에서 재밋거리처럼 회자되던 '청춘을 불사르고'라는 말의 참뜻은 일엽에게 있어서는 바로 수행과 다름이 아니다. '생명', '자연'이라는 단어는 근래 생태학계, 환경 문제와 관련한 사회 일반에서 흔히 사용된다. 일엽이 쓴 이 단어를 환경과 관련한 의미로 파악하기에는 억지스럽다. 그러나 다른 시각으로 보면 넓은 의미를 고려한 선견지명이 있는 단어 선택이 아니었을까 생각해 본다.

정리하면 일엽의 선시는 기존의 한시와는 독창성이 드러난다. 즉 그가 쓴 불교시는 한글로 쓴 창조적인 선시이다. 선시 풍으로 불교의 선적 생명 사상과 세계관을 한글을 써서 창조한다. 형식상으로는 운율이 있으며 글자 수를 제한하는 시조에 가깝다. 시조 형식으로 리듬 있게 표현하며, 간략한 시어의 사용이 창조적이다. 간략하고 함축적이어서 격언과 같은 경구로도 볼 수 있다.

---

46)『행복과 불행의 갈피에서』, pp.5-6.
47) 김일엽문화재단 제공 일엽스님의 육성 녹음 내용을 녹취록으로 만든 것.

소만수는 그가 지닌 외국어에 관한 특별한 재능과 소양으로, 다양한 외국 문학작품을 번역함으로써 문학적 업적을 성취한다. 개인적인 재능에 더하여 부단히 연마해온 언어적 소양이 배경 능력이라 할 수 있다. 이는 다문화인이라는 약점이 도리어 장점으로 승화한 경우이다. 소만수 시의 문학적 성취는 우선 다국어에 능통하여 번역 시어 사용이 유려하다는 것이다.

소만수는 어려서부터 일본에서 공부하였고 고등교육을 받을 기회가 있었다. 자연스럽게 외국어와 이색 문물에 노출되며 이를 통해 외국어 능력을 갖춘다. 일찍이 일본 요코하마(橫濱)에서 일어를 배웠으며, 1898년부터 1903년 봄까지 일본 현지 학습을 계속한다. 중국 광동 향산(香山, 현재 중산中山에 속함)에서 중국어 문장을 훈련하고, 상해에서는 영어를 배웠다.

스페인 마드리드 출신의 기독교 목사 뤄비·좡상羅弼·莊湘48)에게 영어를 연마하며, 독일의 프랑크(法蘭, Otto Franke), 영국 시인 플레쳐(弗萊徹, W.J.B.Fletcher, 중국어 이름 符佑之) 등 해외학자와 교류 한다.49) 소만수와 교류 했던 시인 플레쳐는 당시唐詩를 영어로 선역選譯 하였고, 이 과정에서 소만수의 도움을 받았다. 이와 같은 번역 작업의 연속선상에서 소만수는 중국 고전시를 알리려는 노력을 계속한다. 중국의 고전시를 영역하여 『문학인연文學因緣』, 『영한삼매집英漢三昧集』으로 간행함으로써 중국 고전시를 서구 세계에 알리는 데 공헌한다.50)

---

48) 뤄비·좡상(羅弼·莊湘) : 인용한 논문과 기타 자료에 영어 이름이 명기 되어있지 않다. 발음으로 추측하면 Robbie(Robert) Johnson 정도일 것으로 추정.

49) 黃軼, 「晚淸民初新文學發端的另一重視角ー以蘇曼殊與海外漢學家交遊爲例」, 『鄭州大學學報(哲學社會科學版)』, 2021, p.98.; 유아자 편, 『소만수전집(蘇曼殊全集)』, p.259. 중국어 표기법은 한글 외래어표기법의 기준에 따라 표기하였다.

소만수는 이외에도 시, 소설 등 다양한 번역 업적을 남긴다.[51] 시와 관련한 업적으로 바이런의 시를 번역한 것이 손꼽힌다. 중국인으로서 바이런의 시를 번역한 것은 그가 최초이다. 이후 문단에서는 소만수를 '중국의 바이런'이라 불렀는데 소만수 스스로 자칭한 것이기도 하다. 소만수가 바이런의 시를 번역한 이유는 바이런의 낭만성과 소만수 개인적 취향이 일치해서이기도 하다. 소만수가 바이런의 시를 번역하여 소개한 것을 기점으로 당시 중국 문단에서는 바이런의 시가 크게 유행한다.[52]

소만수가 번역한 『바이런 시선拜倫詩選』 가운데 가장 이른 판본은 1914년 발행본이다. 서지에는 "무신(戊申, 1908)년 9월 15일 초판, 임자(壬子, 1912)년 5월 초3일 재판, 갑인(甲寅, 1914)년 8월 17일 삼판"[53]이라고 명시되어있다. 그러나 유아자에 의하면 '무신년 발행은 불가하며, 따라서 재판도 없었을 것이며, 1914년이 최초'라 고증한 바 있다.

소만수가 번역한 시 가운데 한 편으로 「贊大海, The Ocean, 대양」를 살펴본다. 「贊大海, The Ocean, 대양」는 바이런의 장편서사시 「차일드 해럴드의 순례」, 4권, 179번(「Childe Harold's Pilgrimage」, Canto IV, Stanza 179) 시다. 이 시는 국문학에서 오랑鷔浪이 번역한 것으로[54] 전한

---

50) 유아자, 앞의 책, p.298.

51) 소만수는 서구의 여러 문자를 습득했다. 이러한 언어적 소양을 바탕으로 외국 문학을 번역하는데 가장 널리 알려진 것이 바이런의 시집, 빅토르위고의 『레미제라블(悲慘世界)』이다.

52) 張夢婷, 「蘇曼殊 譯介,『拜倫詩選』原因探析」,『北方文學』, 2019(03), pp.199-200.

53) 敖光旭, 「蘇曼殊文化取向析論」,『歷史研究』, 2010(05), p.105.; 潘重規,『蘄春黃季剛先生譯拜倫詩稿讀後記』, 武漢老齡科學研究院等編;『黃侃紀念文集』, 武漢; 湖北人民出版社, 1989年, pp.142—151 재인용.

54) 金容稷, 「新文學草創期飜譯詩論攷」,『白山學報』3, 백산학회, 1967, pp.556, "『少年』에 실린 바 있는 鷔浪역 Byron의 Ocean을 들 수 있을 것이다. 隆熙2년 11월

다. 김용직은 이 시와 최남선의 「해에게서 소년에게」와의 유사성을 지적하며 최남선의 시가 이 시의 "패로디에 가깝다"고 평가한 바 있다.[55] 소만수도 중역中譯하며 「贊大海, The Ocean, 대양」라 제했는데, 최남선과 같이 일어 번역도 참조했을 것으로 추정된다.

皇濤 ① 瀾汗, 靈海黝冥.
萬艘鼓楫, 泛若輕萍.
芒芒 ② 九圍, 每有遺虛.
曠哉天沼, 匪人攸居.
大器自運, 振蕩粵夆.
豈伊人力, 赫彼神工.
罔象乍見, 決舟沒人.
狂瞥未幾, 遂爲波臣.
掩體無棺, 歸骨無墳.
喪鐘聲嘶, 逖矣誰聞.

드넓은 파도, 깊고 어두운 신비한 바다.
천만 척의 범선, 가벼운 부평초로 떠 있네.
망망한 대지, 폐허만이 가득하고.
광활한 천연 연못, 사람이 안거할 곳은 아니라네.
대해의 진동과 기복은 자연의 힘으로 움직임이니.
사람의 힘으로 어찌할까? 갑자기 진노하는 신의 힘이니.
망상罔象 괴물이 갑자기 나타나, 배도 사람도 사라지네
물에 빠져 살려달라 외치지만, 곧 바닷속으로 가라앉네.

1일 발행 『少年』 제3년 제6권에 실려있는 이 역시는 전체가 6련이며 각행이 9행으로 되어있는 원작을 거의 축자어역으로 옮겨 놓고 있다."고 하였다. 이 논문에도 서지 또한 오류가 있는데 번역시가 실린 바른 서지 사항은 "『少年』 03년 06권, 新文館, 1910(隆熙04)년 06월"이다. 이 권호에 목차는 "大洋(빠이론原作)=5 TheOcean(Byron)=10"이며, 역시는 pp.5-9, 원문 pp.10-11에 실려 있다.
55) 김용직, 위의 논문, pp.562-563.

감쌀 관도 없고, 유골을 묻을 무덤도 없네.
조종 소리 울리나, 멀고 멀어 누구에게 들릴까?

영시 원문을 찾아보면 영어 고어가 혼재한다. 소만수의 중역은 형식
상 중국 고시 형식대로 사언四言 구를 쓰고 있다. 전통적으로 중국 고시
는 전고를 통해 시의 내용을 은유하며 나타낸다. 두 가지 전고의 용례를
들면 다음과 같다.

① 첫 4구에 쓰인 '瀾汗'는 『문선·목화·해부文選·木華·海賦』의 "洪
濤瀾汗, 萬裏無際"에서 따온 것으로 '물결이 크게 일어나는 모양'이라
는 의미로 쓰인다. 한시의 전고典故를 활용한 기법으로 전통 시의 작법
과 유사하다.

② 셋째 줄 5번째 구에 있는 '九圍'는 『시경·상송·장발詩經·商頌·
長發』의 "帝命式於九圍"에서 유래를 찾아볼 수 있다. 중국 고전 시
창작에서 용전을 쓰는 것은 시작법의 전통이기도 하다. 이처럼 사언四
言과 전고를 사용한 것은 중국 고전 시문학의 형식을 따른 것으로, 중국
고전시 전통의 계승이다. 그러나 시의를 떠나 모든 의미를 중국적인
공맹孔孟의 도덕으로 번역하던 당시의 풍조를 따른 것은 아니다.

소만수는 "시인의 시"를 중시하였다고 하는데 이는 순수 시가를 중
시하는 관섭이다.[56] 즉 소만수가 생각하는 시인은 공맹의 도덕으로
시를 쓰지 않아야 시인인 것이다. 자신도 시를 번역할 때 그렇게 하지
않았고, 순수 문학의 관점에서 시 또는 소설을 번역하였다. 근대적 의미
의 문학 개념이라 할 수 있다. 근대시를 이런 특징만으로 규정할 수는
없으나, 전통 고전시와 분명 다른 개념이다. 소만수가 전통을 가진 중국

---

56) 黃軼, 앞의 논문, p. 102.

문화와 순수시가 사이의 균형을 맞추려 애쓰고 있음을 알 수 있다.

위의 시는 「대해」라고 제목을 바꿔 소만수의 소설 「단홍영안기斷鴻零雁記」57)에 재삽입한다. 「단홍영안기」는 27장章으로 구성된 단편 소설이다. 자전적 성격을 지니며 당시 유행하던 원앙호접파鴛鴦蝴蝶派58) 유형이다.59) 당시에 이 소설의 내용은 소만수 삶의 자전적 반영으로 여겨지며 널리 알려진다. 화자는 나餘이며 소만수 생이 곳곳에 투영된다. 첫 장에서 머물던 사찰에 관한 묘사와 함께 출가 귀의한 은사 스님도 자신의 슬픔을 없애지 못했음을 토로한다.60) 「대해」가 실린 「단홍영안기」 제7장을 통해 시를 번역할 당시의 정황을 추정할 수 있다.

관련 내용을 살펴보면 다음과 같다.

소설 「단홍영안기」 7장에서 주인공 나는 배를 타고 떠나며 영어를 배웠던 목사 부부에게 셰익스피어, 바이런, 샐리의 책을 받는다. 이어 바이런은 중국의 이백으로 천재, 셰익스피어는 중국의 두보로 선재仙才, 샐리는 중국의 이하로 귀재라 대비한다. 아울러 「대해」의 원시가 「차일드 해럴드의 순례」의 끝부분이라고 명기하고 번역시를 인용한다. 7장의 마지막 문장에는 달이 떠오르는 밤 시를 낭송하며 요코하마에

---

57) 『소만수전집』, 「단홍영안기(斷鴻零雁記)」 제7장, p.184.

58) 원앙호접파(鴛鴦蝴蝶派) : 청말 민초(淸末民初) 1920년대에 상하이에서 성행했던 문학의 한 유파로 부박(浮薄)한 염정(艷情)을 소재로 삼았다고 정의된다. 주로 연애 고사를 서술하여, 생사를 같이하는 원앙새, 한 쌍의 나비의 범위라 한 것에서 유래한다. 주간잡지 『禮拜六』, 『眉語』 등을 창간한 후 크게 유행했으며, 통속 소설이 진일보 발전한 것으로 평가된다.

59) 박노종, 「그림과 문학의 상관관계를 통한 중국문학의 근대성 생성 연구 ― 소만수의 소설 『斷鴻零雁記』와 題畫를 중심으로」, 『中國學』 55, 대한중국학회, 2016, p.236.

60) 유아자, 앞의 책, 『소만수전집』, 「단홍영안기」, 1912년작, p.179, " 顧吾師雖慈藹, 不足以殺吾悲, … 餘殆極. 人世之至戚者矣!"

도착한 정경을 묘사하고 있다.[61] 중국시의 특징 가운데 낭송을 들 수 있는데 도착 묘사에서 전통 시가적 특징을 서술한다. 소만수는 이처럼 서구 시가를 번역하거나, 전통시를 서구에 번역하여 알리려 한 경우에 도 고전 전통의 형식과 순수시 사이의 균형성을 추구하고 있음을 알 수 있다.

이외에도 다른 소만수의 창작 시에는 선시에 쓰는 단어가 다양하게 등장한다. 예를 들면 "정선情禪, 색상色相, 공空, 구년면벽九年面壁, 공상 空相, 지석持錫, 경經, 선심禪心, 원怨, 진嗔, 치癡, 애愛, 재재齋, 입정入定, 암庵, 부도浮圖, 가사袈裟, 망혜파발芒鞋破鉢, 오사烏舍, 미체시未剃時, 경대 鏡台, 겁후회劫後灰, 성불成佛, 시승詩僧, 고승孤僧, 범토梵土, 겁화분劫火 焚" 등이 있다.[62] 시어 운용에 불교 용어를 사용, 선시의 특징을 드러내 고 있음을 알 수 있다.

소만수가 쓴 선시 풍의 순수 창작시 가운데 1909년에 쓴 본사시십장 本事詩十章이 있다. 이 시는 칠언시七言詩 10수로 구성되어 있으며 자신 의 생을 돌아보는 시이다. 제2수의 내용을 살펴보면 일생 가련한 자신 의 신세를 한탄하는 듯하다.

> 작은 방에서 손수 차를 끓이다가
> 말은 깊어지고 향 다 사르고 눈물 흘리네
> 이 몸 낳아준 어머니 무정도 하구나
> 마야 부인께 묵은 인연을 여쭤봐야겠네."[63]

---

61) 위의 책, pp.184-185.

62) 陳慶妃, 「蘇曼殊禪詩的士大夫品味」, 『安徽文學』(下半月), 2008(04), 8+16, p.16.

63) 위의 책, p.14, "丈室番茶手自煎, 語深香冷涕潸然, 生身阿母無情甚, 爲向摩耶問 夙然."

마야부인은 석가모니 부처님의 어머니다. 석가모니 부처님도 어머니 없이 이모의 손에서 자랐음을 상기시켜주며, 아울러 어려서 부모님과 이별한 소만수의 신세도 떠올리게 한다. 다음으로 마지막 수는 참선 수행의 어려움과 초연함을 전고를 들어 묘사한다.

> 9년 면벽 공을 깨달아
> 이제 지팡이 짚고 돌아와 그대 만나 후회하네
> 내 그를 저버렸고 지금 이러하니,
> 사람들 그대 소리 즐기는 것 그대로 맡겨두네."[64]

어머니를 그리는 듯한 두 번째 수나 마지막인 제10수는 불교 시어의 운용과 함께 소만수의 삶이 보여주는 숙명적 외로움을 나타내는 비극적 정서가 나타난다. 제10수 3, 4구 원문 '我本負人今已矣, 任他人作樂中箏.'은 사詞「억강남憶江南」을 전고로 한다.[65]

소만수의 선시는 비극적 정서와 선시에서 쓰는 시어를 균형 있게 사용한다. 이러한 균형성은 외국시의 번역에서 보여주었던 특징과 일맥상통한다.

6. 마무리하며

일엽과 소만수의 삶과 문학을 돌아보았다. 연구의 기점은, 개인의 삶이 역사적 발자취를 남길 때 그의 소신은 무엇이며, 그것을 어떻게

---

64) 위의 책, p.14, "九年面壁成空相, 持錫歸來悔晤卿, 我本負人今已矣, 任他人作樂中箏.

65) "平生願, 願作樂中箏. 得近玉人纖手子, 砑羅裙上放嬌聲. 便死也爲榮." 황손(黃損)이 약혼녀 배소저(裴小姐)에게 준 화려하고 선정적인 시로 평가되며 전한다.

지켰는지에 관한 관심이었다. 그러나 두 인물을 고찰하는 과정에서 누가 더 소신에 철저하며, 업적을 높이 성취하였는가를 계량하려고 하지 않았다. 다만 두 인물이 보여준 삶의 적극성과 일관성을 배우고자 하였으며, 가르침이 주는 치유를 찾아보고 싶었다. 전체를 조망하기에는 시간도 지면도 모자라 부족하였지만 몇 가지 공통점을 발견할 수 있었다.

첫째 일엽과 소만수는 사회적 약자로서, 한 사람은 여성·고아·이혼녀라는, 다른 한 사람은 다문화인·고아라는 사회적 편견을 마주하였다.

둘째 두 인물은 사회적 편견으로 인한 삶의 고난을 돌파하였으며, 근대 지식인의 소임인 계몽과 교육을 실천하며 활동하였다.

셋째 두 인물 모두 불교를 사상적 기반으로 하였으며 출가를 선택하였다. 여기서 출가란 수행을 위해 마음과 몸 모두 세속을 떠나 불가에서 수행하는 삶을 의미한다.

넷째 결론으로 일엽과 소만수는 각자의 방식으로 불교 귀의의 초발심과 발원을 실천하였다. 일엽은 출가 후 오롯이 수행하는 선승으로서 저술과 설법을 통해 불교의 가르침을 전하였다. 만년의 사상은 자유로운 생명으로 대표 된다. 소만수는 어쩌면 묵은 인연 때문에, 그리고 짧은 생애로 인해 재능과 발원을 다 이루지는 못하였다. 그러나 전 생애를 불교에 헌신하며 불교 연구의 초석이 되는 산스크리트 사전을 편찬하였다.

일엽과 소만수는 불교와 문학을 스스로 찾고 추구하였으며, 존재 이유로서 일생을 걸고 책임지는 수행자였다.

참고문헌

〈원전자료〉

김일엽(金一葉), 『어느 수도인의 회상』, 수덕사 견성암, 1960.

_____, 『청춘을 불사르고』, 문선각, 1962.

_____, 『행복과 불행의 갈피에서』, 휘문출판사, 1964.

_____, 『미래세가 다하고 남도록』 上・下, 인물연구소, 1974.

_____, 『一葉禪文』, 문화사랑, 2001.

_____, 『청춘을 불사르고』, 김영사, 2002.

蘇曼殊 著, 柳亞子 編訂, 『蘇曼殊全集』, 哈爾濱出版社, 2011.

〈저서〉

김종진, 『근대 불교잡지의 문화사/불교청년의 성장 서사』, 소명, 2022.

동국대학교 불교문화연구회, 『근대동아시아의 불교학』, 동국대학교 출판부, 2000.

민족작가회의 비평분과위원회 저, 『한국 현대작가와 불교』, 예옥, 2007.

유진월, 『김일엽의 『신여자』 연구』, 푸른사상사, 2006.

전국비구니회 엮음, 『한국 비구니의 수행과 삶』, 예문서원, 2007.

Park, Jin Y., 『Women and Buddhist Philosophy: Engaging Zen Master Kim Iryŏp』, University of Hawaii Press, 2017.

한용운 외, David MCCANN 역, 『The Temple of Words:An Anthology of Modern Korean Buddhist Poetry』, 동국대학교출판부, 대한불교조계종, 2017

〈논문〉

郭戰濤, 「蘇曼殊與佛教」, 『溫州大學學報(社會科學版)』 30.04, 2017.

金容稷, 「新文學草創期飜譯詩論攷」, 『백산학보』 3, 백산학회, 1967.

김광식, 「김일엽 불교의 재인식」, 『불교학보』 72, 동국대 불교문화연구, 2015.

_____, 「朝鮮佛敎女子靑年會의 창립과 변천」, 『한국근현대사연구』 7, 1997.

김순규, 「다문화가정 자녀의 심리사회적 적응」. 『청소년학연구』, 2011.

남민수, 「한국 근대전환기소설에 미친 중국 근대소설론의 영향」, 『중국어문학』 39, 영남중국어문학회, 2002.

林辰, 「蘇曼殊是魯迅的朋友補說」, 『讀書』 1, 1986.

박노종, 「그림과 문학의 상관관계를 통한 중국문학의 근대성 생성 연구 - 소만수의 소설 『斷鴻零雁記』와 題畵를 중심으로」, 『中國學』 55, 대한중국학회, 2016.

박노종·권혁건, 「근대 거사불교와 근대적 글쓰기 전략」, 『동북아 문화연구』 20, 동북아시아문화학회, 2009.

박영환, 「중국근대소설에 나타난 불교적 사유와 역사의식」. 『불교연구』 35, 한국불교연구원, 2011.

孫之梅, 「南社及南社硏究」, 『山東大學學報(哲學社會科學版)』, 2000.

송정란, 「김일엽의 불교시 고찰을 위한 서설」, 『韓國思想과 文化』 75, 2014.

_____, 「김일엽의 선(禪)사상과 불교 선시(禪詩) 고찰」, 『韓國思想과 文化』 85, 2016.

안재연, 「리엔아이(戀愛), 신여성, 근대성의 이데올로기 : 중국 1920-30년대를 중심으로.」, 『중국어문학논집』 38, 2006.

敖光旭, 「蘇曼殊文化取向析論」, 『歷史硏究』, 2010(05).

吳長華, 「魯迅的一個古怪朋友蘇曼殊」, 『世紀』 43, 2002.06.

유진월, 「김일엽의 『신여자』 출간과 그 의의」, 『비교문화연구』 5, 경희대학교부설비교문화연구소, 2002.

이성천, 「김일엽 문학에 나타난 '신여성' 담론 고찰」, 『한민족문화연구』 39, 한민족문화학회, 2012.

이태숙, 「'여성해방론'의 낭만적 지평-김일엽론」, 『여성문학연구』 4, 한국여성문학학회, 2000.

張夢婷, 「蘇曼殊 譯介, 『拜倫詩選』原因探析」, 『北方文學』, 2019(03).

張勇, 「論蘇曼殊的禪詩」, 『寧波廣播電視大學學報』 15.04, 2017.

조명제, 「동아시아 근대불교의 지향과 굴절」, 『동아시아불교문화』 27, 동아시아불교문학학회, 2016.

陳慶妃, 「蘇曼殊禪詩的士大夫品味」, 『安徽文學』, 2008(04).

한운진(경완), 「1930년대 김일엽(金一葉) 소설의 현실과 치유」, 『춘원학보』 14, 2019.

_____, 「김일엽(金一葉)과 홍일(弘一)의 불교문화 영향력 비교연구」, 『대각사상』 34, 2020.

_____, 「일엽(一葉) 선사의 만공 사상 재해석과 독립운동」, 『대각사상』 29, 대각사상연구원, 2018.

黃 軼, 「晚淸民初新文學發端的另一重視角─以蘇曼殊與海外漢學家交遊爲例」, 『鄭州大學學報(哲學社會科學版)』, 2021.

〈홈페이지〉

김일엽 다큐 유튜브 https://www.youtube.com/watch?v=eYm8cXOE8-8

〈녹취록〉

김일엽문화재단 제공 1967년 10월 24일에 녹음한 일엽스님 육성, 그리고 그 내용을 정리한 문서 녹취록.

백거이-시에 인생을 담다

이경일(전남대학교 강사)

백거이(772~846)는 중당시대를 대표하는 시인으로 성당시대의 李白과 杜甫와 함께 唐나라를 대표하는 唐代 삼대 시인 중 한 사람이다. 字는 樂天이고, 號는 香山居士, 醉吟先生인데, 사람들은 詩仙이나 詩魔라고도 호칭하였다. 그는 《自解》에서 "多生債負是歌詩. 不然何故狂吟詠, 病後多於未病時. 여러 생에 진 빚이 시가詩歌의 빚이구나. 그렇지 않으면 어찌하여 미친 듯 읊조리며, 병 든 후에 그전보다 더 시를 읊조리겠는가?"라고 하며, 자신이 시 쓰는 일을 좋아해서 병들어 힘든 상황에서도 시가 창작활동에 매진하며 꺼지지 않는 열정으로 다작하는 '시인'으로서의 인생을 살았음을 고백하는 듯하다. 시인이 일반인들도 이해하기 쉬운 시어로 삶의 매 순간의 느낌이나 생각, 철학 등을 담아낸 시가 삼천 팔백여 수에 달했다는 것은 그의 삶이 고스란히 시 속에 담겨져 있다고 해도 무방할 정도라고 말할 수 있다. 시인이 자신의 시에 표현한 여러 詩境 중에서 시인이 품었던 "꿈"과 시인이 추구했던 "한가로움", 시인이 일상생활에서 즐겼던 "한 잔의 차와 한 잔의 술"을 이해함으로서 시인의 문학과 인생의 지향점을 고찰해보고자 한다.

1. 시에 꿈을 담다

시인은 원화 3년 37세의 나이에 황제에게 간언하는 좌습유 벼슬에 올라 《初授拾遺 처음으로 좌습유가 되다》를 읊으며 그 당시의 마음과 감회를 토로하고 있는데, 백거이의 겸제천하兼濟天下하고자 한 정치적 포부가 잘 드러나 있는 시이다.

奉詔登左掖,　　조서 받들고 좌익으로 등청하여
束帶參朝議.　　관복 차려입고 조회에 참여하네

何言初命卑,	어찌 첫벼슬 낮다 말하리오?
且脫風塵吏.	풍진 속 아전은 면하였네
杜甫陳子昻,	두보와 진자앙도
才名括天地	재능과 명성 만천하에 가득했었지
當時非不遇,	그 당시에 불우하지 않았어도
尙無過斯位.	오히려 이 지위에 불과했다네
況余蹇薄者,	하물며 우둔하고 박덕한 나에게
寵至不自意.	이러한 은총은 뜻하지 않은 것이라네
驚近白日光,	햇빛 같은 천자 가까이할 수 있음에 놀라고
慚非靑雲器.	고관의 그릇 못됨 부끄러워하네
天子方從諫,	천자께선 간언 받아주시나
朝廷無忌諱.	조정에 꺼릴만한 일 없네
豈不思匡躬,	어찌 몸 아끼지 않고 충성할 생각 안했으리오
適遇時無事.	무사안일한 때를 만났을 뿐이라네
受命已旬月,	명 받은 지 한 달 되어도
飽食隨班次.	배불리 먹으며 순차에 따라 일하기만 하네
諫紙忽盈箱,	간언의 글들 갑자기 상자 한가득하니
對之終自愧	결국 스스로 부끄럽기만 하네

시인은 자신을 두보와 진자앙과 비교하며 천자가 베풀어준 은혜에 감격하며("寵至不自意"), 천자 가까이에서 천자에게 간언할 수 있는 직책을 맡게 된 것을 스스로도 놀라워하고 있다("驚近白日光"). 처음으로 좌습유로 부임해서 忠諫의 임무를 다하고자 하는 충심은 가득한데 조정에 충간할 특별한 사건이 없음을 아쉬워하는 듯 여유로운 한 달여 시간을 보내는 시인의 모습을 통해서 항상 자신이 맡은 벼슬의 직무에 열심이고 최선을 다하고자 하는 충성된 시인의 성품이 고스란히 드러나 있다. "豈不思匡躬, 適遇時無事."에서 시인은 자신의 몸을 돌보지 않고 목숨 바쳐 충성할 생각이 절실한데 태평성세의 때를 만나 諫官으

로서 해야 할 업무가 별로 없어서 그냥 나라의 녹을 받기만 하고 포식하며 나라와 국민을 위해서 제대로 자기 역할을 하지 못하고 있는 관직생활에 미안해하는 것처럼 보인다. 오히려 左拾遺라는 관직생활에 미안함을 넘어서 천자와 나라와 국민에게 죄송한 마음을 더 크게 느끼고 있다. 또한 "諫紙忽盈箱, 對之終自愧."에서 시인은 左拾遺로 임명된지 한 달이 지나자 다른 간관들이 간언한 글들이 가득 쌓여가는 것을 보면서 자신의 능력 없음을 자책하기까지 하고 있다. 이미 간관의 직무를 파악하고 있던 간관들은 나라 곳곳의 문제점을 황제에게 간언할 내용이 있었겠지만, 시인은 처음으로 맡게 된 간관 직책이었기에 그의 유별난 충성심과 넘치는 의욕에도 불구하고 그 직책에 적응하는 데에는 한두 달의 시간이 필요했을 것이다. 시인은 《與元九書》에서 "좌습유가 된 후로 어떤 일을 당하여 느낀 바 美刺興比에 관계있는 것, 또 武德年間에서부터 元和年間에 이르기까지의 어떤 일을 주제로 삼은 것으로 新樂府라고 이름을 붙인 것 등 모두 150수를 諷諭詩라고 했다"라고 밝힌 바 있는데, 시인이 左拾遺 시기에 백성의 고통스런 현실과 사회의 부조리를 폭로하며 秦中吟 등의 諷諭詩를 창작하였다는 것을 알 수 있다. 또한 《여원구서與元九書》에서 "나는 당시 翰林學士에다 간관으로서 간지를 요청하여 임금께 글을 올리는 일 외에 사람들의 아픔을 구제하고 시정의 잘못된 점을 고쳐 보완할 수 있는 이로써 지적하여 말하기 어려운 것은 곧 노래로 지어서 조금씩 임금의 귀에 들어가기를 바랬다"라고도 서술하고 있는데, 이것은 백거이가 간관인 자신의 신분만으로도 당시 사회의 부조리함과 불합리함, 불법적인 현상이나 부패한 현실에 대해서 신랄하게 비평하거나 지적할 수 없었던 안타까운 마음을 담아 현실의 비참한 실태를 폭로한 諷諭詩를 창작함으로서 부조리한 사회를 바르게 변화시킬 수 있는 선한 영향력을 발휘하고 싶어했다는 것을 보여주는 것이다.

《與元九書》에 나오는 "志在兼濟, 行在獨善"사상은 시인이 일평생 간직하며 따르고자 했던 신념으로, "窮則獨善其身, 達則兼濟天下"이라는 옛 선인의 말을 스승으로 삼은 것이다. 左拾遺 관직 시기에 시인은 비록 뜻은 兼濟에 있었지만 獨善할 수밖에 없는 자신의 처지를 있는 그대로 받아들이며, 志行一致를 위해서 간관의 역할에 매진하면서 諷諭詩 창작에 박차를 가할 수 밖에 없었다. 부조리한 현실의 수레바퀴 속에서 낭떨어지로 떨어지고 있는 서민들의 삶을 바라보면서, 시인은 자신의 사회적 신분으로 인해 형성된 그들과의 괴리감을 느끼면서도 혼자 "行在獨善"할 수밖에 없는 상황을 겸허히 받아들이며 안타깝고 답답했을 것이다. 백거이는 이미 자신의 志行一致의 신념을 실현하기란 쉽지 않을 뿐만 아니라 거의 불가능에 가깝다는 현실을 인식하고 있었던 것 같다. 시인이 말한 "行"은 현실 세계에서의 자신의 신분과 직업의 한계성을 내포하고 있는 일상생활이기 때문에 현실을 부정할수 없었을 것이다. 그에 반해 시인이 말한 "志"는 마음에 품은 뜻이고 미래지향적인 비전을 내포하는 것이기 때문에 시인이 지향하는 정의와 진리가 실현되는 이상적 사회와 내면의 깊은 의지와 추구하는 지향점을 보여주고 있는 것이다. 백거이는 왜 《與元九書》에서 인용한 옛 선인의 말 중에서 "窮則"과 "達則"은 인용하지 않고 "志在兼濟, 行在獨善"이라는 말로 자신의 신념을 표현한 것일까? 시인은 아마도 "窮則"과 "達則"의 표현들이 窮하거나 達한 외부 환경에 의한 조건에서만 "獨善"하거나 "兼濟"할 수 있다는 것으로 인식하고, 이 표현이 쉽게 환경에 좌지우지되거나 변질되는 인생목표나 삶의 지향점을 표현한 것이라고 생각해서 "窮則"과 "達則"의 표현을 본인의 신념에 그대로 인용하지 않은 것이다. 그래서 시인은 어떤 현실 상황에서도 兼濟의 뜻과 마음을 일관성 있게 품고 살면서, 동시에 獨善하며 사는 것을 추구하는 "志在兼濟, 行在獨善"을 인생목표로 삼은 것이다.

"志在兼濟, 行在獨善"의 인생철학은 시인의 "中隱"사상과도 일맥상통하고 있는데, 中隱이란 半官半隱이라고도 하고, 亦官亦隱이라고도 하는데, 사대부들이 관직생활을 하면서 초당이나 별장을 따로 지어 은거생활을 겸하는 삶의 방식를 가리키는 것이다. 일반적으로 우리가 말하는 진정한 의미의 隱居生活이란 남북조시대의 도홍경陶弘景이나 도연명陶淵明처럼 부패한 관직생활을 완전히 버리고 고향인 산이나 전원으로 돌아가 은거한 후에 또 다시 출사하여 관직생활을 하지 않고 자연을 벗삼아 살아가는 삶의 방식을 말한다. 백거이는 세속적인 관직생활을 과감히 버리고 귀향해서 소박한 전원생활을 했던 도연명을 흠모하고 동경하긴 했지만, 도연명식의 은거 생활방식을 선택하기보다는 사회적, 경제적인 현실의 무게감을 고려하고 자신이 품고 있는 겸제의 뜻을 실현하기 위해서 半官半隱하는 中隱의 삶의 방식을 선택하며 살았다. 시인이 42세에 창작한 그의 《效陶潛體詩》16수 중 4수에서는 "동쪽 집 뽕 따는 아낙네, 비가 오자 걱정하며 슬퍼하네. 북당 앞에서 기른 누에, 차가운 비에 실을 뽑아내지 못하네. 서쪽 집 호미 메고 가는 어르신, 비 오자 원망하며 탄식하네. 남산 아래 콩 심었는데, 많은 비에 떨어져 콩대만 남아있다 하네.(東家采桑婦, 雨来苦愁悲。蔟蠶北堂前, 雨冷不成絲。西家荷鋤叟, 雨来亦怨咨。種豆南山下, 雨多落爲其。)라고 읊조리며, 半隱하며 살고 있는 백거이가 비가 많이 오는 날 시골마을의 고단한 풍경을 직접 목도한 그대로 사실적으로 묘사하고 있다. 志在兼濟의 뜻을 품은 시인의 의식 속에 폭우는 양잠과 콩농사 등 밭농사를 주로 경작하며 가난한 삶을 연명하고 있는 농민들에게는 그들의 생계에 큰 타격을 줄 수 있는 것이기 때문에 시인은 그들의 어려움을 불쌍히 여기고 있다. 반면 半官하며 살고 있는 시인의 형편은 "어찌 나만 홀로 행복하단 말인가? 언제든지 술이 농익고 있네. 이 폭우 내리는 날에도, 새로 익은 술이 있다네. 술항아리 열어 술단지에 따르고, 옥 같은 술 황금잔에 따르네.(而我獨何幸, 酤酒本無期。及此多雨日, 正遇新熟時。開瓶瀉樽中, 玉液黃金卮。)하는 날도 있었다. 시인은 언제든지 원할 때 술을 빚어 마실 수 있는 여분의 쌀이 있었고, 이렇게 폭우 내리는 날 술 생각이 간절할 때 갓 익은 향긋한 술을 마시며 인생을 통찰할 수 있는 처지에 있었다. 또한 시인은 "忽然遺我物, 誰複分是非。(홀연히 나도 세상도 잊어버리니, 누가 시비를 따질 수 있으리?)"의 구절에서도 술 서너 잔 마시고서 자기 자신도 복잡한 세상사 일도 다 잊어버린다고 하는 내면의 상태를 토로하였다. 자신의 "志在兼濟, 行在獨善"의 인생철학과 亦官亦隱하며 살아간 시인의 마음과 일상생활을 시를 창작하면서 심도있게 보여준 것이다.

2. 시에 한가로움을 담다

백거이는 61세 때《出府歸吾廬 퇴청 후 집에 돌아와서》를 창작하며 한가롭게 지내고 있는 자신의 삶에 만족해하는 마음을 담담하게 표현했다. 太和 7년(833년)에 하남윤河南尹으로 재직할 때 병이 나서 낙양의 이도리履道里의 자기 집에서 생활하고 있으면서, 몸이 한가로운 것이 소중한 것이고, 마음의 만족감이 있어야만 가난하지 않은 것이라는 고백을 한다. 백거이는 그 당시 출세로 권력을 쟁취하며 부귀영화를 누리는 것이 인생의 목표처럼 살아가고 있는 사대부들의 실상을 꿰뚫어보는 통찰력을 가지고 있으면서, 부귀한 자나 권세가들이 누리고 있는 것들이 인생의 진정한 '여유로움과 만족'일 수 없다는 이치를 깨달아 알고 있었던 것 같다. 심지어 시인은 물질만능주의적인 생각에 젖어서 부귀영화를 추구하려 안절부절하며 살아가는 사람들을 안타까워하기까지 했다.

出府歸吾廬,	퇴청하여 내 오두막으로 돌아오니
靜然安且逸.	고요하니 또한 편안하고 한가롭네
更無客干謁,	더구나 찾아와 만나자는 사람 없고
時有僧問疾.	가끔 스님이 병문안 올 뿐이라네
家僮十餘人,	집에는 머슴 십여 명
櫪馬三四匹.	마굿간에는 말이 서너 필 있네
傭發經旬臥,	게으름 피울라치면 열흘 동안 누워있고
興來連日出.	흥 나면 매일 나가게 되네
出遊愛何處,	좋아서 나가 노니는 곳은
嵩碧伊瑟瑟.	푸르디 푸른 嵩山이라네
況有淸和天,	더구나 맑은 날씨에
正當梳散日.	마침 한가로운 날이기도 하네
身閑自爲貴,	몸이 한가하면 스스로 귀하게 되는 것이니
何必居榮秩.	어찌 부귀영화 구하며 벼슬하려 하겠는가
心足卽非貧,	마음이 흡족하면 가난하지 않으니
豈唯金滿室.	어찌 황금 가득 집에 채우려할 것인가
吾觀權勢者,	권세자들을 보니
苦以身徇物.	몸이 물질을 쫓아가니 괴롭기만 하네
炙手外炎炎,	밖으로는 권세가 활활 타오르듯 하지만
履氷中慄慄.	마음은 살얼음 밟듯 부들부들 떠네
朝飢口忘味,	아침에는 배고파도 입맛 없고
夕惕心憂失.	저녁에는 자리 잃을까 근심하네
但有富貴名,	오직 부귀라는 이름만 얻을 뿐
而無富貴質.	진정한 부귀는 누리지 못하네

시인은 병으로 집에 누워있으면서 어떤 때는 십여 일을 집에서만 지내기도 하고 흥이 나서 움직이고 싶으면 푸르른 녹음이 우거진 嵩山을 찾아가서 유유자적하며 놀기도 했다. 자연과 함께하는 일상의 여유로움을 누리며 권세가들의 명예도 부귀도 부러워하지 않는 시인의 모습이 여실히 드러나 있다.

시인은 71세에 東都인 낙양에서 太子賓客으로 있을 때 창작한 《達哉樂天行》에서도 "아침에는 머슴아이 쌀, 소금 떨어졌다 하고, 저녁에는 계집종 입을 옷이 떨어졌다 하고. 처자는 걱정하고 생질들 근심하나 나는 도연히 취해 누워있네.(庖童朝告鹽米盡, 侍婢暮訴衣裳穿. 妻孥不悅甥姪悶, 而我醉臥方陶然.)라고 하면서, 경제적인 어려움으로 남쪽의 동산과 동곽의 오 경 밭, 그리고 살고 있는 저택까지 팔아서 생활비를 충당해야만 하는 생계의 어려움을 겪기도 했다. 그리고 시인은 "반은 내 술과 안주 값으로 쓰리라. 이제 내 나이 71세, 눈 어둡고 수염 희어졌고 정신 흐리다네. 아마도 이 돈 다 쓰지 못하고, 아침이슬보다 더 빨리 황천 갈까 싶구나.(半與吾供酒肉錢. 吾今已年七十一, 眼昏鬚石頭風眩. 但恐此錢用不盡, 即先朝露歸夜泉.)라고 담담히 읊조리며, 경제적 어려움이나 건강상의 불편함에 대한 직접적인 불평이나 불만 섞인 목소리를 내지 않고 있다. 물질의 축적을 추구하는 인생 목표를 가진 사람들과 다른 방향의 인생을 살고자 했던 백거이는 노후에 마지막으로 남아있는 재산인 집과 밭을 팔아야 하는 현실 속에서도 "허기지면 먹고 즐거우면 마시며 평안히 잠자리라. 삶과 죽음 어찌할 수 없는 것이니, 나는 통달했노라!(飢餐樂飲安穩眠. 死生無可無不可, 達哉達哉白樂天)라고 고백하고 있다. 백거이는 《贈內》에서도 결혼 후에도 여전히 소박한 삶을 살기로 한 자신의 생활신조에 대해서 자세히 묘사하고 있다. 시인은 이 시에서 "야채로 굶주림 채우면 되는데, 어찌 기름진 고기나 쌀이어야 하리. 무명 솜옷으로 추위 막으면 되는데, 어찌 수 놓은 비단이어야 하리.(蔬食足充饑, 何必膏粱珍. 繒絮足禦寒, 何必錦繡文.)라고 읊조리며, 安貧樂道하는 삶의 태도야말로 평안하고 행복한 인생이라고 생각했다. 또한 시인은 자신의 결혼생활에 대해서도 "곧고 가난한 선비인 내가, 그대와 새롭게 결혼했다네. 가난함과 소박함 지키며, 즐거이 해로 하길 바라네.(我亦貞苦士, 與君新結婚. 庶保貧與素, 偕老同欣欣.)라고 하며, 화려한 물질적 행복이 보장되는 결혼생활을 추구하기보다는 소박하고 근검절약하는 선비로서의 지조와 정직을 중요시하는 삶을 살고 싶어했다.

백거이가 동경하고 추구했던 선비 형상에 대한 생각은《丘中有一士二首(산 속에 사는 선비 2수)》에 드러나 있다. 시 속에 표현된 앉아서 無弦琴을 타며 유유자적 은거생활을 하고 있는 선비의 형상은 陶淵明이다.

丘中有一士,	언덕에 살고 있는 선비 있는데
守道歲月深.	도 지켜 산 세월 오래되었다 하네
行披帶索衣,	옷 걸치고 새끼줄로 묶고
坐拍無弦琴.	앉아서 줄 없는 거문고 탄다네
不飲濁泉水,	맑지 않은 샘물은 마시지 않고
不息曲木陰.	굽은 나무 그늘에는 쉬지 않는다네
所逢苟非義,	정말로 옳지 않은 것 만나면
糞土千黃金.	천금의 황금도 분토처럼 여긴다네
鄕人化其風,	마을 사람들 그 인격에 감화되니
熏如蘭在林.	숲에서 난초가 향기 내뿜는 듯하였다네
智愚與强弱,	지혜롭거나 어리석더라도 강하거나 약하더라도
不忍相欺侵.	서로 속이고 범하지 않는다 하네
我欲訪其人	난 그 사람 한 번 만나려고

將行復沈吟.	찾아나서려 하다가 주춤하네
何必見其面,	꼭 그 사람 만나보아야 하는가
但在學其心.	그 마음 배우면 되는 것을

도연명은 《詠貧士 其二(가난한 선비를 읊다 2)》에서 "쓸쓸히 한 해 저무는데, 베옷 입고 앞 처마에서 햇빛 쬐이네. 남쪽 밭에는 버려진 이삭 없고, 북쪽 뜰에는 마른 가지 가득하네. 술병 기울여도 술 한 방울 없고, 부뚜막 들여다봐도 연기조차 없네.(凄厲歲雲暮, 擁褐曝前軒. 南 圃無遺秀, 枯條盈北園. 傾壺絶餘瀝, 窺灶不見煙.)라고 읊조리며, 추운 연말 해질녘 쓸쓸하고 가난한 집안 분위기를 묘사하고 있다. 남쪽 밭에 가을 추수하고 버려져 있는 야채도 없고, 부엌에는 며칠 동안 밥 해먹은 흔적조차 없으니, 빚어놓은 술이 남아있을 리가 없다. 마지막 시구에서 는 "어떻게 내 마음 위로할 수 있을까? 옛날 이런 현자 많았었다 하네. (何以慰吾懷, 賴古多此賢.)라고 탄식하며, 자신의 개인적인 가난과 어 려움을 역사의 수레바퀴 속에서 조명해보며 스스로 위안 삼는 모습이 애잔하기까지 하다. 백거이는 도연명의 "不飮濁泉水, 不息曲木陰. 맑지 않은 샘물은 마시지 않고, 굽은 나무 그늘에는 쉬지 않는다네"한 마음 가짐을 따라 물질에 얽매이지 않는 한적한 삶을 살 수 있기를 바라면서 도연명의 삶을 배우고자 하였다.

3. 한 잔의 차, 한 잔 술에 인생을 담다

백거이는 元和 10년(815)에 재상 武元衡이 억울하게 암살된 사건에 관한 상소를 올렸다가 江州司馬로 좌천당하게 된다. 시인은 그 곳의 여산 향로봉 아래 초당을 짓고 정치적 좌절로 인한 마음의 상처를 안정시키며, 더욱 더 한적한 삶을 구가하는 경지에 이르게 된다. 때로는 차 한 잔 마시면서 시에 인생의 희로애락을 담았고, 때로는 술 한 잔 마시면서 시에 삶의 순간순간을 담아냈다. 《食後 식후》는 시인이 47세 때 江州司馬로 있을 때 창작한 시로 백거이에게 있어서 '차 두 잔'이 가진 의미를 깊이 생각하게 하는 시이다.

食罷一覺睡	식후 한 잠 자고
起來兩甌茶	깨어나 차 두 잔 마시네
擧頭看日影	머리 들어 해 그림자 보니
已復西南斜	이미 서남쪽으로 기울고 있네
樂人惜日促	즐거운 사람은 하루가 빠르다 아쉬워하고
憂人厭年賒	근심걱정하는 사람은 일 년이 더디다 싫어하네
無憂無樂者	걱정도 없고 즐겁지도 않은 자는
長短任生涯	길고 짧음 인생에 맡겨버린다네

시인이 식후 낮잠 자고 일어나보니 해가 서남쪽을 향해 지고 있었다. 바쁘게 살고 있는 현대인이라면 낮잠으로 보내버린 시간을 아쉬워하며 짜증 낼 수도 있겠지만 시인은 낮잠의 평안함을 느끼며 해그림자 지는 광경을 고즈넉히 바라보고 있다. 식후의 오수, 오수 후의 두 잔의 뜨거운 차, 차 마시며 주변의 자연풍경을 일별해보는 시인은 無憂無樂者요, 자연의 순리와 시간의 흐름에 자신을 내맡기며 살고자 하는 욕심 없는 사람임에 틀림없다.

백거이는 《何處難忘酒 2 어느 곳에서도 술 잊기 힘드네 2》에서는 추워져가는 가을 밤에 늙고 병든 몸으로 술 한 잔 마시는 정취를 시로 읊어내고 있다.

何處難忘酒   어느 곳에서 술 잊기 힘드는가

霜庭老病翁	서리 덮인 뜰 병든 노옹이라네
闇聲啼蟋蟀	귀뚜라미 우는 소리 어렴풋이 들리고
乾葉落梧桐	말라비틀어진 오동나무잎 떨어지네
鬢爲愁先白	수심에 귀밑머리 먼저 희어지고
顏因醉暫紅	얼굴은 취기에 잠깐 붉어지네
此時無一盞	이 때 한 잔 술 없다면
何計奈秋風	가을 바람 어찌 견디리오 !

　서리가 차갑게 내려앉은 뜰에 가을바람에 말라버려 뚝뚝 떨어진 오동나무 이파리는 을씨년스런 가을 풍경 중의 하나이다. 시인은 병든 몸으로 이런 가을 분위기 속에서 멀리서 들려오는 귀뚜라미 소리와 오동나무잎 떨어지는 소리에 가을을 실감하며 흰머리에 술기운으로 발그레한 얼굴의 자신을 인식하면서도 술 한 잔으로 몸과 마음을 데우며 가을바람의 추위를 버텨내야 하는 현실에 대한 불만을 직접적으로 토로하지는 않았다. 이런 시인의 모습을 떠올리자니 춥고 쓸쓸한 시인의 마음이 느껴지는 듯하다. 시인은 《不如來飮酒》에서 "차라리 와서 같이 술 마시며, 조용히 누워 도연히 취하게나.(不如來飮酒, 穩臥醉陶陶)"라고 묘사하며, 달팽이 뿔 위에서 서로 싸우며 사는 것처럼 경쟁하며 사는 세속적 욕망의 어리석음을 비판하며 술 한 잔에도 安分自足하는 마음을 담아냈다.

　백거이가 그의 시에서 "일평생 시와 술을 좋아했네. 平生好詩酒"라고 직접적으로 표현한 것은 자신의 인생이 시와 떼려야 뗄 수 없는 밀접한 관계가 있음을 말해 준 것이다. 시인에게 있어서 시가 창작은 75세 백거이 인생 여정과 줄곧 함께해온 그런 일상의 친구 같은 존재로 즐거운 취미이기도 했고, 열정적으로 하고 싶었던 창작의 일이기도 했으며 후세에 남기고 싶은 소중한 유산이기도 했다. 백거이가 일상생활의 면면을 시로 표현해냈을 뿐만 아니라 자신의 수많은 시들을 풍유시, 한적시, 감상시, 잡률시로 분류하기도 했는데, 이것은 시인이 자신이 창작한 시에 남다른 애정을 가지고 있었다는 것을 보여주는 것이다. 풍유시에는 그의 兼濟의 마음을 담아냈고 한적시에는 그의 獨善의 삶을 담아냈으며, 感傷詩 중에서 《長恨歌》에서는 당 현종과 양귀비의 '순전한 사랑'을 구가하는 감동적인 러브스토리를 서사하였다. 《長恨歌》는 그 당시 아이들은 물론 많은 사람들이 읊조릴 정도로 큰 사랑과 관심을 받았던 작품으로, 장생전에서 '비익조'와 '연리지'처럼 '영원한 사랑을' 맹세했던 당 현종과 양귀비에게 갑자기 불어닥친 비참한 사별의 슬픔과 고통, 그리고 양귀비 사후 당 현종과 양귀비의 서로를 향한 그리움과 애틋한 사랑을 시로 담아낸 장편 서사시이다. 부귀영화도 그 어떤 권력과 사회적 지위도 한 순간에 사라지는 안개와 같은 것이고 서로 사랑했던 특별한 만남과 인연도 안사지란으로 물거품이 되어버린다는 인생의 허무함을 느끼게 하기도 한다.

풍유시의 사회적 비판의식과, 한적시의 유유자족함과 감상시의 아련한 마음을 담아낸 백거이의 시 속에서 시인이 그의 字 '樂天'의 의미대로 인생을 낙천적으로 살아가고자 부단히 노력했다는 것을 알 수 있다. 있는 그대로의 현실을 수용하며 자신에게 주어진 삶과 운명을 安分自足하며 살았던 시인의 모습이 눈에 아른거린다.

독락獨樂으로 가는 길

정세진(성신여자대학교 중국어문·문화학과 조교수)

1. 2017년 2월, 사마광의 은거지 – 독락원 옛터를 찾아가는 길

뤄양洛陽 스마촌司馬村에 있다는 독락원獨樂園 옛터로 가는 길은 멀게만 느껴졌다. 목표지의 주소도 모르는 채 그저 스마촌에 있다는 중국 인터넷 자료 하나를 보고 찾아가는 것이었기 때문이다. 롱먼석굴龍門石窟 앞에서 1시간에 1~2대 온다는 버스를 탔다. 아무래도 불안하여 옆에 서 있던 할머니께 물었더니 독락원 터가 어디인지 들은 적이 있다며 본인과 함께 주거촌諸葛村 정류장에서 내리면 된다고 알려주셨다. 버스에서 내린 뒤 친절한 할머니는 확신에 찬 손가락으로 독락원 터가 어디 있는지를 가리켰다. "길 건너서 '쭉' 가다가 왼쪽으로 꺾도록 해요. 안 멀어!"

그림 1. 주거촌諸葛村 정류장 주변

그 손가락이 가리키는 방향을 따라 걷기 시작했다. 한쪽엔 인가가, 한쪽엔 폐가가, 쓰레기가 뒤섞인 수챗물이 고인 길을 전진했다. 끝도 없는 길을 가자니 자꾸 뒤가 돌아봐졌다. 왔던 만큼만 돌아가면 아직 끊기지 않은 버스를 타고 숙소로 돌아갈 수 있는 시간이었다. 아까 정류장에서 확인하기로는 이 동네 막차는 7시쯤에 있다.

2017년 초, '한국과 중국의 건축인문유산'이라는 큰 주제 아래에 열 가지 테마로 원고를 쓰는 중이었고 그 주제 중 하나가 사마광司馬光(1019-1086)의 독락원이었다. 출판사와 약속한 마감일이 다가오고 있을 때인데 우연히 중국의 검색 사이트에서 뤄양의 독락원 기념관 답사기를 보게 되었다. 출판사에 원고를 넘기기 전에 그곳을 직접 확인해야 한다는 책임감이 일었다. 출산이 4개월 정도 남은 터라 장거리 여행은 부담스러웠지만 내 눈으로 독락원 터를 꼭 확인해야 했다. 이런 결심으로 뤄양까지 왔지만 쌀쌀한 2월의 저녁 무렵, 재개발 때문에 어수선한 동네를 무작정 걷자니 회의가 밀려왔다. 어차피 독락원은 없어졌고 그 터마저도 어디인지 모르는 상황인데 뤄양까지 왔다가 도저히 못 찾았다고 쓰면 그만 아닌가? 오지 않아도 되는 뤄양까지 올 정도로 난 애를 썼다고 거짓말을 좀 보탤까? 멈추고 돌아섬을 합리화하는 생각들이 끊임없이 일어났다. 앞으로 얼마나 걸어가야 할지 몰라서 더 멀게 느껴졌다. 경험상 중국 사람들이 '멀지 않다'고 말하는 관념적 거리는 우리가 생각하는 것보다 훨씬 멀다. 할머니가 멀지 않다고 말하셨으니 이보다는 조금 더 먼 거리일 것이고 어쩌면 조금만 더 걸으면 찾을 수도 있다고 애써 마음을 다잡고 조금만 더 걷기로 했다.

그림 2. 독락원 기념관 찾아가는 길

그나마 몇 군데 인가라도 있는 곳이 나왔다. 봄갈이를 시작한 밭이
시작되자 거름 냄새가 구수하고 인적은 없었다. 그런데 다행히도 그
지점에서 검색 사이트에서 찾은 독락원 기념관 가는 길의 사진과 비슷
한 풍경이 펼쳐졌다. 가로수 사이로 난 흙길이었지만 상당히 비슷했다.
하지만 아주 멀리 앞쪽으로 차들이 간혹 지나다니는 큰 도로는 있어
보이는데 인가가 있어 보이지 않았다. 2월의 해는 짧다. 지금이라도
돌아갈까? 몸을 돌려 돌아서는데 가방을 맨 학생 하나가 우리 쪽으로
걸어왔다. 하교하는 모양인데 저 학생만 따라가면 적어도 학생의 집과
그 주변의 인가는 있겠다 싶었다. 학생에게 휴대전화에 저장한 독락원
기념관 사진을 보여주며 길을 물었다. 그런데 이 학생, 외국인을 실제로
는 처음 봤단다. 수줍어서 귀까지 빨개지더니 입을 가린 채 말을 못하였
다. 알긴 아는데 말을 꺼내지 못하는 그 얼굴이 무척 해맑았다. 긴장을

풀어주려 어느 중학교에 다니느냐, 등하교하는데 멀지 않느냐 물었다. "안 멀어요. 가까운걸요?" 학생이 겨우 입을 떼기 시작했다. 역시 중국 사람들의 멀고 가까움은 우리와는 달랐다. 구글지도를 검색해보니 그가 다닌다는 주거이중諸葛一中은 도보로 30분 이상 걸리는 곳이었다. 량梁씨 성을 가진 그 학생은 정확하지는 않다고 말하면서 아주 조심스럽게 손가락을 펴서 "앞으로 '쭉' 가서 모퉁이에서 왼쪽으로 꺾어 들어가시라."고 말해주고는 얼른 집으로 뛰어 들어갔다. 하지만 그 학생도 우리가 원하는 목표지를 확실히 알고 있는 눈치였다. 그 확신에 기대어 또 걸었다.

마침내 인가가 있는 골목으로 접어들었다. 사람들이 대문 앞에 나와 작은 의자에 앉아 국수 한 그릇씩을 들고 단출한 식사를 하는 시간. 두꺼운 솜옷을 덧입은 아기들도 제 몫으로 국수 한 그릇을 받아 서툴게 퍼먹고 있었다. 딱 봐도 외지인 티가 나도록 두리번거리며 동네로 접어들자 국수 그릇 너머로 그들의 관찰이 시작되었다. 그들이 더 궁금해하지 않도록 길을 물었더니 젓가락으로 '쭉' 가라고 알려주었다. 인사를 하고 돌아서는데 암담했다. 도대체 그 '쭉'이 얼마인가? 마지막 고비가 찾아왔다. 지금 돌아가도 막차 시간에는 맞출 수가 없다. 하지만 그나마 인적이 있는 버스정류장 쪽으로 돌아가면 택시라도 잡을 수 있을지도 모른다. 그래도 온 길이 아까워서 누구라도 만나면 마지막으로 딱 한 번만 더 묻기로 했다. 재개발이 이루어지느라 한쪽엔 번듯한 집들이 있고 한쪽엔 쓰레기가 쌓인 곳. 부서진 집터에서 동네 아이들은 불을 피우며 놀고 있었다. 그 곁에 아기를 안고 앉아 구경하고 있는 할아버지께 물었다. 할아버지는 알아들으셨다는 듯 고개를 끄덕이며 또다시 '쭉' 가서 왼편으로 가라고 말해주었다. 마음을 다잡고 '쭉' 가보기로 했다.

그림 3. 재개발이 계획된 곳이지만 아직 이주하지 않은 집도 있었다

그런데 저만치서 서성이던, 자세가 곧고 단정한 모습의 할아버지가 이때부터 말없이 함께 걷기 시작했다. 마치 우리와 동행이라도 하는 듯한 느낌이었다. 인적도 없는 곳을 말도 없이 걷자니 이상하기도 하고 머쓱하기도 해서 할아버지께 다시 독락원을 물었다. 지금껏 길을 가르쳐주셨던 어느 사람보다도 확신에 찬 눈빛으로 안다고 대답해주셨다. 드디어 길을 찾았다는 생각에 들떠서 사마광과 스마촌의 관세를 물으며 운을 뗐다.

그림 4. 독락원 기념관을 찾아가는 길에서 본 타이어 그네

　"어르신, 사마광의 후손들이 아직 이 마을에 살고 있어 마을 이름이 스마촌인가요?" 할아버지 역시 사마광을 묻는 나의 말에 살짝 흥분하신 듯했다. "아니에요. 사마광은 관리였기 때문에 다시 조정의 부름을 받았을 때 이곳을 떠났지요. 사마광의 후손들이 여기에서 사는 것은 아니라오." 그런데 '사마'나 사마광의 시호인 '온공溫公'이 이 주변 지명에서 빠진 적이 없었다고 하셨다. 시대에 따라 마을의 단위가 장庄, 리里, 가街, 촌村 등으로 단위만 바뀌었을 따름이었다고.

　사마광은 북송의 관료이자 학자로서 왕안석王安石(1021-1086)의 개혁 정치를 반대하던 구법파舊法派의 영수였다. 신종황제神宗皇帝(재위: 1067-1085)의 지지를 받고 있던 왕안석이 내놓은 여러 법의 개정안을 강하게 반대하고 치열한 공방전을 벌였던 그는 자신의 뜻을 받아들이지 않는 조정을 떠나기로 결심했다. 희녕熙寧 3년(1070)의 일이었다.

그는 그 이듬해에 뤄양에 자리를 잡고 희녕 6년(1073)에는 거처를 마련한 뒤 '독락원'이라 이름했다.

2. 이 모든 이유를 합쳐 '독락'이라 이름하다

독락獨樂. '홀로 즐기다'라는 이 이름은 맹자孟子 이래로 '여민동락與民同樂'을 이상으로 삼았던 유가 사상가들의 뜻과는 반대된다. 사마광이 독락원을 지어 은거할 결심을 표면화했다는 소문이 퍼졌을 때 소식蘇軾 (1036-1101)은 적잖이 실망했던 것 같다. 조정에서 뜻을 같이 하고 함께 싸워주어야 마땅할 지도자이자 선배인 사마광이 '혼자 즐기겠다'고 선언하듯 독락원을 짓고 그에 관한 기문과 시를 지었다고 하니 말이다. 구법파의 일원이었던 소식은 직설적으로 말하는 제 성질을 참지 못하고 결국 「사마군실 선생님의 독락원司馬君實獨樂園」이라는 26구의 시를 썼다.

17 先生獨何事?　선생만은 무슨 일로
18 四海望陶冶.　온 천하가 구원해주길 바라는 것일까요?
19 兒童誦君實,　아동들조차도 군실을 칭송하고
20 走卒知司馬.　심부름꾼마저도 사마씨를 다 알거늘
21 持此欲安歸?　이런 명망을 가지고 어디로 가시겠어요
22 造物不我舍.　조물주가 우리를 버리지 않을 텐데요.
23 名聲逐吾輩,　명성이 우리를 떠날 줄 모르는데
24 此病天所赭.　이 잘못을 저지르면 하늘이 처벌할 터.
25 撫掌笑先生,　손바닥을 두드리며 몇 년에 걸친 선생의
26 年來效瘖啞.　벙어리 행세를 생각하며 웃음 지어요.[1]

---

1) 蘇軾, 류종목 역주, 『정본완역 소동파시집 2』, 서울: 서울대학교출판부, 2012, pp.579-582.

구법파뿐만 아니라 백성들도 사마광을 칭송하며 세상을 바르게 이끌어주기를 고대하고 있건만 사마광은 정면 대결을 피하고 숨어 버렸다며 소식은 그를 질타했고 '벙어리 행세'라고까지 표현했다. '독獨'을 사회적 책무를 버린 이기심을 뜻한다고 보았던 것이다. 그렇다면 사마광의 본의 역시 제 한 몸 지켜보겠다는 뜻이었을까. 그는 은거지의 이름을 이렇게 지은 이유를 「독락원기獨樂園記」에서 다음과 같이 밝혔다.

> 나 우수는 평소 독서함에 있어 위로는 성인을 스승으로 모시고 아래로는 많은 어진 이들을 벗 삼으며 인과 의의 근원을 살피고 예와 악의 실마리를 탐색한다. 만물의 형체가 형성되지 않았을 때부터 사방에 이르는 끝없는 외부 세계까지 이르는 사이의 사물의 이치가 온통 눈앞에 모이게 된다. 그러한 것 중 가능한 것도 다 배우지 못하였는데, 가능한 것을 두고 어찌 남에게 배우기를 구하겠으며 또 어찌 밖에서 배우기를 기대하겠는가?[2]

사마광은 우주 만물의 이치를 궁구함에 있어 '홀로' 배울 수 있는 것들조차 아직 다하지 못했다고 했다. 뤄양의 거처에서 낚시하고 산보하고 꽃 구경 등을 하며 "밝은 달이 때맞추어 떠오르고 맑은 바람이 저절로 불어오면 이끄는 것이 없어도 이끌려 가고 붙잡는 것이 없어도 멈추게 된다. 귀도 눈도 폐도 장도 모두 거두어 내 소유로 하게 되니 홀로 멋대로 걷고 마음은 거칠 것 없이 넓고 넓도다! 하늘과 땅 사이에

---

2) "迂叟平日讀書, 上師聖人, 下友羣賢, 窺仁義之原, 探禮樂之緒, 自未始有形之前, 暨四達無窮之外, 事物之理, 舉集目前. 可者學之未至, 夫可何求於人, 何待於外哉!"(황견, 김학주 역, 『고문진보 후집』, 서울: 명문당, 2005, pp.666-667)

이것과 바꿀 수 없는 즐거움이 또 있는지 모르겠노라."3)고 느끼면서 무엇과도 바꿀 수도 없는 '홀로 즐김'의 경지를 얻게 되었다. 그는 "그런 까닭에 이 모든 이유를 합쳐 '홀로 즐긴다'는 뜻의 '독락'이라 이름한다."4)고 말했다. 이치를 홀로 궁구하고 마음의 경계를 드넓게 확장해주는 혼자의 시간을 통해서 진정한 즐거움을 얻었기 때문이었다. 정치적 다툼 때문에 생긴 정신적 황량함을 털어내는 대안이었다.

그가 지은 독락원은 거칠 것 없이 광달한 그의 마음처럼 자유롭게 지어졌다. 사마광은 우선 책을 두는 공간부터 구획하였다. 5천 권의 책을 모아 '독서당'에 두고 그 남쪽에는 방을 하나 만들었다. 이 방을 거쳐 북쪽으로 흘러나가는 물줄기도 두었다.5) 그는 「독락원칠경獨樂園七景」이라는 시를 지어 독서당을 이렇게 읊었다.

吾愛董仲舒,	나는 좋네, 동중서가!
窮經守幽獨.	경서를 궁구하고 고요함을 견지하였으니.
所居雖有園,	거처하는 곳에 정원이 있었지만
三年不遊目.	삼 년 내내 곁눈 한 번 주지 않았으니.
邪說遠去耳,	삿된 말에는 귀를 멀리하고
聖言飽充腹.	유가 성인의 말씀으로 배를 채웠으니.
發策登漢庭,	경세치국의 대책을 내어 한나라 조정에 등용되자
百家始消伏.	백가의 의론들을 비로소 제거했으니.6)

---

3) "明月時至, 淸風自來, 行無所牽, 止無所柢, 耳目肺腸, 悉為己有. 踽踽焉洋洋焉, 不知天壤之間, 復有何樂, 可以代此也."(황견, 김학주 역, 『고문진보 후집』, 서울 : 명문당, 2005, pp.666-667)
4) "因合而命之曰獨樂."(황견, 김학주 역, 『고문진보 후집』, 서울 : 명문당, 2005, pp.666-667)
5) 「獨樂園記」: "其中爲堂, 聚書出五千卷, 命之曰讀書堂. 堂南有屋一區, 引水北流, 貫宇下."

「독락원칠경」은 모두 '나는 좋네[吾愛]'로 시작한다. 그 '좋네'의 목적어는 사마광이 애호하는 인물들이었고 독락원의 각 지점은 이 인물들을 연상할 수 있는 공간으로 구성한 것으로 설명했다. 독서당讀書堂에서 한나라 때 학자인 동중서董仲舒를, 요화정澆花亭에서는 당나라의 시인이자 정치가인 백거이白居易를, 농수헌弄水軒에서 당나라 시인 두목杜牧을 연상하는 식이었다. 위의 시를 보면 사마광은 독서당을 읊기 위해 동중서가 한나라 효경제孝景帝(재위: 기원전 157-기원전 141) 때 박사가 되었을 때 연구에 전심전력하느라 삼 년 동안 정원에 눈길조차 주지 않던 일화를 가져왔다. 사마광의 독서당은 잡념을 끊은 동중서가 될 수 있는 공간이었다. 그러나 동중서가 그랬던 것처럼 사마광이 독서당에만 머물렀던 것은 아니다. 사마광은 그 곁에 '농수헌弄水軒'을 두고 작은 섬이 있는 연못도 팠다. 섬에는 대나무가 서로 얼기설기 엮이도록 심어서 마치 어부의 집과 같이 보이도록 꾸민 다음 '조어암釣魚庵'이라 불렀다.[7] 또 연못 북쪽에 띠풀을 가지고 엮은 지붕에 흙담을 쳐서 해를 가린 후 동쪽으로는 문을 하나, 남북쪽으로는 창 하나씩을 두고 대나무를 울창하게 우거지도록 한 '종죽재種竹齋'도 배치했다.[8] 글로는 머릿속에 잘 떠오르지 않지만 이 글을 바탕으로 작성한 평면도를 함께 보면 그 공간 구성을 이해하기 쉽다.[9]

---

6) 劉志清, 『司馬光修史獨樂園』, 洛陽: 遠方出版社, 2004, p.120.

7) 「獨樂園記」: "命之曰, 弄水軒. 堂北爲沼, 中央有島, 島上植竹, 圓周三丈, 狀若玉玦, 攬結其杪, 如漁人之廬, 命之曰, 釣魚庵."

8) 「獨樂園記」: "沼北橫屋六楹, 厚其墉, 茨以禦烈日, 開戶東, 出南北列軒牖, 以延涼颼. 前後多植美竹, 爲淸暑之所, 命之曰, 種竹齋."

9) 이 평면도는 劉志清의 『司馬光修史獨樂園』(洛陽: 遠方出版社, 2004, p.148)의 것을 가져왔으며 필자가 한글로 장소 표기를 덧붙였다.

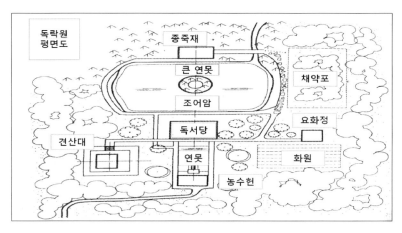

그림 5. 평면도

　이 그림을 보면 독서당이 공간의 중심에 놓이고 그 주변으로 연못 등이 배치되어 물길이 유기적으로 이어짐을 알 수 있다. 독서당의 양쪽으로 견산대見山臺와 요화정澆花亭도 보인다. 사마광은 도연명陶淵明 (365-427)을 염두에 두고 견산대를 만들었다.

吾愛陶淵明,	나는 좋네, 도연명이!
拂衣遂長往.	옷 떨치고 마침내 영원히 떠났으니.
手辭梁主命,	양혜왕梁惠王 때 장주莊周가 초楚나라 왕의 초청을 손 사래 치고 사양하며
犧牛憚金鞅.	제물로 쓸 소에 금 고삐를 매는 것이라며 두려워한 것과 같았으니.
	(이하 네 구 생략)[10]

　그는 도연명이 「음주飮酒」에서 "동쪽 울타리 곁에서 국화를 꺾는데,

---

10)　劉志淸, 『司馬光修史獨樂園』, 洛陽: 遠方出版社, 2004, p.122.

한가로이 남산이 보이네.(採菊東籬下, 悠然見南山)”라 했던 데서 ‘견산대’라는 이름을 따왔다. 그가 도연명을 존경한 이유는 세속의 고삐인 관직을 버릴 수 있어서였다. 그 역시 과감히 뤄양으로 물러나 은거하며 도연명과 같은 삶을 살길 바랐던 것이다.

이처럼 독락원에 독서당, 연못, 연못 안의 섬, 누대, 약초밭, 꽃밭 등이 갖춰졌다는 말을 듣고 소식은 「사마군실 선생님의 독락원」에서 다음과 같이 묘사했다.

1	青山在屋上,	지붕 위엔 푸른 산이 우뚝이 솟아 있고
2	流水在屋下,	지붕 밑엔 강물이 유유히 흐르는데
3	中有五畝園,	그 사이에 5 무 짜리 정원이 있어
4	花竹秀而野.	꽃과 대가 곱고도 풋풋하겠군요.
5	花香襲杖屨,	꽃향기가 지팡이와 신발에 배고
6	竹色侵杯斝,	대나무의 푸른빛이 술잔으로 스며들 때
7	樽酒樂餘春,	한 동이 술로 남은 봄을 마저 즐기고
8	棋局消長夏.	바둑으로 긴 여름을 보내고 계시겠군요.
9	洛陽古多士,	낙양에는 예로부터 선비들이 많은지라
10	風俗猶爾雅.	풍속이 아직까지 고아할 텐데
11	先生臥不出,	선생께서 드러누워 나가지 않으시니
12	冠蓋傾洛社,	고관들이 낙사로 몰려들게 생겼군요.[11]

꽃과 대나무가 곱게 자란 곳에서 유유자적하고 있는 사마광의 모습을 묘사한 부분이다. 평온한 분위기가 흐르는 이곳이 화려하지는 않아도 갖춰질 것은 다 갖춰진 곳처럼 느껴지게 묘사되었다. 하지만 송대

---

11) 蘇軾, 류종목 역주, 『정본완역 소동파시집 2』, 서울: 서울대학교출판부, 2012, pp.579-582.

시인 이격비李格非의 『낙양명원기洛陽名園記』에 따르면 독락원은 다른 뤄양의 원림과는 비교조차 할 수 없을 정도로 빈약하고 소박했다.

> 사마온공이 낙양에 있으면서 자호를 '우수'라고 하고 그의 원림을 독락원이라 했다. 원림이 누추하고 작아서 다른 원림과 같은 반열이라 할 수가 없다. '독서당'이라고 부르는 것은 수십 개의 서까래를 얹은 집이다. '요화정'은 그보다 더욱 작다. '농수'와 '종죽'이라는 헌은 더욱 작다. '견산대'라 부르지만 그 높이가 8척에서 10척 사이를 넘지 않는다. '조어암'과 '채약포'라고 하는 것은 그저 대나무 가지를 엮고 덩굴풀을 드리워 만든 것일 뿐이다. 사마온공이 몸소 기문과 정자와 누대를 읊어 자못 세상에 알려지게 된 것이지, 사람들이 이를 흠모하게 된 이유는 그 원림(의 규모)에 달린 것이 아닐 따름이다.[12]

이격비는 사마광의 독락원이 그 주변의 내로라하는 원림들과 어깨를 나란히 할 수 있는 외형을 갖추지는 못했지만 사마광의 시문과 독락원에 담긴 정신으로 인해 유명해진 것이라 설명했다. 외형이 아닌 정신으로 승부하는 곳이었던 셈이다. 『나의 라임오렌지 나무』에서 제제가 동생과 놀 때 라임나무가 심어진 작은 정원을 정글로 상상할 수 있었던 것처럼 사마광은 보잘것없는 자신의 원림에 이야기를 담아 사람들이 동경할 만한 공간으로 탈바꿈시켰다.

---

12) "司馬溫公在洛陽, 自號'迂叟', 謂其園曰, '獨樂園'. 園卑小, 不可與它園班. 其曰'讀書堂'者, 數十椽屋. '澆花亭'者, 益小. '弄水'·'種竹軒'者, 尤小. 曰'見山臺'者, 高不逾尋丈. 曰'釣魚庵'·曰'采藥圃'者, 又特結竹杪落蔓蔓草爲之耳. 溫公自爲之序, 諸亭·臺詩, 頗行於世, 所以爲人欣慕者, 不在於園耳."(박경자의 「이격비의 『낙양명원기』」(『東岳美術史學』 3, 2002, pp.359-370)를 참고하되 번역은 다시 하였다)

그림 6. 구영의 「독락원도」에 묘사된 채마포(클리블랜드박물관 소장)

　이러한 동경의 마음을 담아 명대 화가인 구영仇英(1498?-1552?)은 5미터가 넘는 크기의 「독락원도獨樂園圖」를 그렸다. 이 그림을 보면 글을 통해 어렴풋이 상상했던 독락원이 눈 앞에 펼쳐진다. 그 중 요화정 위쪽에 가꾼 채약포采藥圃는 120 이랑에 약재를 심은 곳이다. 약재를 심은 밭 북쪽에 대나무를 심어 정방형 바둑판처럼 만들고 그 가지를 구부려 마치 지붕처럼 서로 얽히고 덮도록 만들었다는[13] 글로는 어떤 모양새일지 상상이 되지 않는다. 그런데 구영이 화폭에 구현한 채마포

---

13) 「獨樂園記」: "沼東治地爲百有二十畦, 雜蒔草藥辨其名物而揭之. 畦北植竹方徑丈, 狀若棊局, 屈其杪, 交相掩以爲屋."

를 보면 고개를 끄덕이게 된다. 대나무 끝을 엮어 아늑하고 시원한 공간을 계획한 사마광의 의도가 이해되도록 그렸기 때문이다.

3. 독락원 기념관

독락원 기념관으로 향하며 할아버지의 여러 설명을 들었다. 나는 그 말씀을 들으며 '아무리 동네 사정에 밝은 토박이시고 역사에 해박하다고 하여도 어떻게 이 정도로 상세하게 설명하실 수 있을까'라는 생각이 들었다. 또 한편으로는 해가 이미 저물었는데 할아버지는 왜 댁으로 돌아가지 않고 나와 함께 걷고 계신지도 궁금해졌다. 그런데 걸음을 재촉할수록 할아버지의 안내 역시 더욱 적극적으로 변했다. 할아버지는 홍언사洪恩寺라는 절의 닫힌 문 앞에서 멈춰 섰다.

그림 7. 뤄양 홍언사

사위는 깜깜했다. 휴대전화 불빛으로 할아버지가 손가락으로 가리키
는 홍언사 앞 머릿돌을 비춰보았다. 그곳에는 이 절의 유래가 기록되어
있었다. 사마광이 뤄양에 머무는 동안에 베푼 큰 은혜[洪恩]에 백성들이
감동했고 이를 기념하며 원우元祐 3년(1088)에 절을 창건했다는 내용이
었다. 할아버지는 이 절 안에 독락원 기념관이 있다고 하시며 몇 년
전 한국에서 33명의 방문객들이 찾아온 이래로 내가 한국에서 온 두
번째 방문객이라 하셨다. 이상했다. 할아버지가 어떻게 이런 것까지
다 아실 수 있지? 할아버지는 손가락으로 머릿돌 비석에 새겨진 한
이름을 가리켰다. 아래쪽에 보니 비석의 문장을 썼다는 분의 이름이
보였다. 쉬칭시許慶西, 사마소학 1급 교사가 바로 할아버지였던 것이다.

그림 8. 홍언사의 유래를 설명한 머릿돌

　할아버지는 놀라는 나에게 홍언사로 들어오라 했다. 불이 모두 꺼진
홍언사 문을 두드려 수위 할아버지를 불러 독락원 기념관의 불을 다

켜 주셨다. 기념관에는 사마광의 독락원 터가 어디인지를 추정케 하는
비석들의 탁본과 사마광의 소상, 독락원의 복원 예상도 등이 있었다.

그림 9. 독락원 기념관의 사마광 소상

사실 독락원의 옛터를 정확하게 추정하는 것은 어려운 일이라고 설
명하셨다. 독락원이 애초부터 튼튼하고 웅장하게 지어진 건물이 아니
었기 때문에 관련된 건축 부재나 문물이 땅속에 남아 있을 수 없기
때문이었다. 하지만 독락원이 낙양성 동남쪽에 있다는 것, 이수(伊水)가
독락원 북쪽을 지나간다는 점, 관왕묘(關王廟)의 동쪽에 독락원이 있다는
것, 명청대에 사마광의 사당이 세워졌는데 그 사당 자리가 바로 독락원

의 옛터라는 점, 그리고 스마소학司馬小學이 사마광의 사당터에 세워졌다는 기록이 있으니 이 단서들을 종합해보면 사마광의 독락원 옛터는 홍언사에서 도보 15분 거리에 있는 뤄양 이빈구伊濱區 주거진諸葛鎮의 스마소학이라는 결론에 이르게 된다. 복원의 가치가 높은 문물이 넘쳐나는 고도古都 뤄양에서 섬돌 하나도 남지 않은 독락원은 복원 순위가 밀릴 수밖에 없다. 그러나 독락원 기념관을 세우는 데에 마음을 모은 사람들은 독락원의 옛터를 스마소학으로 고증하고 독락원기념관을 통해 독락원을 복원할 수 있기를 기원하고 있었다.

그림 10. 기념과 내부를 설명해주시는 쉬칭시 선생님

기념관을 뒤로 하고 나오며 홍언사 주지 스님과도 인사를 했다. "아미타불, 아미타불."이라며 비구니 스님은 버스도 택시도 다니지 않는 동네에서 내가 어떻게 숙소로 돌아갈지를 걱정하시더니, 스스로 알아서 가겠노라고 사양해도 굳이 차편을 마련해주셨다. 차가 절 앞으로 오는 동안 홍언사의 수위로 보이는 할아버지의 문간방에서 기다렸다. 그런데 그 방에 들어서자 놀라웠다. 작은 방엔 범상치 않은 사경 족자와 글씨가 여기저기 붙어 있는데 책상 한쪽의 지필연묵이 할아버지가 직접 그리고 쓴 것임을 말해줬다. 오래된 컴퓨터의 모니터에는 300페이지 넘게 작업 중인 글도 보였다. 독락산인獨樂散人이라는 호를 쓰는 그 할아버지는 문간방을 공공재空空齋라 이름하고 항일전쟁을 배경으로 소설을 쓰고 계시다 했다. 반평생 유랑했다는 지식인의 생이 작은 방에 담겨 있었다. 텅 빈 방[空空齋]은 '홀로 즐김'으로 가득했다.

독락산인의 말씀을 듣는 사이 쉬 선생님은 뜻있는 분들과 함께 독락원과 관련해 글을 쓰고 모은 책을 가지고 와 내게 증정하고 숙소까지도 동행해주셨다. 우리는 문득 할아버지가 왜 그토록 사마광에게 경도되어 퇴직 후에도 그 끈을 놓지 않고 연구에 매진하시는지 궁금해졌다. "1973년, 일본에서 고위 관리가 사마광의 독락원 터를 보겠다고 이 동네를 방문했어요. 그런데 그에 대해 아는 사람이 아무도 없었지요. 그때 나는 이곳 토박이이자 교사로서 자극을 받게 되었습니다. 또 해방 전에 선친께서 교수였기 때문에 한학을 배울 기회가 있었는데 사마광의 시문을 읽고 자란 내가 독락원이 어디에 있는지, 스마촌에 옛터가 있었는지도 몰랐다는 것이 부끄럽게 느껴졌지요. 사마광의 인품도 인품이겠거니와." 일본 고위 관리가 찾아왔었다니. 금방 수긍이 되었다. 일본인에게도 사마광의 『자치통감』은 매우 중요한 자료였다. 또 사마광의 「독락원기」 중 일부가 일본인들에게는 한학漢學의 교과서 격이었던 『고문진보』에 실려 있다. 그러니 한학을 배운 이들이라면 사마광에게 느끼는 흠모의 정서가 적지 않았을 터이다.

쉬선생님은 나를 숙소까지 데려다주신 후 스마촌으로 돌아가는 차에 다시 올라타면서도, 나이 어린 손자를 걱정스럽게 바라보는 눈빛으로 내일이면 카이펑開封에 가서 철우鐵牛를 찾아야 한다는 나의 나머지 일정이 순탄하기를 빌어주셨다.

그림 11. 독락원 기념관 내부에 붙여진 독락원 복원도

4. 독락원, 마음의 이상향

사마광이 자신의 이야기로 원림의 부족한 외형을 채워낸 독락원은 후대의 문인들에게 이상향이 되었다. 불안하기 그지없는 현실 정치 세계에서 스스로 물러나거나, 쫓겨나거나, 혹은 발도 들일 기회도 갖지 못했던 이들은 사마광이 삶을 경영하는 방식을 흠모하고 독락원에 대한 동경을 키웠다. 여기에 더욱 불을 붙인 것이 바로 독락원 그림이었다.

문징명文徵明(1470-1559)은 1528년에 「독락원도」를 그리고 작품 뒤에 사마광의 「독락원기」와 「독락원칠경」 시를 썼다. 앞에서 소개했던 구영은 「독락원칠경」 시를 중심으로, 두목, 동중서, 한나라 광무제光武帝의 어릴 적 친구였던 엄광嚴光, 왕희지王羲之의 아들이자 풍류로 유명한 왕휘지王徽之, 숨어 살기 위해 약초를 캐며 살았다는 한강韓康, 백거이白居易, 도연명 등, 사마광이 흠모했던 일곱 명의 은자들을 중심으로 총 일곱 개의 화면을 구성했다. 신선과도 같은 은자들이 모두 머무를 만한 곳이라니, 독락원은 후대 문인들의 이상향이 될 만했다.

그림 12. 문징명의 「독락원도」

명나라의 계성計成(1582-?)은 『원야園冶』의 자서自序에 다음과 같은 이야기를 실었다. 오우여吳又予라는 이가 그를 불러서는 15무의 땅을 보여주며 "이곳의 10무는 주택을 짓고 나머지 5무로는 사마온공의 독락원을 본받아 원림을 만들고 싶소."라 했던 일화다.[14] 그들에게 독락원이 어떤 의미였는지를 이 이야기에서도 확인할 수 있을 것이다. 뤄양에 넘치듯 많았던, 유명 인물들의 원림들은 치밀한 계산을 해서 자연과 인공을 절묘하게 배치한 것들이었지만 후세 사람들에게 큰 감동을 준

---

14) 계성, 김성우·안대회 역, 『원야』, 서울: 예경, 1993, p.37.

것은 도리어 독락원이었다. 무형이 유형을 이기는 지점이랄까.

　신종 황제가 세상을 뜬 1085년, 그의 아들 철종哲宗이 즉위하면서
사마광의 은둔 생활도 끝이 났다. 철종이 10살로 제위에 올랐기 때문에
할머니인 선인태후宣仁太后 고씨高氏가 수렴청정을 시작했는데 고태후
는 본디 신종과 왕안석의 개혁 정치를 반대하고 사마광, 구양수歐陽脩
등이 이끄는 구법파를 지지했던 만큼, 왕안석과의 대치 끝에 지방관으
로 나가거나 은거해야 했던 예전 관료들을 대대적으로 중앙관직으로
불러들였다. 이에 사마광도 재상으로서 부름을 받아 수도로 복귀했다.
하지만 사마광은 1086년, 68세의 나이로 세상을 떠났다. 『자치통감』이
간행되는 것을 미처 보지 못했던 시점이었다.

5. 독락의 세계를 꿈꾸며 독락의 공간을 재현하다

　조선에도 '독락'이라는 이름이 들어가는 곳들이 있다. 정선鄭敾(1676-
1759)의 「장동팔경도」(국립중앙박물관 소장본) 중, 인왕산과 북악산 일
대의 명승지 그림을 보면 독락정獨樂亭이 포함되어 있다. 경복궁과도
가까운 그곳이지만 은일의 맛을 꿈꾸며 세상을 조망할 수 있는 공간이
었다. 국립중앙박물관에도 「독락원도」가 소장되어 있다.[15]
　이언적李彦迪(1491-1553)이 지은 독락당獨樂堂도 있다. 그는 1532년,
당쟁이 극심하던 시기에 김안로金安老의 등용을 반대했다가 반대파의
공격을 받아 파직되었다. 그는 고향인 경북 안강으로 내려와서 이전에

---

15) 17세기 「독락원도」의 모본의 전래와 창작 등에 대해서는 오다연의 「국립중앙박
　　물관 소장 「獨樂園圖」, 임모와 창작의 변주」(『미술자료』 94, 2018, pp.89-116)를
　　참고할 수 있다.

지어두었던 계정溪亭과 안채를 보수하는 한편 그 곁에 독락당을 지었다. 독락당도 독락원과 마찬가지로 산, 물, 약쑥밭, 책방, 정자 등 여러 요소들이 어우러져 있다. 살림집으로서는 보기 드물게 보물로 지정될 만큼 유명한 건물이기도 하다. 그의 '독락'은 "무리를 떠나왔으니 누구와 더불어 이곳을 읊을까? 바위의 새와 시내의 물고기들이 내 얼굴이 익숙하다 하네. 그중 가장 아름다운 곳을 알고 싶은가? 자규의 울음 속에 달이 산을 엿볼 때라네.離群誰與共吟壇, 巖鳥溪魚慣我顔. 欲識簡中奇絶處, 子規聲裏月窺山."16)라는 「독락獨樂」 시에서 발견할 수 있다. 바로 세속을 떠나와 자연과 벗이 되어 얻는 즐거움이다. 이런 즐거움이 어떤 종류의 것인지 사마광은 「독락원기」의 말미에서 이미 다음과 같이 말했다.

혹자는 어리석은 늙은이를 책망하며 말하길, "나는 군자의 즐거움은 반드시 다른 사람과 함께 한다고 들었는데, 지금 그대는 본인만 취하며 다른 사람에게는 미치지 않는데, 그래도 되겠는가?"라 한다. 우수가 사죄하며 말하길, "늙은이가 어리석으니 어찌 군자에 비하리오. 홀로 즐기기에도 부족할 것 같은데 어찌 다른 사람에게 미칠 수 있겠는가? 하물며 늙은이가 즐기는 것은 담박하고 비루하고 속된 것이니 모두 세상이 버린 것이다. 비록 다른 사람과 함께 하려고 추천한다고 해도 다른 사람이 취하지 않으니 어찌 강제로 하게勍 할 수 있겠는가? 만약 어떤 사람이 이러한 즐거움을 기꺼이 함께 하려 한다면 필시, 재배하고 그에게 이 즐거움을 바칠 것이니 어찌 감히 이를 전유한다고 말하리오!"17)

---

16) 이진규의 「한국문학에 나타난 '독락'의 의미」를 참고하되 번역은 다시 하였다. (『국제언어문학』 33, 2016, p.158)

17) 或咎迂叟曰, '吾聞君子所樂必與人共之. 今吾子獨取足於己, 不以及人, 其可乎?' 迂叟謝曰, '叟愚何得比君子. 自樂恐不足, 安能及人? 況叟之所樂者, 薄陋鄙野, 皆世之所棄也. 雖推以與人, 人且不取, 豈得強之乎? 必也有人肯同此樂, 則再拜而獻

사마광의 홀로 즐김은 편안하고 사치스러운 것을 즐기는 것이 아니라 남들이 기꺼이 하지 못하는 것을 즐기는 데에 있었다. 홀로 전유하고자 하는 이기심과 욕심이 아니라 소박하고 비루한 데서 기꺼이 즐거움을 느끼며 삶을 경영했고 이 방식을 누군가가 안다면 그 즐거움을 기꺼이 함께 나누리라고 이야기했다. 그러니 후세 사람들이 그의 즐거움을 모방한들 사마광은 기꺼이 공유해주었을 것이다. 그의 '독락'은 사실상 언젠가 누군가와 함께 할 수 있는 가능성을 내포하고 있었던 셈이다.

6. 도시 재개발 속에서의 독락원 복원

나는 쉬선생님과 독락원 복원도를 살펴보다가 이언적의 독락당을 떠올리고 몇 년 전 들렀던 수저우蘇州의 창랑정滄浪亭을 떠올렸다. 소순흠蘇舜欽(1008-1048)은 사마광과 비슷한 시기를 살았던 사대부로서 군주와 백성을 위해 헌신하리라는 이상을 30대에 접어야 했던 인물이다. 소순흠은 혁신파의 주도자 두연杜衍의 딸과 재혼한 후 탄탄대로를 걷는 듯했다. 그러나 두연과 범중엄范仲淹이 이끄는 당에게 타격을 주기 위해 기회를 엿보는 상대 당이 선택한 희생양이 되고 말았다. 근무하던 곳의 폐지를 판 돈을 사적으로 유용해 연회를 열었다는 죄목으로 소순흠 등은 일망타진一網打盡 되었다. 파직된 후 소순흠의 꿈은 일순간 사라졌다. 세상에 자신의 뜻을 펼쳐보리라던 꿈을 버리고 중국을 남과 북으로 가르는 회하淮河를 건너며 "인간살이 험난함은 끝내기 어려우니, 강물에 임하여 눈물 흩뿌리네."[18]라 읊으며 강남江南으로 향했다. 회하를

之矣, 安敢專之哉!'

18) 「회수에서 풍랑을 만나淮中風浪」: "難息人間險. 臨流涕一揮."

건넌다는 것은 당시의 사대부들에게 있어 조정과의 이별이자 이상과의 이별을 의미했다. 그해 가을, 소순흠은 창랑정을 지었다. 혼탁한 세상과 죽음으로써 이별하려는 굴원屈原에게 "창랑의 물이 맑으면 내 갓끈을 씻을 수 있고 창랑의 물이 흐리면 내 발을 씻을 수 있다."며 어부가 충고했던 것처럼, 소순흠은 "나는 기꺼이 이곳에서 늙어갈 터이니 권모술수를 일삼을 겨를 없으리."[19)라며 세상과 잠시 떨어져 숨어드는 삶을 택했다.

지금 남아 있는 창랑정은 소순흠이 처음에 지었을 때의 모습이 아니었다. 그는 창랑정을 짓고 나서 4년도 채우지 못하고 세상을 떠났다. 그 후 창랑정은 다른 이들에게 팔렸다가, 절이 되었다가, 청나라 때에 이르러서야 지금의 모습과 유사한 모습으로 중수되었다. 그러니 지금의 창랑정이 돌을 붙여 만든 가산假山을 중정中庭에 두고 주변에 회랑과 건물들을 배치하는 청나라 양식을 띠는 것은 당연하다. 그러나 지금의 창랑정은 소순흠이 「창랑정기滄浪亭記」에서 "앞에는 대나무, 뒤에는 물, 물의 북쪽에 또 대나무를 두어 끝이 없이 이어지도록 했다. 맑은 시냇물에 비친 푸른 줄기의 빛 그림자가 창호 사이에서 어우러지는데 특히 바람과 달과 서로 잘 어울린다."[20)라고 했던 이 원림의 묘미를 잘 살리고 있다. 수저우의 다른 원림에 비해 화려하지도 않고 규모도 작지만 아기자기하고 따뜻하다. 미로처럼 얽힌 좁은 길을 걸으면 나타나는 흰 벽과 창들, 창을 열면 절묘하게 배치된 대나무와 각종 나무들, 곳곳에 걸린 대련, 검은 돌에 새겨 넣은 조각들. 연속된 담에 길을 잃을 즈음, 창랑정에서 가장 멋진 공간을 발견할 수도 있다. 뒤쪽 정원 쪽에

---

19) 「창랑정滄浪亭」: "吾甘老此景, 無暇事機關."
20) "前竹後水, 水之陽又竹, 無窮極. 澄川翠幹, 光影會合於軒戶之間, 尤與風月爲相宜."

서 보면 1층이지만 앞쪽에서 보면 지하층인 인심석굴印心石窟과 그 위의 간산루看山樓로 이루어진 중층 건물이다. 석굴 내부는 엄마의 뱃속으로 들어온 듯 아늑하고 쾌적하며 돌로 쌓은 벽이 막혀 있지 않아 군데군데 자연의 빛이 들어와 안과 밖을 연결한다. 하지만 간산루에서 바라보는 정경은 너무도 아쉽다. 멀리 산을 바라보고자 만든 간산루이건만 바라보이는 것은 길 건너편 건물뿐이었다. 공공의 목적 때문에 도심 내외부의 대대적인 개발이 이어지고 있는 지금의 수저우에서 창랑정의 조망권을 보장하라고 요구하기는 어렵겠다. 그러나 세상살이가 주는 상처를 피하지 못했던 사람들이 자신의 공간을 만들고 조심스럽게 세상과 소통하며 자신의 방식으로 상처를 대면했던 것을 잊지 않기 위해서, 또 과거 그의 삶이 지금의 우리에게 주는 울림이 적지 않고 돈으로 환산할 수 없는 가치가 있다는 점에서 그 복원에는 더 큰 노력과 논의가 필요하다고 생각한다.

그림 13. 창랑정 인심석굴 내부

뤄양 답사를 마치고 원고 마감 기일을 몇 달이나 넘겼지만 한 줄 한 줄 쓰기가 힘들어 게으름이 났다. 원고가 교정을 거듭할수록 글 쓰는 즐거움도 줄고 숙제가 되어 버렸다. 그때 꿈에서 쉬 선생님을 뵈었다. 아무 말씀 없이 서 계셨지만 꿈에서 내 게으름을 스스로 질타하게 만드는 의연한 모습이었다.

누군가는 세속으로부터 멀어져 독락원을 지었지만 어느 누군가는 세상에서 한 발짝 물러선 그 공간을 동경했고 또 다른 누군가는 형체도 없는 그 공간이 그곳에 있었음을 알려야 한다는 사명감으로 살아간다. 그것이야말로 각자의 마음에 있는 '독락'이며 살게 하는 힘이라는 것을 알았다. 잠에서 깨어 독락산인 어른이 주신 손글씨 명함을 다시금 꺼내 보았다. 독락원이 본디 보잘것없는 원림이었고 어디에 있는지, 서까래 하나도 찾을 수 없다고 하여도 독락원은 그분들의 마음 중에 있다. 독락원의 옛터가 그분들의 말씀처럼 스마촌에 있는 것이 아니어도 된다. 독락당, 창랑정처럼 한 인간이 생을 이을 수 있는 돌파구가 되어주는 공간들은 마음에만 있어도, 그 어디에 있다는 믿음만 있어도 유효하다.

23년 2월, 중국 지도를 검색해보니 스마촌에는 큰 아파트 단지가 만들어졌다. 번화해진 거리 속에 다행히 홍언사가 남아 있는 것을 확인했다. 다시 뤄양에 갈 수 있을 때 다시금 그곳을 찾을 수 있도록 뤄양에 불어닥친 개발의 바람 속에서 이정표가 되어줄 독락원 기념관이 남아 있기를 간절히 바란다. 홍언사 속 독락원 기념관은 뤄양의 동남쪽 이빈구伊濱區에 있다.

참고문헌

계성, 김성우·안대회 역, 『원야』, 서울: 예경, 1993.

顧凱, 『江南私家園林』, 北京: 淸華大學出版社, 2013.

고연희, 「사마광에 대한 시각적 기억의 전개와 의미」, 『동양고전연구』 60, 1998, pp.581-586.

국립중앙박물관, 『산수화, 이상향을 꿈꾸다』, 국립중앙박물관 전시도록, 2014.

김봉렬, 『한국건축 이야기-앎과 삶의 공간 2』, 파주: 돌베개, 2006.

김성원, 「韓國 傳統建築에서 둘러쌈의 표현과 그 의미에 관한 연구: 독락당 일곽의 공간구조 분석을 중심으로」, 서울대학교 석사학위논문, 1998.

劉志淸, 『司馬光修史獨樂園』, 洛陽: 遠方出版社, 2004.

박경자 역, 「이격비의 『낙양명원기』」, 『東岳美術史學』 3, 2002, pp.359-370.

배원정, 「明代 文徵明의 文學을 주제로 한 繪畵 硏究」, 홍익대학교 석사학위논문, 2008.

蘇軾, 류종목 역주, 『정본완역 소동파시집 2』, 서울: 서울대학교출판부, 2012.

오다연, 「국립중앙박물관 소장 「獨樂園圖」, 임모와 창작의 변주」, 『미술자료』 94, 2018, pp.89-116.

王貴祥, 『古都洛陽』, 北京: 淸華大學出版社, 2012.

이강훈·장선주·조영연, 「회재 이언적의 전통주택에 나타난 건축적 특성」, 『건설기술연구소 논문집』 29, 2010, pp.57-66.

이재훈·김미라, 「北宋 園記에 나타나는 文人들의 공간 인식-李格非의 『洛陽名園記』를 중심으로」, 『中國學論叢』 36, 2012, pp.111-136.

이진규, 「한국문학에 나타난 '독락'의 의미」, 『국제언어문학』 33, 2016, pp.147-176.

황견, 김학주 역, 『고문진보 후집』, 서울: 명문당, 2005.

사랑의 시대를 위하여

서연주(충남대학교 중어중문학과 조교수)

1. 흘러간 사랑 노래가 매력적인 이유

"사랑이 무엇인지, 아픔이 무엇인지, 아직 알 순 없지만~"하고 무심코 흘러나오는 노래를 흥얼거리다 문득, "인연이 끝난 후에 후회하지는 않겠지, 알 수 없는 거잖아."하고 이어지는 가사가 사랑에 빠진 누군가에게는 참으로 맞는 말이겠구나 싶다. 다들 사랑은 후회스러운 것이라고 하지만, 가사의 주인공은 사랑 없는 삶이 더욱 후회스러울 것이라고 한다. 그리고 설사 사랑하며 후회한다 해도 당신이면 평생을 함께 하면서 사랑할 것이라며 상대에 대한 진심을 내비친다. 이러한 사랑에 끌려서일까, 사랑에 들뜬 마음을 담아낸 흥겨운 가락 때문일까, 이 대중가요는 우리나라에서 30여 년째 회자되는 히트곡 중 하나이다.[1]

대중가요는 대중문화의 대표적인 산물로서 일반 대중들의 삶과 밀접한 관련을 맺고 있다. 이에 대중가요는 시대에 따라 역동하는 대중의 생활 방식과 규범, 감정의 변화를 반영하기 마련이다. 오늘날과 같은 대중 매체가 없던 시절이라 해도 대중이라 칭할 수 있을 만한 군집이 형성된 곳이라면 그 구성원 사이에서 유행하는 노래는 항시 있어왔다.[2] 이때 동서고금을 초월하여 대중가요에서 지대한 비중을 차지하는 소재가 있으니, 바로 '남녀 간의 사랑'이다. 사랑만큼 보편적이고 공감

---

1) 〈사는게 뭔지〉는 1992년 이무송씨의 작사, 작곡, 노래로 발표된 곡이다. 2003년 아티스트 노고지리의 리메이크곡에 이어 2005년 DJ 처리와 이무송의 리믹스 버전이 나왔고, 2017년 발매된 유상록의 통기타 베스트 모음집인 〈푸른시절〉에도 보인다. 2021년 이무송의 〈New Collection〉 앨범에 특별 수록되었으며, 2022년에는 가수 공휘가 이를 발라드로 리메이크한 음원을 내어 화제가 되었다.
2) 대중가요에 대한 정의는 분분한데, 대체로 대중매체를 수반해 전파력을 행사하는 곡들이 범주에 포함된다. 이에 학계에서는 고대의 유행가, 대중가요라 할 수 있는 곡들을 '속곡', '민가' 등으로 명명하여 구분 짓는 경향이 있다. 다만 본고에서는 명대 민가의 대중성에 착안해 해당 용어를 엄격히 구분하지 않는다.

대를 형성할 수 있는 인간 문제가 또 있을까? 사랑 노래의 탄생은 기원 전까지 거슬러 올라가고, 그 일부는 기록으로 남아있다.

고대 중국의 사랑 노래는 중국 문학의 비조라 할 수 있는 시가 총집인 《시경詩經》에서부터 그 흔적을 찾을 수 있다. 다만 유가사상이 국교화 되면서 민중의 생활 가운데 자리한 사랑 노래들이 말로써, 글로써 시대 를 풍미하기에는 거의 불가능한 듯한 분위기가 이어졌다. 백성들의 노래는 비속한 존재였고, 구전口傳에만 의지하다 소멸되는 경우가 많았 다. '남녀칠세부동석'을 외친 유가사상의 영향 아래에서 남녀상열지사 를 기록으로 남기는 행위 자체도 부담이었거니와, 거친 노랫말도 지배 계층의 우아하고 정연한 문자 활동에 부합하기 힘들었기 때문이다.

고대 중국에서 사랑 노래의 유행이 남녀노소, 신분고하를 막론하고 최고조에 이른 시기는 명대 후기였다. 명대 중기를 넘어서부터 상공업 과 교통, 도시 문화가 급격히 발전하면서 구성원들의 삶과 사유 방식에 까지 영향을 미친 까닭이다. 생활상은 물론 사상, 문학, 예술 방면에도 변화의 바람이 일었고, 엄격했던 신분제도 삐걱대는 듯했다. 철저한 이성이나 규범보다는 감성과 인간 내면의 진정성을 옹호하고, 기존의 억압적인 것들로부터 벗어나 자유로움과 자연스러움을 추구하고자 하 는 이들이 늘어났다. 그간 유가의 봉건 예교 아래 조심스럽게 다루어지 던 민간의 사랑 노래는 이 시기 낭만주의 흐름을 타고 한껏 번영을 누릴 수 있었다.

무엇보다 주목할 만한 점은, 이들이 비록 400여 년 전에 유행했던 노래라 할지라도 여전히 우리의 마음을 두드릴 수 있는 마력魔力을 지니고 있다는 것이다. 대중문화 특유의 통속성은 이를 향유하는 이들 의 일상사뿐만 아니라 그들의 마음 저변에 자리한 욕구, 욕망까지 꽤나 친숙한 방법으로 표현해낸다.

인간은 태생적으로 사랑에 목마르다. 사랑 자체에 대한 갈증, 사랑과 관련한 행위 등에 대한 결핍은 사랑의 욕구, 사랑에 대한 욕망 문제로서 예나 지금이나 전 인류적 관심사이다. 그 어느 때보다도 엄격한 유가적 예법으로 인해 사랑에 대한 자유의지를 위협받았던 시기에 탄생하고 유행한 민간의 노래들은 사랑에 대한 갖가지 사건과 감정들을 오히려 폭발적으로, 더욱 거침없이 내뱉어 놓았다. 명대 사랑 노래의 마력은 그 응축된 진실성을 원천으로 삼아 오늘날 우리의 마음까지 닿을 수 있는 것이다.

2. 명대의 가요, 사랑의 시대를 노래하다

명대의 사랑 노래에는 낭만을 추구하는 시대정신이 스며있다. 본디 민중이 일상 속에서 흥얼거리던 노래는 늘상 있어왔지만, 고대 중국인들의 사랑 노래가 이때만큼 양지화되었던 적은 없었다. 이를 즐기거나 긍정적 가치를 부여하는 사람들이 부쩍 늘었고, 대중가요의 생산과 소비 계층이 분리된다거나, 저작권 개념이 있다거나 하는 시대도 아니었기에 누구든 더 자유롭게 사랑 노래를 만들어 부르고, 향유하며, 전파할 수 있었기 때문이다.

과연 현존하는 당시 유행가 모음집을 들여다보면 인물의 처지, 때와 장소를 가리지 않고 사랑의 시대를 구현하는 작품들이 넘쳐난다. 아래의 작품에서는 민간 사랑 노래의 핵심 키워드라 할 수 있는 "私情"이 직접적으로 등장한다.

看星 (별을 보다)[3]
　　小阿奴奴推窗只做看箇天上星,

창문을 열어 하늘의 별만 쳐다봤을 뿐인데,

阿娘就說道結私情.

엄마가 몰래 사랑을 맺고 있을 것이라 얘기하네.

便是肚裏箇蛔蟲無介得知得快,

뱃속 회충도 그처럼 빨리 알아채지 못했을 텐데,

想阿娘也是過來人.

생각해보니 엄마 또한 경험이 있나 보네.

위 노래에 등장하는 엄마는 밤하늘의 별을 감상하는 딸의 행위만 보고서 그가 숨겨둔 애인의 존재를 눈치 챈다. 제2구에서 엄마가 언급한 "私情"이란 말은 사전 뜻으로 남녀 간의 사사로운 애정 관계, 혹은 사사로운 감정이나 욕망을 나타낸다. 명대의 사랑 노래에서는 주로 전자의 뜻으로 쓰이면서 후자의 뜻으로까지 확장되는 양상을 보이고 있다. 재미있는 것은 딸이 깜짝 놀라며 '엄마도 그랬을 것'이라 의심하는 모습을 통해, 엄마 또한 몰래 사랑을 해본 경험자란 혐의에서 자유로울 수 없게 되어버렸다는 사실이다.

요즈음이야 부모가 자식에게 "너 요즘 만나는 사람 생겼냐?"라고 묻기가 그리 부담스럽지 않을 수 있지만, 고대 중국의 경우는 달랐다. 서로 정분을 나누는 남녀 관계는 무조건적으로 '부모와 조부모의 허락', '매파의 중매' 아래 이루어져야 했기 때문이다. 혼인의 주도권은 전적으로 부모와 같은 집안 어른에게 있었으며, 자식이 이를 어기고 멋대로 결혼할 경우 장杖 80대의 형벌이 내려졌다. 특히 민간에서는 일찌감치 정혼자를 정해놓는 경우가 많았는데, 구두로만 이루어진 혼약이었다고

---

3) 이는 《山歌》권1, 〈看星〉제2수이다. 원문에는 작품이 〈看星〉제1수 뒤에 연달아 나오며 제목이 '又', 즉 '또 〈看星〉'을 의미하는 것으로 표기되어 있다. 본고에서는 주석 가운데 제2수임을 밝힌다. 이하 모두 같은 방식으로 표기하였다.

하더라도 법적 보호를 받았으며, 이를 파기할 경우에 태형을 면할 수 없게 규정되어 있었다. 비록 실제로 약혼 관계를 저버리는 사례가 적지 않았고 곧잘 서로의 협의 하에 해결되었다지만,4) 청춘 남녀들의 자유연애는 결코 정당화될 수 없는 일이었다. 오늘날에는 '사귄다', '교제한다', '만난다', '연애한다'라며 넘길 수 있는 일이, 그때는 '불륜不倫'이란 낙인을 감수해야만 했던 것이다.

자유연애의 부담을 지는 것은 기혼자들도 마찬가지였다. 설사 남녀 합의 하에 이루어지는 간통이라 할지라도 상대가 미혼일 경우는 장 80대, 상대에게 아내나 남편이 있는 경우는 장 90대에 처해졌다. 상대를 꾀어서 간통한 경우는 장 100대였다.5) 처벌의 실상이 무조건적이지 않았다 하더라도 무거운 형량이다. 더군다나 명대는 송대를 거치며 유학이 더욱 경직화, 교조화 된 시기로서, 일단 금욕과 절제를 표방하고 있는 때이기도 했다.

이런 상황에서 민간의 사랑 노래는 일명 '로미오와 줄리엣 효과'에 힘입어 더욱 흥성한 듯하다. 등장인물들이 갖가지 수단을 동원해 밀애를 시도하고, 부부 중 일방의, 혹은 쌍방의 외도가 일상인양 그려지는 가사가 남발되었다. 자칫 목숨을 걸어야 지킬 수 있는 그 위험한 사랑에 대해, 남몰래 할 수밖에 없는 사랑에 대해 더욱 뜨겁게 불타오르는 마음을 공유하고, 또 그에 대해 공감하고 싶어하거나 궁금해하는 분위기가 무르익은 것이다. 그리고 그 공명의 핵심은 바로 '진심眞心'에 있었다.

相思 (그리워하다)6)

---

4) 徐揚杰, 《宋明家族制度史論》, 中華書局, 1995, 377-380쪽 참조.
5) 《大明律》·〈刑律〉·〈犯姦〉

害相思, 害得我心神不定,
상사병에 내 정신이 오락가락,
茶不思, 飯不想, 酒也懶去沾脣.
차도, 밥도 그닥, 술도 도통 입술에 적셔지질 않으니,
聰明人闖入迷魂陣.
나처럼 총명한 사람이 사랑의 미로에 빠져버렸네.
口說丟開罷,
입으로는 그만두자 하는데도,
心裏又還疼.
마음은 더더욱 아파오지.
若說起丟開也,
그만둬야겠다고 말하고자 하면,
我到越發想得緊.
되려 더 애태우게 되어버리네.

이 작품의 화자는 근래 상사병으로 정신을 못 차리고 있음을 한탄하고 있다. 자신처럼 똑똑한 사람이 어쩌다 사랑에 빠져서는 식음을 전폐하고 정신이 혼미해질 지경에까지 이르러버렸는지 답답할 뿐이다. 통신 수단이 발달 된 요즈음에도 상대와 얼마간 연락이 닿지 않으면 안절부절못하는 경우가 발생하는데, 사랑하는 임을 다시 만날 기약이 희미했던 옛날 사람들은 또 어땠을까? 한동안 마음에 두었던 이를 만나지 못하고, 그 사람을 영영 떨쳐 보내려 애써본 경험이 있는 사람이라면, 누구든 공감할 수 있을 것이다. 사무치는 그리움 속에서 내 말과 마음이 달라지고, 내 머리와 내 마음이 뒤엉켜버리는 그 시간들을 말이다.

---

6) 《掛枝兒》 권3, 〈相思〉 제3수

산가는 그 말이 농부와 시골 아이들의 입에서 나오는 대로 흥에 기탁한 것으로, 관료와 학자들은 도道가 아니라 여겼다. 오직 시단에 끼지 않고, 관료와 학자들이 도가 아니라 여겼기에 노래의 권세는 더욱 가벼워지고, 노래하는 사람의 마음 또한 더욱 얕아져서, 지금 성행하는 것은 모두 사랑 노래[私情譜]일 뿐이다. ……, 지금 비록 말세지만 거짓 시문은 있을지 몰라도 거짓 산가는 없다. 산가는 시문과 이름을 다투지 않기 때문에 거짓을 달가워하지 않는다. 진실로 거짓을 달가워하지 않으니, 우리가 이를 빌려 참됨을 보존하는 게 가능하지 않겠는가?[7]

이는 명대 후기의 대표적인 유행가요집인 《산가山歌》 서문의 일부이다. 이 책을 엮은 풍몽룡馮夢龍의 언급대로 민간의 노래는 예로부터 도道가 아니라 여겨졌다. 때문에 그 권세가 날로 가벼워졌는데, 이런 요인이 오히려 '참됨의 보존체'로서의 가치를 드높여주는 요인이 되었다. 그저 체면 차리기에만 급급하고 사람의 진솔한 마음보다 인간의 도리만을 앞세웠던 이들을 상대로, 특히 민간의 사랑 노래는 위선과 가식이 없는 '참된 시[眞詩]'로 추켜세워질 만큼 가치를 인정받았던 것이다.

아래의 작품에서는 사랑 점괘를 뽑아 보는 화자가 등장한다. 점괘라는 일상 소재는 다소 가벼울 수 있지만, 이로 인해 인물의 무거운 진심이 더욱 돋보인다.

---

7) 自楚騷唐律, 爭妍競暢, 而民間性情之響, 遂不得列于詩壇, 於是別之曰山歌. 言田夫野豎矢口寄興之所爲, 薦紳學士家不道也. 唯詩壇不列, 薦紳學士不道, 而歌之權愈輕, 歌者之心亦愈淺, 今所盛行者, 皆私情譜耳. ……, 且今雖季世, 而但有假詩文, 無假山歌. 則以山歌不與詩文爭名, 故不屑假. 苟其不屑假, 而吾藉以存眞, 不亦可乎?

問課 (점괘를 묻다)[8]

　手執著課筒兒深深下拜,

　점괘가 담긴 통을 부여잡고 내려와 깊이 절하는데,

　戰兢兢止不住淚滿腮,

　전전긍긍 바들거리며 눈물이 온 뺨에 흘러내리고,

　祝告他姓名兒, 我就魂飛天外.

　그의 이름을 두고 빌려니 내 혼이 세상 밖으로 날아간 듯.

　一問他好不好,

　첫 번째로 그가 잘 지내는지 아닌지를 묻고,

　二問他來不來.

　두 번째로 그가 올지 안 올지를 묻지요.

　還要問一問終身也,

　한 가지 더 평생의 연에 대해 물으려니,

　他情性兒改不改?

　그의 마음이 바뀔까요, 안 바뀔까요?

　　한자漢字의 기원인 고대 중국의 갑골문에도 점괘가 기록되어 있는 것을 보면 미래 예측이 인간의 오랜 욕망이기도 함을 새삼 느끼게 된다. 명대를 살았을 위의 화자는 임과의 관계에 대해 좋은 점괘를 기대한다. 깊은 절 동작, 심신의 떨림, 멈추지 않는 눈물, 혼의 이탈과 같은 표현은 점괘가 나오기도 전부터 화자가 얼마나 긴장하고 있는지를 보여준다. 그만큼 길괘吉卦에 대해 간절한 마음이었던 것이다. 화자의 질문은 '여부'이지만, 그 기대하는 바는 너무나도 뻔하다.

　　여전히 사람들은 큰 불안감을 느낄 때, 내가 예측하거나 희망하는 미래의 실제가 궁금할 때 점을 보러 간다. 애정운과 결혼운은 현대

---

8) 《掛枝兒》 권3, 〈問課〉

사회의 점집에서도 단골 소재이다. 사랑하며 사는 삶에 대한 관심과 간절함은 또 이렇게 고금과 국경을 초월하고 있다.

擺祠堂 (사당을 차리다)[9]

萬苦千辛結識子箇郎,	천년만년의 고생 끝에 임과 사귀었는데,
我郎君命短見閻王.	내 낭군님 명이 짧아 염라대왕을 만나버렸네.
爹娘面前弗敢帶重孝,	부모님 면전에서 감히 상복을 입지는 못하고,
短短頭梳袖裏藏.	짧은 머리빗을 소매에 감추었지.
袖裏藏, 袖裏藏,	소매에 감추었지, 소매에 감추었지,
再來檢妝裏面擺祠堂.	다시 화장대 안에다 사당을 차렸다네.
幾遍梳頭幾遍哭,	빗질할 때마다 몇 번이고 울게 되니,
只見祠堂弗見郎.	오직 사당만 보일 뿐, 그이를 볼 수 없어서라네.

너무도 사랑하던 사람이 먼저 저 세상으로 떠나버렸다. 그런데 홀로 남겨진 이는 부모님을 의식해 상복도 입지 못하고, 마음껏 슬퍼하지도 못한다. 본디 남편 상을 당한 것이었으면 응당 부인으로서 상복을 입어야 했을 터, 상황을 보아 화자는 비밀스럽게 만나온 연인의 죽음을 견디어 내고 있음을 알 수 있다. 이에 그녀는 화장대 안에 남몰래 자신만의 사당을 차려놓고, 빗질을 핑계로 그 앞에서 눈물지을 뿐이다. 고대 중국에서 빗을 선물하는 것은 상대와 한 평생을 기약한다는 의미였는데, 이제 그 약속은 영원히 기대할 수 없게 되어버렸다. 조촐한 사당만 보일 뿐, 사랑하는 이를 더 이상 볼 수 없다는 현실은 가혹하기만 하다. 소중한 존재의 죽음은 전 인류의 숙명이기도 하다. 일생의 사랑을 맹세한 이의 죽음은 그 중 가장 견디기 힘든 고통을 전가한다. 이 같은

---

9) 《山歌》 권7, 〈擺祠堂〉

사랑 노래의 힘은 우리에게 슬픔을 강요하기보다 본능적으로 통감하게 하는 데 있을 것이다.

한편, 당시 사랑 노래의 진정성은 더욱 깊숙하고 은밀한 생활 구석까지 파고들었다. 누군가의 비밀스러운 이야기, 즉 개인의 감추고픈 일, 그 성적 욕망은 물론이거니와 이성, 동성 간의 성적 행위와 관련한 부분 또한 예외 없이 노래 불렸던 것이다. 아래의 작품을 보자.

愁孕 (임신을 걱정하다)[10]

悔當初與他偷了一下,　　당초에 그와 사통한 것이 후회스러우니,
誰知道就有了小冤家?　　웬수가 생겨버렸을 줄 누가 알았을까요?
主腰兒難束肚子大.　　배가 커져서 속옷 허리끈 매기가 어렵네요.
這等不尬不尷事,　　이렇게 이러지도 저러지도 못할 일에,
如何處置他?　　아기를 어떻게 감당하면 좋을까요?
免不得娘知也,　　아무리 애를 써도 엄마가 알게 될 텐데,
定有一頓打.　　무조건 호되게 얻어맞겠지요.

위 작품의 화자는 혼전 임신으로 인해 난처해진 상황을 토로한다. 이는 정절을 심각하게 훼손한 셈이기 때문에 이 사실이 외부에 발각되는 날에는 목숨을 부지하기 힘들 수도 있었다. 그런데 이 같은 누군가의 사연 역시 노래로 불렸다. 위의 화자처럼 불러오는 배를 감당하지 못해 방황하는 여성, 몰래 출산하는 여성, 출산 후 아이를 버리는 여성들의 모습과 심경 등이 당시 민간의 사랑 노래에 여과 없이 드러나 있는 것이다. 작자의 모호성과 집체성은 노래 가락 속에 이 같은 사생활의 비밀을 털어 놓는 부담을 완화시켰을 것이고, 공동의 향유자는 그 누군

---

10) 《掛枝兒》 권1, 〈愁孕〉

가의 딱한 처지에 동정 반, 어쩌면 호기심 반으로 접근하면서도 작자의 묘한 해방감을 공유할 수 있었으리라.

다음 작품의 화자는 침실 속 이야기를 끄집어내고 있다.

本事低 (그 능력이 떨어지다)[11]

結識私情本事低,

몰래 사랑을 맺는데 그 능력이 떨어져서,

一場高興無多時.

한바탕 흥겨움이 오래가질 못하네.

姐道我郎呀, 你好像箇打弗了箇宅基未好住,

여인이 말하길, "내 임아, 당신은 마치 기초가 부실해 살기 좋지 않은 집 같아요,

惹得小阿奴奴滿身癩疥養離離.

제 온몸에 옴이 옮은 것처럼 간지럽게만 해버리네요."

이 노래에 등장하는 여인은 애인의 잠자리 능력에 대해 "간지럽기만 하다"며 직접적인 혹평을 가한다. 전통적인 예법에서 성애는 부부관계에서만 용인되었으며, 그저 자식 생산의 수단이어야만 했다. 이는 결코 쾌락의 도구로 삼으면 안 되는 존재였으며, 이에 대한 부덕婦德의 구속은 더욱 심했다. 위와 같은 불만 제기는 아내가 남편에게 소박맞을 근거가 되었고, 오히려 여성의 성적 무능이 정숙함을 보증하던 터였다. 그러나 일반 백성들의 삶과 사유는 유가식 전통 교육과 거리가 멀었고, 아무래도 그로부터 자유로울 수밖에 없었다. 이 작품의 전제도 이미 부부 사이가 아니다.

대중문화의 유행은 당시를 살아가는 이들의 수용 기준을 따르고 있

---

11) 《山歌》 권2, 〈本事低〉

는지의 여부에도 영향 받기 마련이다. 명대 후기의 사랑 노래가 자유로운 성애 표현에 매우 관대한 것 역시 당시 시대적 분위기를 반영한 까닭일 것이다. 당시의 지배층이 법으로, 사회적 규범과 관습으로 사람들을 옭아매고자 해도 백성들 삶의 면면을 제압하는 데는 한계가 있었다. 민간의 사랑 노래에서는 색色을 경계하는 재자才子, 지조있는 가인佳人을 결코 찬양하지 않는다. 인간의 욕망이 사랑의 장애물로도 작용하지 않는다. 오직 인간 삶에서의 진실, 인간 내면의 진심만을 좇을 뿐이다.

3. 일상과 일생의 사랑을 위하여

사람은 무엇으로 사는가? 우리는 평생에 걸쳐 인간 존재의 본질이 무엇인지, 무엇이 행복인지, 진정 행복하기 위해서는 내 앞의 생을 어떻게 살아나가야 하는지를 고민한다. 돈, 명예, 가족, 건강, 직장, 자유 등, 많은 사람들이 자신의 인생에서 의미 있는 것을 탐색하고, 이를 욕망한다. 다만 인간은 태생적으로 타인과의 관계나 비교를 통해 필요 이상의 것을 추구하기 마련이기에, 일생동안 만족보다는 결핍의 경험에 익숙하게 된다. 행복하지 않다고 느끼는 삶으로 인해 무엇으로, 어떻게 살아야 하는 것인지에 대한 해답을 끝없이 간구하는 것이다.

사람이 무엇으로 사는지에 대한 고민은 사회적, 문화적 발전과 변화가 급격히 이루어지던 시기에 더욱 격렬했을 것이다. 수십 세기를 이어 온 절대적인 가치의 의미가 모호해지고 붕괴됨에 따라 사회 구성원들의 세계관 또한 혼란 속으로 침잠했을 터다. 본고에서 다루고 있는 명대 후기가 바로 이러한 시기였다. 더군다나 송대 이학理學을 거치며 형성된 '극단적 금욕'에 대한 추앙과 강요는 명대에 들어서 나타난 자

본주의 맹아적 속성 및 심학心學의 유행과 맞물려 시대착오적인 산물로
여겨질 수밖에 없었다. 사람들은 무엇이 개인을, 그리고 사회를 더욱
풍요롭게 할 수 있을지를 고민했을 때, 적어도 욕망을 억누르기만 해서
는 안 된다는 점을 인지했다. 개개인의 욕망을 끊어버리고자 하는 사유
와 행위, 이를 부추기고 유도하는 모든 것은 위선이오 거짓이라 여기는
이들이 늘어났으며, 각기 나름의 행복을 좇으려는 시도가 용인되었다.

　이러한 시대적 분위기에서 '정情', 특히 '남녀 간의 사랑'은 '그래서,
도대체, 사람은 무엇으로 사는가?'에 대한 해답으로 주목받았다. 삶의
본질은 사랑에 있고, 사람은 사랑으로 사는 이상, 당시 민간의 사랑
노래는 더 좋은 세상을 만들 수 있는 도구로도 인정받을 수 있었다.
이때 사랑의 파급력과 유행가로서의 전파력 또한 기대해 볼만 했을
것이다. 앞서 언급했던 풍몽룡이란 자는 아래와 같이 사랑 노래의 효용
을 이야기한다.

　　調情 (사랑하기)12)
　　　嬌滴滴玉人兒, 我十分在意,
　　　교태가 똑똑 떨어지는 그대, 내 마음에 쏙 들어,
　　　恨不得一碗水, 呑你在肚裏.
　　　한 사발의 물처럼 뱃속에 삼키지 못하는 게 한이었지.
　　　日日想, 日日捱, 終須不濟.
　　　날마다 그리워하고, 날마다 애태우다, 끝내 한 게 없었다네.
　　　大著膽, 上前親箇嘴,
　　　대담하게 앞으로 가 입을 맞추어 보았더니,
　　　謝天謝地, 他也不推辭!
　　　천지신명님 감사합니다, 그대도 거부하지 않네요!

---

12) 《掛枝兒》 권1, 〈調情〉 제1수

早知你不推辭也,

진작에 당신이 거부하지 않을 것을 알았더라면,

何待今日方如此?

어찌 지금껏 기다려서 이같이 했겠나?

【평어】

　　속담에서 '색욕으로 인한 담력은 하늘만큼 크다'라고 했는데, 아니다. 바로 '사랑으로 인한 담력'이 하늘만큼 큰 것이다. 천하의 일은 담력을 다하는 것이고, 담력은 정을 다하는 것이다. 양향楊香은 나약한 여인이지만 호랑이에 맞설 수 있었으니, 몸을 상한 부친에게 정이 지극한 것이었다. 월궤刖跪는 미천한 신하였으나 말을 때렸으니, 임금을 바로잡는 데 정이 지극한 것이었다. 이를 통해 보건대, 충효의 담력이 어찌 하늘같이 크지 않다고 할 수 있겠는가? 종합하여 이를 '정담情膽'이라고 한다. 세간을 시험 삼아 이야기해 보면, 보통 사람이 일을 만나 물러나는 것은 담력이 부족해서가 아니라, 모두 정이 부족해서이다. 오! 징험되었도다!13)

　　이 사랑 노래 속 인물은 나름의 용기 있는 행동으로써 임의 마음을 확인했다. 오랫동안 마음에 두고 있던 이에게 다가가 기습적으로 입을 맞춘 것이다. 그는 매일 같이 이 순간을 애타게 그렸었지만, 그저 그렇게 시간만 흘러갔을 뿐이었다. 상대가 과연 어떤 반응을 보일지, 자신은 또 그에 대해 어떤 대응을 해야 할지, 혹 관계가 완전히 틀어져버리진 않을지 등, 어찌될지 모를 미래에 대한 걱정이 앞선 탓이었을 것이다. 그러나 상대에 대한 간절함으로 인해 결국 용기가 앞섰고, 이내 만족스

---

13) 語云, '色膽大如天', 非也. 直是'情膽'大如天耳. 天下事, 盡膽也, 膽, 盡情也. 楊香孱女而拒虎, 情極於傷親也. 刖跪賤臣而擊馬, 情極於匡君也. 由此言之, 忠孝之膽, 何嘗不大如天乎? 總而名之曰, '情膽'. 聊以試世, 碌碌(錄錄)之夫, 遇事推調, 不是膽歉, 盡由情寡. 嗚呼! 驗矣!

러운 결과를 얻어내게 되었다. 그는 퍼뜩 지난날 망설임에 대한 후회까지 하고 있다.

풍몽룡은 자신이 펴낸 첫 번째 유행가요집의 첫 번째 권에다 이 작품을 수록하고 있다. 그만큼 이를 의식하고 중시했다는 의미이다. 그는 노래와 함께 평어를 달아 '진정眞情'의 파급력을 확신하고, 그 효용 가치에 대해 호소한다. 정에는 용기를 불러일으킬 수 있는 힘인 '정담情膽'이 있는데, 정을 다할 때[盡情] 발현되는 이 힘이 남녀의 애정 관계를 초월해 충·효의 규범적 덕목으로까지 확장될 수 있다는 것이 그 요지이다.

작품의 평어 중 언급된 인물인 양향楊香은 중국 남북조시기 송나라 사람으로서 용기 있는 효행으로 손꼽히는 소녀이다. 양향은 밭을 매던 중 갑자기 호랑이가 나타나 아버지를 물자, 즉각 맨손으로 달려들어 호랑이의 목을 졸라 아버지를 구했다. 부모에 대한 14살 소녀의 위대한 사랑을 엿볼 수 있는 부분이다. 월궤刖跪는 궁궐 문지기였는데, 군주 경공景公의 경솔한 행실을 바로 잡기 위해 임금의 수레 끄는 말을 때려 궁정으로 마차를 돌리게 했다. 미천한 직분의 그가 군주를 가로막은 행위 또한 목숨을 건 충심忠心에서 비롯된 것이었다.

이처럼 누군가 마음을 다했다는 미담은 역대로 보다 나은 사회를 위한 귀감으로 작용하였다. 그리고 풍몽룡은 이 같은 '정담'에 착안하여 그 논의를 훗날 '정교설', 즉 '정으로써 교화敎化한다'는 주장으로 보다 구체화했다. 그는 사랑 이야기를 모은 《情史》에서 인간의 도리만을 우선시하며 '충', '효' 등의 덕목을 따지는 것은 그저 '억지로' 실천할 부담거리에 지나지 않는다고 보았다. 지극한 정[至情]에서 발로해야만 진정한 경지에 이를 수 있다고 주장했는데, 상술한 '정담'에 대한 것과 맥이 상통한다. 그의 입장에서 무정한 남편은 결코 의로운 지아비[義父]가 될 수 없고, 무정한 아내는 결코 지조있는 부녀자[節婦]가 될 수 없었다.

서로간의 극진한 사랑만이 그 시작이어야 하는 것이었다.14) 사회적 책임감에 대한 부담을 숙명처럼 받아들였던 지식인으로서, 풍몽룡은 '정교情教'를 통해 뭇사람들이 감화되고, 보다 아름다운 사회가 만들어질 수 있길 희망했다.

> 또 일찍이 고금의 사랑 이야기 중 좋은 것을 가려 각각 소전小傳으로 써서 사람들에게 정이 오래갈 수 있는 것임을 보여 주고자 했다. 이렇게 해서 무정無情한 이가 다정多情한 사람이 되고 사사로운 정[私情]이 공공의 정[公情]이 된다면, 마을과 나라와 천하가 따스하게 정情으로 어우러져 경박한 사회 풍속이 바뀌기를 기대할 수 있을 것이다. …… 내가 이에 서문을 쓰며 정게송[情偈]을 더한다. 게송에서 말하길, "천지에 만약 정이 없으면 일체의 만물도 나지 않았을 것이고, 만물에 정이 없다면 서로 상생하지 못했을 것이네. 나고 나서 없어지지 않는 것은 정情이 불멸한 까닭이라네. 흙·물·불·바람 네 가지 요소는 모두 환상이고 오직 정만이 거짓이 아니지. 정이 있으면 소원한 이들이 친해지고, 정이 없으면 친밀했던 이들이 소원해지니, 정이 없고 있고는 그 차이를 헤아릴 수 없다네. 내가 정교를 세워 여러 중생을 가르치고자 한다오. 아들은 부친에게 정을 가지고 신하는 임금에게 정을 가지되, 그것을 갖가지 양상에 미루어 보면 모두 이와 같은 관점을 만들 수 있다네. ……."15)

---

14) (明) 馮夢龍, 魏同賢 主編,《馮夢龍全集》권7, 南京: 鳳凰出版社, 2007, 36쪽. 이는 《情史》권1〈情貞類〉의 후평으로, 해당 전문은 "情主人曰, 自來忠孝節烈之事, 從道理上做者必勉强, 從至情上出者必眞切. 夫婦其最近者也, 無情之夫, 必不能爲義夫, 無情之婦, 必不能爲節婦. 世儒但知'理'爲'情'之範, 孰知'情'爲'理'之維乎?"이다.

15) 又嘗欲擇取古今情事之美者, 各著小傳, 使人知情之可久. 於是乎無情化有, 私情化公, 庶鄉國天下藹然以情相與, 於澆俗冀有更焉. …… 余因爲敍, 而作情偈以付之, 偈曰, "天地若無情, 不生一切物, 一切物無情, 不能環相生. 生生而不滅, 由情不

위의 글에서 주장한 것과 같이 '정'은 만물의 근원이자, 보다 나은 세상을 운영하는 '핵심 기제'일 수 있다. 풍몽룡의 주장대로 정 없이 매정했던 사람들이 마음 따뜻한 다정한 이로 변화하고, 스스로에게만 집중되던 정이 모두를 위한 정으로 탈바꿈된다면, 얼마나 살맛나는 세상이 되겠는가?

앞서 살펴보았던 명대 사랑 노래 속 등장인물들은 기실 모두 목숨 건 사랑을 하고 있는 것과 다름없었다. 그 정도로 '간절함'이 묻어나는 진심을, 모두가 사는 세상을 위해 적용 대상을 확장해 보자는 시도는 그 혼돈의 시기에서 '사람은 무엇으로 사는가?'란 물음에 대한 가장 실효성 있는 주장이었을 것이다. 사랑은 언제나 '일상' 가운데, '일생' 가운데 자리하고 있으니 말이다.

오늘날의 우리는 무엇으로 살고 있는가? 과학 기술이 고도의 발전을 거듭하고, 자본주의가 무르익은 요즈음, 인간의 도리에 대한 아쉬움을 넘어 이제는 인간 소외, 인간의 존재 자체에 대한 위기의식이 심화되고 있다. 이 사회에서 우리는 여전히 이 세상의 각박함과 경박함에 대해 하소연하고 고통스러워한다. 그 언제보다도 배금주의拜金主義가 만연하다고 느끼고, 그 극단성 또한 곧잘 목격하게 된다.

2021년 말, "전 세계 사람들은 삶의 의미를 어디에서 찾을까?(Where people around the world find meaning in life?)"라는 주제로 17개국 19,000여 명의 사람을 대상으로 하는 설문조사가 진행된 적이 있다.16) 많은 나라에서 평균적으로 1위는 가족과 아이들, 2위는 직업과 경력,

---

滅故. 四大皆幻設, 性情不虛假. 有情疏者親, 無情親者疏, 無情與有情, 相去不可量, 我欲立情教教誨諸衆生. 子有情於父, 臣有情與君, 推之種種相, 俱作如是觀. ……."
(明) 馮夢龍, 魏同賢 主編, 위의 책, 1쪽. 이는 吳人龍子猶의 《情史》 서문이다.

16) https://www.pewresearch.org/global/interactives/meaning-in-life/

3위는 물질적 행복을 언급했다. 또한 근소한 차이로 친구, 심신의 건강에 부여하는 가치가 그 뒤를 이었다. 그런데 이 가운데 유일하게 물질적 행복을 1위로 꼽은 나라가 있었다. 바로 우리나라였다. 근래 떠오른 '영끌', '존버', '수저계급론', 'N포 세대' 등의 신조어는 지속되는 경제적 불황과 불평등에 대항하는 이들의 또 다른 탄식이다.

IT 강국, K-컬쳐의 유행, 선진국으로의 도약을 자랑한다는 우리의 현주소를 다시 돌아볼 때가 된 듯하다. 이 비상(飛上)의 나날에 다다르기까지 그나마 다정하던 이들도 무정해지고, 모두를 위하던 이들이 나만을 위한 삶에 대해 고민하게 되었다. '사람은 돈으로 산다'는 공식이 자리매김해버린 이 사회에는 언제 어디서든 돈으로 인해 인간성이 옥죄어 지고, 그 자체가 파괴될 위험이 도사린다. 사랑이 언제나 일상 '가운데', 일생 '가운데' 자리했으면 하는 바람이 그 어느 때보다도 간절해지는 이유가 여기에 있다.

연애도, 결혼도, 출산도, 인간관계도, 희망도, 꿈도 사치라는 오늘날 젊은이들에게, 둘 이상 모이면 부동산과 주식 이야기에 한숨 쉬기 바쁜 평범한 우리들에게, 사랑의 힘은 실낱같이 미약한 정도라 해도 희망적이고 고귀하다. 오랜 옛날처럼 사랑할 자유를 억압받지도 않는데, 어느 때부터인가 스스로가 사랑할 수 있는 마음을 옭아매어 버린 것은 아닌지 돌아보아야 한다.

사랑 노래들은 여전히 일상에서 일생까지 우리 가슴을 적시고 있다. 각종 미디어의 발달이 사랑 노래를 일상 더 깊숙이 끌어들인 것 같지만, 이는 기실 우리의 사랑에 대한 갈증의 징표이자, 우리시대에도 '정담'의 효용이 널리 스밀 수 있다는 가능성이기도 하다. 저마다 품고 사는 누군가를 위한, 무언가에 대한 절절한 사랑의 감정을 모아 보자. 내 삶에서 순도 100%의 진실된 마음을 다했던 그 정담을, 가족을 위해,

나의 벗을 위해, 내 이웃을 위해 미루어 보는 시도는 반드시 다시 내게 더 큰 사랑으로 되돌아 올 것이다. 역시나 사람은 모두 사랑으로 사는 법이기 때문이다.

참고문헌

徐揚杰,《宋明家族制度史論》, 中華書局, 1995.

서연주, 〈馮夢龍 민가집 연구〉, 서울대학교 박사학위논문, 2017.

(明) 馮夢龍, 魏同賢 主編,《馮夢龍全集》, 南京: 鳳凰出版社, 2007.

https://www.pewresearch.org/global/interactives/meaning-in-life/

사랑이라 쓰고 한시로 읽다

최일의(강릉원주대학교 중문과 교수)

1. 삶과 사랑 그리고 한시, 한 번의 기억으로 일생을 버티게 해

이른바 성공이란 우리가 그토록 바라마지않는 돈과 명예 그리고 권력을 쟁취하는 것이 아닐까 생각된다. 그런데 그렇게 갈망해왔던 것들을 쟁취하는 데 성공한다면 우리는 과연 내내 행복할 수 있을까? 세상에서 흔히 말하는 성공을 하였어도 많은 사람들이 여전히 가슴이 텅 빈 듯 공허하다거나 허무하다고 느끼는 이유는 어디에 있을까? 그렇다면 성공도 못 채워주는 빈 가슴을 가득 채워주고 행복을 느끼게 하는 것은 무엇일까? 그것이야말로 바로 사랑이 아닐까 생각된다. 바로 누군가를 진심으로 사랑하는 마음, 내가 사랑받고 있다는 느낌 말이다. 사랑하고 사랑받는 사람이야말로 세상에서 가장 행복한 사람이라는 것은 이미 주지의 사실이기 때문이다. 그런데도 우리는 사랑이란 중요한 가치를 종종 잊고 살고 있지 않나 반문하면서 이 글을 시작하려고 한다.

'사랑, 한 번의 기억으로 일생을 버티게 하는 것!'

누구의 말인지 정확하지 않으나 참으로 생각에 잠기게 하는 감동적이면서 통찰력 있는 말이라 하지 않을 수 없다. 열렬한 사랑만이 인생이라는 고통의 강을 건너게 할 수 있다는 것은 동서고금을 막론하고 자명한 진리로 통하고 있다. 산다는 것이 고통이라지만 고통 속에서도 끝까지 포기하지 않고 견지해야 할 것이 있다면 그것은 곧 사랑인 것이다. "진리는 무엇인가요?" "사랑은 무엇입니까?" 제아무리 고상한 형이상의 물음과 개념 정의라고 할지라도 그저 단순한 형이하의 실천만 못할 수도 있다.

'나의 사랑은 너와 상관 없어!(我愛你與你無關.)'

어느 독일 시인의 시구를 중국어로 번역한 것이다. 너의 나에 대한 의지와 생각 및 감정과는 상관없이 나는 너를 사랑한다. 너를 사랑할 수밖에 없다. 너에 대한 나의 사랑은 설사 너 자신이라 할지라도 막을 수 없다. 너의 전존재를 사랑할 수밖에 없는 나의 설렘과 환희를 너는 이해할 수 있겠니? 한밤중 아무도 모르게 내린 봄비처럼 찾아온 사랑은 나의 운명인 것을 어이하랴!

'그의 일생이 나에게 온다'

남녀가 서로 사랑에 빠지게 되었을 때 그 때의 감정과 상황을 어떻게 표현할 수 있을까? 우리나라 정현종 시인은 〈방문객〉에서 "사람이 온다는 건/ 실로 어마어마한 일이다./ 그는/ 그의 과거와/ 현재와/ 그리고/ 그의 미래와 함께 오기 때문이다. 한 사람의 일생이 오기 때문이다."라고 해서 그 사람의 일생 전체가 다가오는 것이라고까지 묘사하기도 하였다.

사랑하는 사람에게 나의 전존재全存在를 기꺼이 다 주고 싶은 것이 사랑에 빠진 사람의 즐거운 바람이리라. 좋아하는 사람은 그 사람에 대해 아는 것이 많지만 사랑하는 사람은 그 사람에 대해 알고 싶은 것이 많다고 한다. 사랑하는 사람끼리는 서로에 대한 호기심으로 떨림과 설렘에 사로잡힐 수밖에 없는 것이다.

11세기 페르시아 시인 오마르 카이얌은 노래했다. "나무 그늘 아래 시집 한 권, 빵 한 덩이, 포도주 한 병, 그리고 내 곁에서 노래하는 그대! 오, 사막이 낙원이네." 시인이 열거한 것들 중 사막을 낙원으로 만드는 가장 결정적인 요소는 역시 사랑하는 사람이 곁에 있어 주는 것이 아니겠는가! 시의 본질 중 하나가 찬미에 있다 하겠지만 도대체 상대방을 사랑하지 않고는 찬미의 노래를 부르고 시를 쓸 수가 없는 것이다.

심오한 진리를 추구하는 자일지라도 사랑은 반드시 경험해야 한다는 그 무엇이란 점에서는 그 누구도 결코 예외일 수가 없다. 각 종교들마다 하나같이 사랑을 가장 기본이자 동시에 가장 높은 자리에 두고 있는 것이다.

불교식으로 표현하자면, 상구보리上求菩提, 즉 위로 진리를 추구하는 사람도 반드시 하화중생下化衆生, 즉 아래로 자비를 베풀어 이웃을 감화시킬 것을 목표로 해야 한다는 말이 거기에 해당하겠다.

기독교식으로 표현하자면, "사랑하지 않으면 그건 곧 하느님을 모르고 있는 것이나 마찬가지"(《성경》 요한1서)이며, "천사의 말을 하는 사람도 사랑 없으면 소용이 없고, 심오한 진리 깨달은 자도 울리는 징과 같으며"(《성경》 고린도전서 13장) "미움은 다툼을 일으키나 사랑은 모든 허물을 덮어 준다."(《성경》 잠언 10장)라고 하는 말이 거기에 해당하겠다.

사람들이 노년에 이르면 공통적으로 하는 후회 두 가지가 있다고 한다. 하나는 '좀 더 사랑할 걸!', 또 하나는 '좀 더 배우고 공부할 걸!'이다. 필자는 이 두 가지를 줄이고 이니셜만 따서 좀 우스개 소리로 '사·공의 노래'라고 정의하면서 '나이 들어서는 절대 사·공의 노래를 부르지 말자!'고 주장하고 있다. 프랑스 화학자 파스퇴르 역시 똑같이 두 가지를 권한다. "배우고 또 배워라, 언제 어디서든지. 사랑하고 또 배려하고 위로하라."

사랑은 모든 허물을 덮어주고 모든 것을 이기는 힘이 된다. 그러나 세상에 영원한 것은 없다는 진리처럼 변치 않는 사랑이란 없기에 사랑하는 자들은 칼날을 쥔 것처럼 쉬이 상처를 받기도 한다. 그래서 홍콩의 여가수 모원웨이莫文蔚는 〈사랑愛情〉이란 노래에서 "사랑은 사람을 괴롭게 하지만 그렇다고 포기하기에는 너무 아쉬움이 남는다.(愛是折磨人的东西, 却又舍不得这样放弃。)"고 노래한 바 있다. 이런 사실을 우리는 너무 잘 알고 있으면서도 한 번의 짜릿하고 달콤한 기억만으로도 일생의 모든 아픔을 극복할 수 있다고 믿기에 마치 불나방처럼 과감하게 사랑하게 뛰어드는 것이다. 그래서 사랑은 신비가 된다. 때문에 우리나라 가톨릭의 고故 김수환 추기경조차도 "머리로 알던 사랑을 가슴으로 이해하기까지 평생이 걸렸다."고 술회한 것을 보면 모순 덩이인 사랑을 완전히 이해하고 실천하기가 얼마나 힘든 것인지 또한 잘 알수 있다.

그렇다면 이제 사랑을 시와 서로 연관 지어 한 번 살펴보자. 사랑은 시에서 과연 어떤 존재이자 대상으로, 또한 어떤 모습으로 표현되는 것일까?

시는 결핍에 대한 지극한 응시이면서 동시에 결핍을 겪고 있는 자들에게 따뜻한 위로가 되어준다. 그렇기에 결국 시의 궁극은 사랑으로 완성될 수밖에 없다.

한국의 시인 정용철은 이 점을 아주 날카롭게 파악하고 〈시의 행복〉(《좋은 생각》, 15년 6월호)에서 다음과 같이 노래한다.

> 시인으로부터
> 사랑을 확인한 시는
> 시인의 품을 떠나 다시 길을 나선다
> 이제는 울지 않는다
> 이제는 외롭지 않다
> 이제는 두렵지 않다
> 시인의 사랑을 알기에
> 아무리 못난 시라도 행복하다
> 아무리 비웃어도 그냥 웃는다
> 시의 완성은 사랑이다
> 삶의 완성도 사랑이다
> 세상의 모든 미완성은
> 사랑을 통해 완성된다

삶이 사랑에 의해 완성된다고 한다면 시의 완성 역시 사랑에 의해서 이루어진다는 선언적인 통찰이다.

이처럼 누구나 피해갈 수 없고, 설사 상처받고 아픔을 겪을지라도 반드시 거쳐야 할 숙명 같은 사랑에 대해 중국시가이론에서는 어떤 존재로 규정하고 어떻게 표현하고자 하였는지 살펴보자.

유가에서는 '수기치인修己治人'의 도, 즉 자기를 수양하고 남을 다스리는 방법을 중시하기에 정치·윤리 사상이 중심이 된다. 그래서 유가 사상은 정치·교화라는 정교政教의 입장에서 출발하여, 문학이 스스로 정치적 효용성을 지녀서 정치·교화를 위해서 이바지할 것을 주장하면서 정교·효용을 중심으로 하는 문학이론을 세우게 되었다.

그렇다면 이러한 유가의 정교·효용론은 사람의 감정과 사랑을 문학 작품에 어떻게 드러내야 한다고 규정하였을까?

공자는 이미 시에 표현되는 감정의 정도에 대해서 언급한 적이 있다. "〈관저〉시는 즐거워하되 지나치지 않으며, 슬퍼하되 남의 마음을 상하게 하지는 않는다.(關雎, 樂而不淫, 哀而不傷)"(《논어論語·팔일八佾》)고 한 말이 바로 그것이다.

《모시서毛詩序》는 감정의 표현 정도에 대한 범위를 더욱더 명료하게 제시해주고 있다. 바로 "감정을 표현하되 예의에서 멈춰야 한다(發乎情, 止乎禮義)"는 말이다. 이 정의는 유가의 예의에 딱 들어맞도록 시인의 감정을 표현해야지 일정한 범위를 넘겨서는 안 된다는 주장이다. 시에 표현되는 감정의 과격함을 배격하고 그 드러냄이 절제 있고 조화를 이루어 중화미中和美를 달성할 것을 주장한 것이다.

이런 유가가 주류를 이루는 시단의 이론 주장은 자칫 잘못하면 시에서 자연스러운 감정의 표출을 제한하고 구속하는 결과를 초래할 수 있는 약점도 지니고 있었다. 그래서 이 주장에 반대하는 일단의 시론가들이 나오기 시작하면서 문학에서도 진실한 감정을 자연스럽게 표현할 것을 주장하기도 하였다. 그들은 심지어 '천지자연의 이치를 보존하고 인간의 욕망을 없애야 한다(存天理, 滅人欲)'고 주장하는 도학자道學者들을 위선자로 규정하기도 하였다. 이들을 앞서 규정한 정교·효용론자들과 대비시켜 진정眞情·표현론자들이라고 규정할 수 있겠다.

진정·표현론자들의 이론 주장의 기반 역시 《모시서毛詩序》에서 "가슴 속 감정을 노래한다(吟詠情性)"고 언급한 데 있었다. 송대 엄우嚴羽 등이 "시란 감정을 노래하는 것이다(詩者, 吟詠情性也)"(《창랑시화滄浪詩話·시변詩辨》)라고 하면서 이 '음영정성'의 이론을 본인의 이론 주장의 처음 출발로 삼고 있는 데서 잘 알 수 있다.

그렇다면 '음영정성'론에 기반을 둔 진정·표현론자들은 시인의 감정과 사랑을 어떻게 표현하는 것이 적절하다고 보았을까?

여기에 대한 이론을 주창한 대표적인 시론가가 바로 진晉대 육기陸機이다. 그는 《문부文賦》에서 "시는 감정으로 말미암아 창작된다(詩緣情)"는 이론을 주장하기에 이른다. 다시 말해서 시는 순전히 진실한 감정에 의존해야지 여기에 어떤 제약을 덧붙이는 것이 아니라는 말이다.

이처럼 정교·효용론자들과 진정·표현론자들 간에 시에 감정과 사랑을 어떻게 표현할 것인가에 관한 관점은 매우 큰 차이가 있다고 말할 수 있다. 주된 차이는 바로 하나는 감정을 온유돈후하게 조절해야 한다는 것이고, 하나는 감정에 제약을 두지 말고 진실하게 표현할 수 있어야 한다는 것이다. 특히 시에 남녀 간의 감정, 즉 사랑을 표현하는 문제라면 이 두 이론 관점들 간의 차이는 더욱 극명하게 나뉜다고 할 수 있다.

이 글에서는 한·중 양국의 사대부 지식인의 한시뿐만 아니라 민간가요로 전해지는 한시까지도 논의 범주에 포함시켜 동서고금을 막론하고 가장 절절하고 애달팠던 사랑이란 주제가 시형식별로, 내용별로 과연 어떤 양상으로 노래되었는지를 구체적으로 살펴보고자 한다. 또한 글의 가독성을 위해 논문 형식의 글쓰기를 지양하였음을 아울러 밝혀두고자 한다.

2. 시형식에 따라 다양하게 표현된 사랑의 양상

1) 《시경》의 시, 아리따운 숙녀는 군자의 좋은 짝

유가의 비조鼻祖인 공자孔子가 민간에 전해지는 시들을 3백여 수로 정리하여 편찬했다고 믿어지는 《시경詩經》은 후세 유가들에 의하여 그야말로 시의 바이블로 떠받들어져 왔다. 공자가 《시경》을 중요시했던 이유는 바로 "《시경》 3백 편을 한마디 말로 요약하면 시인의 마음 속에 바르지 않음이 없다.(詩三百, 一言以蔽之, 曰'思無邪')"(《논어論語·위정爲政》)고 보았기 때문이다. 《시경》시의 내용은 올바르고 적절하다는 관점이다.

그런데 《시경》의 다수를 차지하는 국풍은 대부분 서정시이고, 그 중 3분의 1이 또한 남녀 간의 사랑 또는 혼인 관계가 주류를 이룬다. 예로부터 정경正經이라 불리는 주남周南·소남召南 속에도 사랑이나 임에 대한 그리움을 노래한 여러 편의 시들이 있다. 정경이 이러하니 음탕한 노래의 대명사처럼 불리는 정풍鄭風은 말할 것도 없고, 변풍變風이라 간주된 13국풍의 시들에도 사랑의 노래가 많다. 그렇다면 공자의 안목에서 사랑은 남녀 간의 자연스러운 행위로서 시에 표현될 수 있는 올바르고 적절한 행위라고 간주한 것이 말할 수 있지 않을까 생각된다.

유가의 시조인 공자가 찬미한 바 있는 《시경》 제1수인 〈관저關雎〉시를 감상해보자.

關關雎鳩,	꾸욱꾸욱 우는 저구 새
在河之洲.	하수(河水)의 모래섬에 있네.
窈窕淑女,	아리따운 숙녀는
君子好逑.	군자의 좋은 짝이라네.
參差荇菜,	올망졸망하게 자란 마름풀이
左右流之.	왼쪽으로 오른쪽으로 흘러가네.
窈窕淑女,	아리따운 숙녀를
寤寐求之.	자나 깨나 구하네.
求之不得,	구하여도 얻지 못해
寤寐思服.	자나 깨나 생각하고 그리워하네.
悠哉悠哉,	아득하고 아득해라
輾轉反側.	잠 못 들고 이리저리 뒤척이네.
參差荇菜,	올망졸망하게 자란 마름풀을
左右采之.	왼쪽으로 오른쪽으로 따네.
窈窕淑女,	아리따운 숙녀와
琴瑟友之.	금슬로 사귄다네.
參差荇菜,	올망졸망하게 자란 마름풀을
左右芼之,	왼쪽으로 오른쪽으로 삶아 올리네.
窈窕淑女,	아리따운 숙녀와
鐘鼓樂之.	종과 북으로 즐긴다네.

한편의 서정 가요인 〈관저〉 편의 정조는 서정성 풍부한 고대의 민요집인 《시경》 전체 시의 내용적 특징을 대표하고 있다고 해도 과언이 아니다.

이 시의 제1장의 네 구는 일종의 수사법으로서 '흥興'에 속한다. '흥'

이란 주제와는 관련이 없는 듯한 다른 사물을 먼저 제시하여 본격적으로 노래할 주제를 떠올리게 하는 역할을 한다. 물새로서 물오리나 해오라기를 닮은 저구 새는 태어나면서 정해진 짝이 있어서 서로 난잡하게 놀아나지 않고 항상 짝과 같이 놀며 정이 두터우면서도 분별이 있다고 한다. 그래서 부부간에 서로 더불어 화락하면서도 공경하는 모습이 마치 정이 두터우면서도 분별이 있는 저구 새와 같음을 비유적으로 연상하게 만들고 있다.

앞에서도 이미 살폈듯이 공자는 〈관저〉편에 표현된 성정이 올바르며 적절하고 이 시의 소리가락이 조화로움을 얻었다고 본 바 있었다. '오매寤寐'·'반측反側'처럼 슬퍼하였고, '금슬琴瑟'·'종고鐘鼓'처럼 즐거워하였으되 모두 법도에 지나치지 않고 조화로움을 얻었기에 시인의 성정이 올바름을 얻었다고 볼 수 있다.

전통적으로 '숙녀를 얻어서 군자의 배필로 삼음을 즐거워한 시(樂得淑女, 以配君子)'[《모시서毛詩序》]로 해석되는 〈관저〉편은 이와 같은 전통 유가에 의한 해석 외에도 여러 가지 다른 해석들이 함께 존재하는데 그 중에서도 이 시가 청춘 남녀 간의 애정시라는 설이 가장 설득력 있게 전개되고 있다. '아리따운 숙녀는 군자의 좋은 짝!(窈窕淑女, 君子好逑)'이라는 노래는 결국 청춘 남녀가 애타게 서로를 찾아서 사랑을 나누는 것이야말로 자연의 순리이자 숙명임을 자연스럽게 드러낸 노래라고 보는 것이 합리적이기 때문일 것이다.

〈관저〉편 외에도 《시경》에는 강렬하고 깊은 정감을 서사한 서정적인 시들, 남녀 간의 애정을 진솔하게 묘사한 시들이 많이 있다. 《시경》시 중 비교적 음란하다고 규정되고 있는 정풍鄭風에 속해 있는 〈진유溱洧〉 시를 감상해보자.

溱與洧,	진수와 유수에
方渙渙兮,	봄물이 막 넘실대네.
士與女,	총각도 처녀도
方秉蕑兮,	막 난초꽃을 들었네.
女曰觀乎,	"구경할래요?" 처녀의 말에
士曰旣且,	"벌써 갔다 왔는걸!" 총각이 대답하네.
且往觀乎	"다시 가서 구경해요,
洧之外,	유수 가는
洵訏且樂.	정말 크고 넓어 즐겁답니다!"
維士與女,	총각과 처녀가
伊其相謔,	서로 장난치면서
贈之以勺藥.	작약꽃을 선물하네.
…(후략)…	

'진'과 '유'는 정鄭나라에 있던 강물의 이름이다. '환환'은 봄물이 넘실대는 모양이다. '간'은 난초로서 향초의 일종이다. '순'은 진실로의 뜻이다. '우'는 크다는 뜻이다.

이 시를 《모시毛詩·소서小序》에서는 어지러움을 풍자[刺亂]한 시로 규정하였으나, 지금은 일반적으로 청년 남녀들이 짝지어서 봄놀이를 나가는 상황과 사랑을 노래한 것으로 간주되고 있다. 정나라의 풍속은 화창한 봄날 상사날에 물가에 가서 난초를 캐어 상서롭지 못 한 것들을 제거하였다고 한다. 이 시를 청춘 남녀의 순박하고 진솔한 사랑 얘기로 간주할 때, 우리가 눈여겨볼 수밖에 없는 중요한 시적 소재가 바로 난초와 작약이다.

어른들은 봄을 맞이해서 풍조우순風調雨順, 만사여의萬事如意를 바란다고 한다면, 처녀총각들의 바람은 아무래도 여기에 하나가 더 추가될 테니 그것은 바로 사랑이 아닐까 생각된다. 청춘 남녀들은 비야흐로 대자연의 봄을 맞이하여 한창 약동하는 생명의 기운을 누리고 맛보기 때문이다. 이 시는 이처럼 난초와 작약이라는 두 가지 향초를 빌림으로써 본래 상사날의 단순했던 풍속 습관이 비로소 남녀 간의 적극적인 애정의 행위로 발전이 되게 하였고, 단순한 자연계의 봄에서 인생의 청춘 얘기로 전환이 되도록 만들고 있다.

공자 이래 유가 지식인들은 시를 백성 교화의 방편으로 활용하기 위해서 시를 '시언지詩言志', '음영정성吟詠情性' 등으로 정의하면서 시는 성정을 노래하는 것이라고 규정였고, 한걸음 더 나아가 온유돈후溫柔敦厚한 성정을 노래해야 한다는 기준을 시교詩敎로 분명히 설정하기도 하였다. 때문에 이런 강령은 적어도 유가사상에 뿌리를 내린 전통 사대부 지식인들에게는 엄청난 질곡으로 작용하여 시에 남녀 간의 열정적인 사랑을 노래한다는 것은 언감생심 참으로 어렵게 만들었다. 때문에 만약 남녀 간의 일, 즉 사랑을 시에 표현해야 한다면 은근히 에둘러 표현을 하거나 혹은 여성 화자를 내세워 노래할 수밖에 없었다. 다만 민간에서 불리던 가요 중에는 이런 교조적인 강령의 영향을 받지 않고 여전히 열정적이고 낭만적인 사랑 노래가 활기차게 불리고 있었다.

2) 민가, 하늘이 무너져도 우리 사랑은 변함없어요

보편적이고 인류애적인 사랑은 그 이타적인 자비의 특징으로 인해 어떤 면에서 보면 지고지순하고 거룩하다고 할 수 있다. 그래서 그런 것인가! 남녀 간의 사랑 역시 산맹해서山盟海誓처럼 영원히 변하지 않을 것이라 과감하게 맹세할 수 있게 만드는 것 역시 그 사랑의 지고지순함에서 기원하는 것이 아닐까 생각된다. 일시적인 호르몬의 폭발이라고 과학적으로 해석한다면 그처럼 밋밋하고 메마른 해석이 또 있을까! 그 많은 한시 중에서도 한대漢代 악부민가인 〈상야上邪〉처럼 사랑에 대한 강렬한 맹세는 좀처럼 보기 드물다.

上邪,	하늘이시여!
我欲與君相知,	저는 임과 서로 사랑하면서
長命無絶衰	그 마음 영원히 변치 않으려고 하나이다.
山無陵,	산이 닳아 평지가 되고
江水爲竭.	강물이 말라버리고
冬雷震震,	겨울에 천둥이 우르르 치고
夏雨雪,	여름에 눈비가 내리고
天地合,	하늘과 땅이 합쳐진다면
乃敢與君絶	그제야 비로소 감히 임과 헤어지겠나이다.

여인의 순결하고도 변함없는 사랑과 정절을 하늘에 맹세하는 이 노래는 언제 읽어도 지극한 감동을 준다. 남녀 간의 사랑은 일반적인 보살행의 이타적인 사랑과 달리 애욕愛慾을 수반하기 때문에 흔히 상처를 수반할 수밖에 없다. 그렇더라도 사랑을 직접 체험했을 때 비로소 열리게 되는 넓은 세계는 자신의 전존재를 던지고도 아깝지 않을 정도로 가치 있고 소중한 경험이 되기에 세상이 끝나는 날까지 사랑하겠다는 맹세가 가능할 것이라 생각된다.

사랑이 두 남녀 간의 상호 관계에 의해서 이루어지기 때문에 지고지순한 사랑이 있는가 하면 도를 넘는, 또는 정상이지 않은 방식으로 진행되는 사랑 역시 존재할 수밖에 없다.

한대 악부시 〈맥상상(陌上桑)〉에 등장하는 여주인공 진나부(秦羅敷)와 권력자인 태수 간에 얽힌 이야기는 한시에 자주 활용되는 모티프 중 하나로서 왜곡되고 변질된 사랑의 전개를 보여주는 대표적인 예가 되기도 한다. 〈염가나부행(艶歌羅敷行)〉이라고도 불리는 아래의 악부시 역시 진나부와 태수 간의 이야기를 모티프로 활용하고 있다.

日出東南隅,	해가 동남쪽에서 떠오르면
照我秦氏樓.	우리 진씨댁 누각을 비춘다네.
秦氏有好女,	진씨에겐 참한 딸이 있으니
自名爲羅敷.	이름을 스스로 나부라고 부른다네.
羅敷喜蠶桑,	나부는 누에치길 좋아해
採桑城南隅.	성 남쪽에서 뽕잎을 딴다네.
靑絲爲籠繫,	푸른 실로 바구니를 감고
桂枝爲籠鉤.	계수나무 가지로 바구니 손잡이를 했다네.
頭上倭墮髻,	머리는 댕기로 묶고
耳中明月珠.	귀에는 명월주를 달았다네.
緗綺爲下裙,	연노랑 비단으로 아래 치마를 만들었고
紫綺爲上襦.	자주색 비단으로 위 저고리를 만들었네.
行者見羅敷,	길가는 사람마다 나부를 보면
下擔捋髭鬚.	짐 벗어 내려놓고 넋 놓고 바라본다네.
少年見羅敷	젊은이가 나부를 보면
脫帽著帩頭	모자를 벗어 머리 감싼 두건을 보인다네.
耕者忘其犁,	밭 갈던 이는 쟁기질을 잊고
鋤者忘其鋤,	김매던 이는 호미질을 잊는다네.
來歸相怨怒,	돌아와서는 상대방을 원망하며 성내니
但坐觀羅敷.	오직 나부를 본 때문이라네.
使君從南來,	대수가 남쪽에서 행차하며 오는데
五馬立踟躕.	수레가 서더니 머뭇거리고 있네.
使君遣吏往,	태수가 관리를 시켜 보내서는
問是誰家姝.	뉘 집 아가씨인지 물어보게 하였네.
秦氏有好女,	"진씨 댁에 참한 딸이 있으니
自名爲羅敷.	이름을 스스로 나부라고 부른답니다."
羅敷年幾何,	"나부의 나이는 몇이더냐?"
二十尚不足.	"스물은 아직 못 되었고
十五頗有餘,	열다섯은 훨씬 넘었을 것이옵니다."

使君謝羅敷.	태수가 나부에게 청하길
寧可共載不,	"차라리 내 수레에 함께 타지 않겠소?"
羅敷前置辭.	나부가 앞서 사양하는 말부터 하는데
使君一何愚,	"태수님께서는 어찌 그리 어리석나이까?
使君自有婦.	태수님께서는 부인이 계시고
羅敷自有夫.	저 또한 남편이 있나이다."

뽕 따는 아가씨 나부가 태수의 유혹을 뿌리친다는 재미있고 낭만적인 장편 서사시이다. 나부의 여성상은 꿋꿋하고 씩씩하며 재기 발랄한 형상으로 묘사된 반면에 관료인 태수는 왠지 음침하고 음란하며 부정적인 형상으로 묘사되어 서로 대비를 이루게 하고 있다. 남녀 간의 사랑에는 밝은 면만 있는 것이 아니라 어두운 면도 있다는 것을 재밌게 드러내주고 있는 시의 한 예라고 할 수 있다.

이어서 유우석劉禹錫이 사천四川성 동부지방의 민요곡에 맞추어 지은 〈죽지사竹枝詞〉를 감상해보자.

山桃紅花滿上頭,	산복숭아 붉은 꽃 위쪽에 가득하고
蜀江春水拍山流.	촉강의 봄물은 산을 철썩이며 흐른다.
花紅易衰似郎意,	쉬이 시드는 붉은 꽃은 낭군의 마음이런가
水流無限似儂愁.	끝없이 흐르는 강물은 이내 수심일레라.

전반부는 봄날의 전형적인 모습을 잘 그리고 있다. 산 위쪽에는 붉은 복숭아꽃이 가득 피어 있고, 불어난 강물은 산에 철썩철썩 부딪치며 흘러간다. 후반부는 감흥을 자아낸 봄꽃과 강물을 빌어 화자의 감정을 기탁하는 정경情景의 융합이 이루어지고 있다.

열흘 붉은 꽃 없고(花無十日紅), 예쁜 꽃이 항상 피어 있는 것은 아니다(好花不常開). 나를 향한 낭군의 마음은 어차피 쉬이 시들게 마련인 붉은 꽃처럼 그렇게 지금은 사라지고 없을지도 모르겠다. 그러나 떠나 간 낭군을 그리워하는 나의 수심은 하염없이 흘러가는 저 강물처럼 끝없이 계속된다. 박정한 남자와 다정한 여인이 대비되면서 여인의 농밀한 사랑의 정감에 가슴이 먹먹해진다.

3) 문인시, 장안을 그리는 마음 알지 못하는 어린 자식들이 가여워

그럼 사대부 지식인 문인들이 남녀 간의 애정에 대해 시에 표현한 양상은 민간의 노래와 과연 어떻게 다른지 한 번 살펴보자.

이백의 〈춘사春思〉는 수자리 살러 간 남편을 그리는 아내를 작중 화자로 삼은 시이다.

燕草如碧紗,	연나라 땅의 풀들은 푸른 실처럼 가늘겠지요?
秦桑低綠枝.	진나라 땅의 뽕나무는 파란 가지를 낮게 드리웠어요.
當君懷歸日,	임께서 돌아갈 생각을 하는 날이
是妾斷腸時.	바로 첩의 애가 끊어지는 때일 거예요.
春風不相識,	봄바람은 나를 알지도 못 하면서
何事入羅幃?	무슨 일로 비단 장막으로 불어올까요?

임이 계신 연나라 땅은 북쪽 변방에 있는 추운 지방이다. 그리고 작중 화자인 아내가 있는 이곳 진나라 땅은 비교적 따뜻한 곳이다. 연나라 땅의 풀들이 이제 막 파릇파릇 싹을 틔우려고 할 때면, 이곳 진나라 땅의 뽕나무는 벌써 잎이 무성해져 푸른 가지를 낮게 드리우고 있을 것이다. 그만큼 이곳은 화창하고 아름다운 봄날이 한참 계속 진행 됐다는 말이다.

춘초春草, 곧 봄풀은 한시에서 전통적으로 고향 떠난 나그네들이 집 과 가족 생각을 하도록 만드는 존재로 묘사되고 있다. 임께서는 갓 돌아난 봄풀들을 보고서 이제야 비로소 고향 생각을 하겠지만, 그러나 이곳은 봄이 한참 진행되었으니 아내의 마음은 벌써 애간장이 다 끊어져 있을 정도이다. 이들에게 봄은 희망이라기보다는 더욱 깊은 외로움이자 애달픔과 시름으로 작용하고 있다.

봄바람은 여인을 둘러싼 외부 환경을 가리킨다. 마지막 두 구는 두 가지 관점으로 읽을 수 있을 것이다. 첫째, 봄바람은 어찌하여 비단 장막 안으로 불어 들어오는가, 하고 여인이 봄바람을 탓하고 꾸짖는 것으로 보고, 남편 외에는 어느 누구도 받아들일 수 없다는 굳은 정절을 표현한 것이라고 말할 수 있다. 둘째, 봄바람이 지금 여인을 귀찮게 하고 있다는 객관적인 주변 상황을 묘사함으로써 더이상 기다리기 어려운, 견디기 힘든 여인의 춘심을 하소연하고 있다고도 볼 수 있다. 여러분은 어느 관점이 더욱 적절하다고 생각하는가?

그런데 〈춘사〉는 작중 화자를 여성으로 내세우고 있는 점이 또한 특색이기도 하다. 아마도 시인이 남조 민가의 애정시 창작 전통을 계승하여 표현하였기 때문일 것이며, 또한 사랑이라는 부드럽고 낭만적인 주제는 여성을 화자로 내세워서 술회하게 하는 것이 더 적절하다고 보는 당시 남성 시인들의 일반적인 생각이 작용했기 때문일 수도 있겠다.

이어서 그리움을 중개하는 달을 통해 아내에 대한 사랑을 은근히 표현한 것으로 유명한 두보의 〈월야月夜〉시를 감상해 보자.

今夜鄜州月,	오늘 밤 부주에 뜬 달을
閨中只獨看.	규방에서 다만 홀로 바라보고 있으리라.
遙憐小兒女,	멀리 어린아이들이 가여워라
未解憶長安.	장안을 그리는 마음을 알지 못하니.
香霧雲鬟濕,	향기로운 안개는 구름 같이 쪽진 머리를 적실테고
淸輝玉臂寒.	맑은 달빛은 옥같이 흰 팔에 차갑게 비치리라.

何時倚虛幌,	어느 때에야 얇은 휘장에 기대어
雙照淚痕乾.	두 사람의 눈물 자국 달빛에 비추어 말리려나!

　그리움엔 항상 아픔이 따른다. 그리움은 대부분 한쪽에서 다른 쪽으로 보내어지는 모습을 취하는 것이 보통이나 때로는 양쪽에서 동시에 서로를 향해 보내어질 수도 있다. 이 시는 달을 매개로 해서 양쪽에서 그리움이 전달되고 있는 데 특징이 있다. 이를 이해하려면 이 시에서 구사하고 있는 함축적인 수법으로서 측필側筆법을 잘 알아야 한다. 다시 말해서 에둘러서 표현하는 수법이라고도 할 수 있다.

　첫째, 시인은 아내가 부주에서 달을 보고 있을 것이라고 상상하고 있는데, 실제로는 내가 장안에서 달을 보고 있다. 둘째, 아내가 장안에 있는 나를 그리워할 것이라고 했는데, 실제로는 내가 부주에 있는 아내를 그리워하고 있는 것이다. 셋째, 아이들이 가엾다고 했는데, 실제로는 그런 아이들을 데리고 남편 없이 지내고 있는 아내가 더 가엾고 그리운 것이다. 표면적으로 보면 모두 부주에 있는 아내가 하는 행위를 상상하며 쓰고 있지만, 그러나 그 이면에는 모두 시인 자신의 행위와 직접 관련이 있다. 이렇듯 실제 시인의 그리움과 상상 속 아내의 그리움이 중첩되며 그리움은 더욱 커져간다는 데 이 시의 짜릿한 묘미가 있다.

　두보의 〈월야〉처럼 실제로는 시인이 달을 보며 가족이나 친구를 그리워하고 있지만 그러나 시에서는 그 가족이나 친구가 달을 보며 나를 생각하고 있을 것이란 말로 에둘러 표현하고 있는 시가 바로 당말唐末의 불우한 시인 나업羅鄴이 쓴 〈기러기 2수雁二首〉 중 제1수이다.

暮天新雁起汀洲,	저문 하늘 기러기는 물가 모래톱에서 새로이 날아오르는데
紅蓼花開水國愁.	붉은 여뀌꽃은 강촌에 근심스레 피었네.

想得故園今夜月,	생각해보노라, 오늘 밤 고향에서는 저 달을 보며
幾人相憶在江楼.	강가 정자에서 몇 사람이나 나를 그리워하고 있을까?

이 시는 동시대의 두순학杜荀鶴이 지었다고 전해지기도 한다. 또한 제2구는 '홍료화소수국추紅蓼花疏水国秋'로 된 판본도 있는데 이렇게 되면 "붉은 여뀌꽃은 떨어져 성기어지고 강촌에 가을이 왔네."로 풀이할 수도 있을 것이다.

기러기는 철새로서 봄이 되면 북쪽으로 날아갔다가 가을이 되면 다시 남쪽으로 돌아오기 시작하기에 고향을 등지고 떠돌아다녀야 했던 옛 시인들은 흔히 기러기가 고향 소식을 전해준다고 생각하면서 기러기에 대한 남다른 감회를 지녔다. 그렇기에 기러기를 보면 즉각 시적 감흥을 자아내서 고향 생각과 가족에 대한 그리움을 쉽게 시로 묘사하곤 하였는데 위의 시 역시 마찬가지라고 할 수 있다. 이처럼 경물을 접촉함으로 인해 시적 감흥을 자아내는 수법을 '촉경생정觸景生情', 또는 '탁물기흥託物起興'이라고 한다.

저문 가을 하늘을 막 날아올라 남녘으로 향해 떠나가는 기러기로 인해 촉발된 향수는 이윽고 하늘에 뜬 달로 이어진다. 달을 보고 있자니 자연스레 고향에 있는 가족과 지인들이 그리워진다. 저 달은 오늘 밤 고향에도 떠 있을 텐데 그들 중 과연 몇 사람이나 저 달을 보며 타향에 있는 나를 그리워하고 있을까? 다만 이 시에서는 결코 시인 스스로가 가족과 지인들을 그리워하고 있다고 직접적으로 말하지 않았다. 그러나 우리는 행간을 통해 가족과 지인들에 대한 시인의 그리움이 진하게 배어나고 있음을 잘 알 수 있다.

당대 왕창령王昌齡의 〈규원閨怨〉 역시 젊은 부인을 주인공으로 등장시켜 그녀의 수심과 원망을 잘 표현한 시다.

閨中少婦不知愁,	규중의 어린 신부 수심을 몰라
春日凝妝上翠樓.	봄날에 곱게 단장하고 푸른 누각에 올랐다.
忽見陌頭楊柳色,	문득 길가 버드나무 푸르러진 걸 보더니
悔敎夫婿覓封侯.	낭군에게 벼슬길 찾게 한 걸 후회하네.

갓 결혼한 새 신부가 남편과 떨어져 지내야 하는 이별의 아픔을 알 턱이 없다. 그래서 남편에게 어서 빨리 벼슬을 얻어오라고 채근하였을 것이다. 이제 남편은 떠나고 없는데 봄이 찾아왔다. 그래서 곱게 꾸미고 누각 위에 올라 멀리 들판을 내려다본다. 그런데 벌써 버드나무가 푸르러져서 봄은 한창 무르익고 있는 모습을 보니 불현듯 남편 생각이 나면서 수심에 사로잡힌다. 이럴 줄 알았더라면 괜히 밖으로 내보내지 말 것을, 후회하면서 하염없이 그리움에 젖는 것이다. 이제 사랑을 갓 알게 된 어린 신부의 모습이 담백한 필치로 잘 그려져 있다. 어린 신부의 수심을 빌렸지만 우리는 행간을 통해 또한 시인의 수심과 그리움도 이에 못지 않았을 것이라 추측해볼 수 있다.

중국 청춘 남녀들의 연애시에 즐겨 인용되며 인구에 오래도록 회자되고 있는 천고의 명시가 바로 만당晩唐 이상은李商隱의 〈무제無題〉시이다.

相見時難別亦難,	만나기도 어렵더니 이별 또한 어려워라
東風無力百花殘.	동풍이 잠잠해지자 온갖 꽃 시드는구나.
春蠶到死絲方盡,	봄누에는 죽기에 이르러서야 실을 다 토해내고
蠟炬成灰淚始乾.	촛불은 재가 되어서야 비로소 눈물이 마른다.
曉鏡但愁雲鬢改,	새벽 거울에 오직 구름 같은 귀밑머리 희어진 것만 근심하며
夜吟應覺月光寒.	밤에 읊조리다가 달빛 차가움을 느끼리라.
蓬萊此去無多路,	봉래산은 여기서 멀리 떨어져 있지 않으니
靑鳥殷勤爲探看.	파랑새야 넌지시 나를 위해 찾아봐다오.

만남을 기뻐하고 이별을 한스러워하는 낙취한별樂聚恨別은 인지상정
이다. 이 시는 별리의 슬픔과 상사相思의 아픔을 노래한 시이다.

중국에 별이회난別易會難이란 성어가 있다. 일반적으로 이별하는 일
은 많지만 다시 만나는 일은 적기에 이별은 쉽고 만나기는 어렵다고
말한 것이다. 시인은 이 성어를 변화시켜 만나기도 어렵지만 이별 역시
쉬운 게 아니라 어렵다고 하고 있다. 행간으로 읽으면 오히려 이별이
더 어렵다는 것에 무게를 두고 있음을 알 수 있다.

모든 꽃들이 만개할 때는 바로 동풍이 힘 있게 불어올 때이다. 인생
역시 예외일 수 없다. 동풍이 불어오지 않으니 온갖 꽃들도 다 시든다는
말은 표면적으로는 물론 봄이 저물어 가는 것을 한탄하고 있는 말이지
만 그보다는 더욱더 자신의 신세와 운명에 대해서 깊이 탄식하고 있는
것이라고 볼 수 있다.

함련은 누에고치실과 촛농 등의 매우 형상적인 이미지를 구사하고
있다. 게다가 동음어를 통해 다른 뜻을 동시에 연상시키는 수법인 이른
바 쌍관雙關 수법을 적절하게 활용하고 있다. '실'이란 뜻의 '絲(사)'는
'생각'이란 뜻의 '思(사)'를 동시에 가리키며, '촛농'이란 뜻의 '涙(루)'는
'눈물'이란 뜻까지 함께 내포하고 있다. 이렇듯 참신한 이미지와 동음어
수사법을 적절하게 구사하여 죽을 때까지 변치 않을 지극히 순수하고
애절한 사랑을 표현한 함련은 영원히 청춘 남녀들의 심금을 울려줄
천고의 명구로서, 아마도 이보다 더 아름답고 감동적인 사랑의 문구는
다시없을 것이라 생각된다.

경련과 미련은 화자를 누구로 보느냐는 관점에 따라 해석이 많이
달라질 수 있다.

먼저 시인 자신으로 본다면 모두 사랑하는 여인을 상상하며 쓴 것이
된다. 사랑하는 여인이 새벽녘에 거울을 보고 귀밑머리 센 걸 근심하고

밤에는 달빛 맞으며 시를 읊조리느라 차가움을 느낄 것이라 시인은 상상하고 있다. 그리고 신선이 산다는 삼신산三神山의 하나인 봉래산의 선녀仙女로 사랑하는 여인을 비유하면서 파랑새에게 한 번 찾아봐 달라고 부탁하는 내용이라고 말할 수 있다.

그런데 우리는 관점을 바꿔 화자를 여성으로도 볼 수 있다. 다시 말해서 시인이 자신 대신에 오히려 여성을 화자로 내세워 서술하고 있는 것으로도 볼 수 있다는 것이다. 서왕모를 위해 소식을 전해주는 파랑새는 당연히 여성을 위해 심부름을 할 것이라고 보는 견해에 근거한 관점이다. 그렇게 되면 위에서 분석한 내용과는 의미가 많이 달라진다.

화자인 여인은 밤새 혼자 촛불을 마주보고 있다가 새벽녘에 습관처럼 거울을 보고 치장하려고 한다. 여인이 몸을 치장하는 것은 오직 자기를 기쁘게 하는 사람을 위해서인데[女爲悅己者容], 거울을 보니 탐스러웠던 구름 같은 귀밑머리가 갑자기 바뀌었음을 발견한다. 이 시구의 절묘함은 바로 '改(개)'자에 있다. 이 말은 머리가 세었다는 것을 의미하는 한편으로 상황이 변했음을 더욱 두드러지게 하고 있다. 사랑하는 그이를 위해 청춘의 상징인 검은 머리를 보존하려 했는데, 문득 머리 모양이 바뀌어 하얗게 세어버렸으니 이 슬픔을 어떻게 감당할 수 있겠는가? 그러니 여인은 오직 수심에 잠길 뿐이다.

이제 멀리 헤어져 있는 그이를 마음속으로 상상해본다. 그이는 분명 봄밤을 거닐면서 아름다운 시구를 얻기 위해 읊조리고 계실 게다. 그러다가 문득 달빛이 차갑다는 걸 느끼게 되실 텐데 감기나 걸리지 않으실지 걱정이 된다. 그런데 이치상으로 보면 늦봄의 달빛은 분명히 차갑지 않을 텐데도 틀림없이 차가울 것이라고 말하는 것은 아마도 화자인 여인의 심경이 그렇게 생각하도록 만들었을 것이라 유추할 수 있다. 이어서 여인은 심부름꾼 역할을 하는 파랑새에게 그이는 봉래산에 계시니 한 번 찾아가서 소식을 전해달라고 부탁을 한다.

마지막으로, 화자를 한 쌍의 연인 내지는 사랑하는 부부로 보는 경우도 있다. 이런 관점에 근거하면 경련과 미련 네 구를 남녀가 이별하면서 서로 나누는 대화로 간주할 수 있다. 먼저 남자가 "새벽 거울에 검은 머리 비춰보며 잘 살피시오."라고 하면서 항상 건강히 지내야 한다고 당부한다. 그러자 여자가 "(밖에 계시면서) 밤새 읊조릴 때는 달빛도 차갑겠지요."라고 하면서 자기 걱정하지 말고 감기에 항상 주의하라고 당부한다. 마지막 두 구는 남녀가 각각 상대방에게 다짐을 하고 있는 내용이다. 상대방이 있는 곳을 봉래산으로 비유하고 그곳 봉래산으로 가는 길은 여기서 그다지 멀지 않으니 파랑새가 부지런히 오가며 안부를 전하듯 항상 서로 편지를 주고받으며 마음을 전하자는 다짐을 하고 있는 내용으로 볼 수 있는 것이다.

한편 청대 성령설性靈說로 당시 시단의 한 축을 주도하였던 원매袁枚는 익살스럽고 생동적인 시를 즐겨 썼는데, 〈한야寒夜〉시도 그런 시들 가운데 하나이다.

寒夜讀書忘却眠。　글을 읽다 잠도 잊은 추운 밤
錦衾香爐爐無烟。　비단이불에 향은 재가 되고 화로엔 연기조차 없다.
美人含怒奪燈去，　어여쁜 그녀 성난 기색으로 등불을 빼앗아가며
問郞知是幾更天。　낭군께선 대체 시간이 몇 경이나 되었는지 아시냐고
　　　　　　　　　묻는다.

추운 밤, 독서에 심취하느라 잠도 잊은 낭군과 비단이불 펼쳐 놓고 낭군을 기다리는 아리따운 그녀. 향도 다 타서 재가 되었고 화로에는 연기도 나지 않건만 낭군은 잠자리에 들 기척조차 없다. 화가 난 그녀는 작심하고 아예 낭군에게서 등불을 빼앗아간다. 낭군의 건강이 걱정되

기도 하였을 테고, 또 한편으로는 추운 밤을 녹여줄 낭군의 훈훈하고 따뜻한 정과 체온이 그립기도 하였으리라. 독서하는 지식인 남편과 미인 간의 천진난만한 모습을 아무런 꾸밈이나 가식 없이 시 속에 잘 그려냄으로써 인간적인 친밀감을 느끼게 한다.

원매는 시에 진솔한 감정을 표현하되 그 감정은 남녀 간의 감정만큼 감동을 주는 게 없다고 평소 주장하였었는데, 이 시는 바로 그런 자신의 이론을 창작에 고스란히 옮긴 결과물이라고 할 수 있다.

4) 궁체시와 사, 복사꽃 아름다워도 한때뿐이라오

남녀 간의 애정을 묘사한 시를 얘기할 때 궁체시宮體詩를 빼놓을 수 없다. 남조南朝의 양梁·진陳 시기에 이르러 여인의 용모라든지 여인과의 색정色情 등을 주로 묘사하는 궁체시가 시단을 휩쓴다. 궁체시는 제왕 귀족들의 향락적이고 절제 없는 생활에서 기인한 것으로 염정艶情적이고 음란한 내용을 화려한 언어로 표현함으로써 매우 경박하고 요염한 것이 특색이라 할 수 있다.

남조南朝 진陳의 시인 강총江總은 연회에서 후궁들을 묘사한 염시艶詩 짓기를 좋아하여 압객狎客이라 불렸던 궁체시인이다. 그의 〈규원閨怨〉 시를 감상해보자.

寂寂青樓大道邊,	큰길가의 적적한 청루
紛紛白雪綺窗前.	비단창 앞에 백설이 분분하다.
池上鴛鴦不獨自,	연못의 원앙은 혼자 지내지 않는데
帳中蘇合還空然.	휘장안의 향불은 또한 그저 부질없이 타오른다.
屛風有意障明月,	병풍은 일부러 밝은 달을 가려주건만
燈火無情照獨眠.	등불은 무정하게도 홀로 자는 모습을 비춘다.
遼西水凍春應少,	요서의 강물은 얼어있어 봄날이 짧기 마련이라

薊北鴻來路幾千.   계북의 큰기러기 수천 리 길을 날아온다.
願君關山及早度,   원컨대 임께서는 어서 빨리 관산을 넘으소서
念妾桃李片時妍.   첩을 생각하소서 복사꽃 오얏꽃 아름다움도 한때
                        뿐입니다.

기생집을 가리키는 청루가 시 첫머리에 출현한 것을 보면 이 시의 화자는 기녀임을 알 수 있다. 백설이 분분히 내리는 추운 겨울날, 혼자 지내야 하는 신세는 짝지어 다니는 원앙만도 못하다. 휘장 안에서 소합향은 부질없이 타오르고 등불은 무정하여 홀로 자고 있는 나의 모습을 환히 비추고 있다. 북녘의 봄은 짧아서 기러기들이 수천 리 먼 길을 날아오는 것을 보고서 임에게 하소연한다. 봄날 화려하게 피는 꽃들이 아름다운 것도 한때뿐이듯 첩의 젊음도 꽃처럼 쉬이 떠나갈까 걱정되시거들랑 어서 빨리 관산을 넘어 고향으로 돌아오소서.

다음으로 양梁 무제武帝 소연蕭衍의 〈자야가子夜歌〉를 감상하자.

恃愛如欲進,   사랑을 믿고 앞으로 나가려는 듯하다가
含羞未肯前.   부끄러운 마음에 선뜻 나서지 못하네.
朱口發艷歌.   붉은 입에서는 사랑의 노래 나오고
玉指弄嬌絃.   옥 같은 손가락은 줄을 아름답게 타네.

이 시 역시 궁체시의 일종으로서 기녀의 교태로운 모습을 압축적으로 잘 그려냈다. 어여삐 여겨주는 총애를 믿고 임에게 선뜻 나서고 싶지만 또 부끄러움에 치마끈 잡고 몸을 꼬고 있는 모습이 눈에 선하다. 기녀는 노래와 악기에 능하여 붉은 입에서는 사랑의 노래가 흘러나오고, 옥처럼 고운 손으로 현악기 줄을 타는데 그 모습이 아름답다.

한편, 유가의 전통사상 강령에 구속되어 있는 문인들이 온유돈후溫柔敦厚한 감정을 강조하고 낙이불음樂而不淫과 애이불상哀而不傷의 적절한

감정을 기준으로 제시하면서 시라는 장르가 더 이상 깊고 진한 남녀의 애정을 담을 수 없게 되자 문인들은 민간에서 유행하고 있던 사詞라는 장르를 빌려와서 좀 더 부드럽고 농염한 사랑을 노래하기에 이른다.

당 말엽의 시인 온정균溫庭筠은 사를 짓기도 하였다. 그는 용모가 추하여 '온종규溫鍾馗'라 불리기도 하였다. '종규鍾馗'는 중국 전설에 나오는, 역귀疫鬼를 쫓아내주는 무서운 얼굴을 한 인물이다. 또한 그는 재능과 문필이 특출하여 '온팔차溫八叉'라는 별명을 얻기도 하였다. 글과 작품을 구상하는 능력이 아주 민첩하여, 여덟 번 팔을 교차하는 사이에 과거 시험의 답안 작성을 마쳤다는 데서 얻어진 이름이다. 게다가 자신의 시험지를 제출한 후 남은 시간에 다른 응시자의 답안도 작성해 주기를 좋아했는데, 아이러니하게도 그의 도움을 받은 여덟 명의 응시생은 모두 급제하였는데 유독 그만 낙방하였다는 얘기도 전해진다. 그런데 그는 술과 도박, 기생을 가까이 하는 방탕한 생활 습관에다가 권력자에게 아첨하지 못하는 곧은 성격 때문에 한평생을 쓸쓸히 보낸 기재奇才이기도 하였다.

온정균의 대표적인 사작품 가운데 하나인 〈경루자更漏子〉를 감상해 보자.

玉爐香,　　　　옥향로의 향불
紅蠟淚,　　　　붉은 촛불 눈물 흘리며
偏照畵堂秋思.　화려한 방의 가을 시름을 끝끝내 비추고 있다.
眉翠薄,　　　　푸른 눈썹 엷어지고
鬢雲殘,　　　　구름 같은 귀밑머리 성기어지고
夜長衾枕寒　　밤은 긴데 비단이불은 차가워라.

梧桐樹,　　　　오동나무에

三更雨,	한밤중 비 내리니
不道離情正苦.	말 못 할 이별의 아픔 참으로 괴롭다.
一葉葉,	한 잎 한 잎마다
一聲聲,	후드득 후드득
空階滴到明.	빈 계단에 밤새도록 떨어지누나.

가을, 옥향로에 향불 타오르고 촛불은 붉게 빛나서 화려한 방안에서 시름에 잠겨 있는 사람을 향해서 비추고 있다. 비추지 않고 숨겨줘도 될 처량한 모습을 끝끝내 기어이 비추고 있음을 '편偏'자로 표현함으로써 그 잔인하고 서글픈 상황을 두드러지게 하고 있다. 그녀는 임 생각으로 아름다웠던 눈썹도 엷어지고 탐스럽던 귀밑머리도 성기어졌다. 기나긴 가을밤, 비단 이불을 혼자서만 덮고 있자니 차갑기만 하다.

시름에 잠겨 있는 한밤중에, 가을비가 오동나무잎에 떨어진다. 빗소리에 이별의 정이 더욱 새로워지는데, 다만 이 이별의 아픔을 누구에게도 말할 수 없어 참으로 괴롭기만 하다. 비는 오동나무 잎새마다 후둑후둑 소리 내며 밤새도록 떨어지면서 나의 시름을 더욱 키워준다.

'부도리정정고不道離情正苦'를 '이별의 정은 무척 괴롭다고 말하지 않던가?'로 풀기도 하고, 또는 '고달픈 이별의 정을 알아주지 않네'로 풀기도 한다. 모두 참고할 만하다.

사 작가 중 한 사람인 이욱李煜은 남당南唐의 마지막 군주로서 이후주李後主라 불렸다. 남당의 군주로 군림하다가 나라가 망하고 송(宋)의 신하로 전락하면서 굴욕을 당하게 된다. 그의 전기 작품이 궁중의 화려한 생활을 노래하였던 데 반해, 후기 작품은 망국의 아픔을 진지한 감정으로 노래하고 있어 읽는 이로 하여금 많은 감동을 느끼게 한다. 그의 〈상견환相見歡〉이란 사를 보자.

林花謝了春紅,	숲의 붉은 봄꽃들 시들어 떨어졌는데
太匆匆,	참으로 급하기 그지없었으니
無奈朝來寒雨晚來風.	아침에 찬비 내렸고 저녁에 바람 분 것을 어이 하랴.
胭脂淚,	연지에 눈물 흘리며
留人醉,	사람을 도취시키는데
幾時重,	언제나 다시 만나랴
自是人生長恨水長東.	원래 인생은 한이 많고 물은 언제나 동으로 흐르는 것을.

아침에 찬비가 내린 데다가 저녁에 다시 바람까지 불어와 숲속의 붉은 봄꽃들이 모두 참으로 급하게도 시들어 떨어져 버렸다. 시인은 너무 빨리 져버렸다고 아쉬움을 토로하고 있다.

이어서 꽃을 연지 바른 여인으로 의인화시켜서 꽃에 내린 비를 연지 바른 얼굴에 눈물 흘린 것으로 비유하였다. 두보는 이 사의 일부를 변화시켜 〈곡강대우曲江對雨〉에서 "숲속 꽃들에 비 맺히니 연지 바른 얼굴이 젖은 듯하다.(林花著雨胭脂濕)"고 노래하기도 하였다. 이렇게 비 맞은 꽃의 모습이 사람을 도취시키지만, 이제 꽃은 떨어졌으니 언제 다시 만날지 기약할 수 없다. 시인은 쉬이 시들어 떨어진 꽃이 마치 나라를 잃은 자신의 신세와 다를 바 없다고 생각하고 있다. 그래서 강물이 언제나 동으로 흘러가듯이 인생은 원래 한스러운 일들이 많은 것이라 스스로를 위로하고 있는데, 이는 한편으로 떨어진 꽃들에 대한 위로일 수도 있다.

우리나라의 시인들도 위의 온정균의 사처럼 비와 오동잎을 흔히 남녀 간의 이별의 정을 도드라지게 하는 역할을 하는 이미지로 자주 활용하곤 하였다.

이서우李瑞雨의 〈도망실悼亡室〉시를 감상해보자.

玉貌依稀看忽無,　　옥 같은 모습 어렴풋이 보일 듯 사라져
覺來燈影十分孤.　　깨어보니 등불 그림자만 무척이나 외롭다.
早知秋雨驚人夢,　　가을비가 사람 꿈을 깨우는지를 진작 알았더라면
不向窓前種碧梧.　　창 앞에 오동일랑 심지 않았을 것을.

세상을 떠난 그리운 아내를 꿈에서 만나고 있었는데 창앞에 심어놓은 오동나무에 내리는 가을비 소리에 그만 꿈에서 깨버리는 바람에 더 이상 아내와 만날 수 없게 된 아쉬운 상황을 절묘하게 묘사한 시이다. 세상을 떠난 아내와의 서글픈 이별의 정이 도드라지게 표현되었다.

이어서 김상용金尙容 시인의 시조時調를 연이어 감상해보자.

오동에 듣난 빗발 무심히 듣건마는
내 시름 하니 잎잎이 추성愁聲이로다
이후야 잎 넙운 나무를 심을 줄이 있으랴

이 시 역시 이서우의 한시와 비슷한 시상을 전개하고 있다. 잎 넓은 오동나무에 내리는 빗소리가 커서 수심을 더욱 자아내고 있음을 원망하고 있다.

애정시에 대한 얘기를 할라치면 우리나라 조선의 신윤복이 자신의 그림인 〈월하정인月下情人〉에 쓴 제화시가 압권으로 중국의 어느 애정시보다도 더 은근하고 의미가 심장하다고 할 수 있다.

月沉沉夜三更　　달빛은 깊어지고 밤은 삼경인데
兩人心事兩人知　　두 사람 마음은 둘만이 알겠지.

혜원 신윤복은 단원 김홍도와 더불어 조선시대 풍속화의 양대 산맥이다. 그림 〈월하정인〉도 남녀의 사랑을 낭만적으로 함축하고 있지만 제화시도 진한 사랑을 느끼게 하기에 충분하다.

'침침'은 밤이 깊어 고요한 모습을 가리킨다. 이렇게 보면 첫 구는 삼경 한밤중에 달빛은 깊어지고 그윽해진다, 로 풀 수 있을 것이다. 이백은 "차가운 달빛 맑은 강에 비추는데 밤은 깊고, 미인의 웃음 한 번은 황금 천 양 값이 나간다.(月寒江淸夜沉沉, 美人一笑千黃金.)"(〈백저사白紵詞〉)고 하였고, 소식은 "누대에서 노래하고 피리 부는 소리 가느다랗고, 뜨락에서 그네 타는 밤은 깊기만 하다.(歌管樓臺聲細細, 鞦韆院落夜沉沉.)"(〈춘야春夜〉)고 하였다.

우리나라 현대시인 박두진은 〈꽃에게〉서 "왜 꽃이냐, 왜 하필이면 내 앞에서 꽃이냐?"라고 노래한 적이 있다. 수없이 많은 사람 중에 하필이면, 내 앞에서, 내 눈에서, 내 마음에서 꽃이 된 사람, 그이를 만나는 것은 운명일지 모른다. 그러니 삼경 야심한 시각, 아무도 없는 시간에 그이를 찾아 나설 수밖에 없다. 그 어떤 것도 가로막을 수 없다. 서로 쳐다보는 그 그윽한 눈길, 그 마음을 뉘라서 알겠는가! 오직 사랑의 열병을 앓는 두 사람만이 서로의 마음속으로 느낄 수 있을 뿐이다. 말은 결코 필요 없다.

3. 역대 한시에 담긴 절절한 사랑의 모습

1) 봄꿩은 절로 운다네

춘치자명春雉自鳴이라!

무릇 생명은 때가 되면 저절로 짝을 찾게 되는 법이다. 그래서 나이 찬 년 중에 미운 년 없다고 하지 않는가! 때가 되어 콩깍지가 씌인 눈으로 보면 누구나 다 예뻐 보인다는 얘기다.

연꽃은 '출오니이불염出汚泥而不染', 즉 더러운 진흙 위에서 정결한 꽃을 피어내는 특징으로 인해 불교의 진리를 상징하기도 하지만 시에 서는 중국어의 '연戀'과 동음이의어적인 특징으로 인해서 남녀 간의 애정을 상징하기도 한다. 때문에 '채련採蓮, 즉 연밥 따기 노래는 젊은 남녀 간의 사랑 노래를 가리킨다. 연밥을 딴다는 것은 연인을 선택한다 는 뜻이고 연밥을 던진다는 것은 상대에게 자신의 마음을 전달한다는 뜻이 되기도 한다.

중국 악부樂府 시 중에 〈강남江南〉시를 감상해보자.

江南可採蓮,　　　강남에서는 연밥을 딸 만합니다
蓮葉何田田.　　　연잎이 어찌나 많이 떠 있던지요.
魚戲蓮葉間,　　　물고기는 연잎 사이에서 놀고
魚戲蓮葉東.　　　물고기는 연잎 동쪽에서 노닙니다.

연꽃의 동음이의어적 의미를 모르면 이 시는 그저 연밥 따러 간 호수 의 모습을 단순하게 묘사한 것처럼 읽힐 수도 있다. 그러나 연밥을 딴다는 것은 연인을 선택하여 그와 사랑을 나눈다는 것을 우회적으로 가리키고 있기에 〈채련곡〉은 민간가요로서 젊은 남녀 간의 구애와 사 랑을 표현하는 데 흔히 쓰이는 사랑노래라고 할 수 있다. 지금으로 치면 전형적인 트롯풍 사랑의 노래라고도 말할 수 있을 것이다.

우리나라에서는 조선조에 여류시인 허난설헌許蘭雪軒이 〈채련곡採蓮 曲〉을 노래한 바 있다.

秋淨長湖碧玉流,　　고요한 가을 긴 호수는 벽옥처럼 흐르고
蓮花深處繫蘭舟.　　연꽃 핀 깊은 곳에 거룻배를 매어 놓았네.

逢郞隔水投蓮子,　　물 건너로 임을 보았기에 연밥을 던졌는데
或被人知半日羞.　　혹시 남이 봤을까 한참을 부끄러워하였네.

중국시가 전통에 익숙했던 조선의 허난설헌도 사랑하는 연인을 찾아 선택하는 행위를 연밥을 따는 행위로 상징하는 표현방식을 활용하여 자연스럽게 표현했다고 볼 수 있다. 때문에 이 시가 봉건시대의 남녀 의식을 뛰어넘을 정도로 진보적이고 자유분방한 사고를 표방한 것이라고 해석하는 것은 조금 지나친 감이 없지 않아 있다. 민간에서 불려지는 사랑노래 트롯풍이 그렇게 진보적 풍조를 수반하지는 않기 때문이다.

2) 세상만사가 오늘의 첫 만남과 같다면

동심과 동화 같은 세계를 통해 세상의 이치를 잘 깨닫도록 이끌어 주는 우리나라 작가인 고 정채봉의 〈첫 마음〉은 우리에게 처음 만난 것들의 소중함을 다시 한 번 일깨워 준다.

1월 1일 아침에 찬물로 세수하면서
먹은 첫 마음으로 1년을 산다면,
학교에 입학하여 새 책을 앞에 놓고
하루 일과표를 짜던
영롱한 첫 마음으로 공부를 한다면,

사랑하는 사이가
처음 눈을 맞던 날의 떨림으로
내내 계속된다면,

첫 출근하는 날,
신발 끈을 매면서 먹은 마음으로

직장 일을 한다면,

아팠다가 병이 나은 날의
상쾌한 공기 속의 감사한 마음으로
몸을 돌본다면,

개업 날의 첫 마음으로 손님을 언제고
돈이 적으나 밤이 늦으나 기쁨으로 맞는다면,

세례 성사를 받던 날의 빈 마음으로
눈물을 글썽이며 교회에 다닌다면,

나는 너, 너는 나라며 화해하던
그날의 일치가 가시지 않는다면,

여행을 떠나던 날
차표를 끊던 가슴뜀이 식지 않는다면,

이 사람은 그때가 언제이든지
늘 새 마음이기 때문에
바다로 향하는 냇물처럼
날마다가 새로우며 깊어지며 넓어진다

우리는 왜 가슴 떨리고 기쁨이 넘쳐흘렀던 첫 만남의 첫 마음을 오래
도록 끝까지 간직하지 못 하게 되는가? 남녀 간의 관계에서 첫 마음이
희석되는 이유는 여러 가지가 있겠지만 아무래도 서로에게 너무 익숙
해져서 싫증이 나는 것이 큰 이유 중의 하나가 될 것이다. 특히 이성의
용모가 아름다움으로 인해서 첫 사랑의 마음을 갖게 된 경우는 거의
대부분 용모에 익숙해짐으로 인해서 자연 싫증이 유발되는 경우가 많

다. 그래서 "아름다움이란 지혜와 달리 품고 있을수록 허무해지는 법"이라는 말도 있지 않은가!

첫 만남과 같은 떨림과 설렘을 간직하고 언제나 내 곁에서 든든하게 의지가지가 되어주는 사람을 만나는 것은 우리 모두의 바람이다. 우리나라 현대시인 이성선이 〈사랑하는 별 하나〉에서 그랬듯이 "가슴에 사랑하는 별 하나를 갖고 싶다./ 외로울 때 부르면 다가오는/ 별 하나를 갖고 싶다."는 소망을 모두 다 간직하고 있다. 십대의 소녀처럼 새롭게 사랑을 시작할 사람들은 물론이요 이미 나이 들어서 더 이상 사랑할 수 없을 것 같은 어른들에게도 이런 로망은 간직되어 있다. 하지만 이런 소망을 갖고 있음에도 불구하고 상처 하나 받지 않고 쉽게, 쿨하게 사랑하려는 사람들이 우리 주변에는 너무나 많다.

현대시인 복효근은 〈목련 후기〉에서 "구름에 달처럼은 가지 말라 청춘이여"라고 초연한 척, 달관한 척하는 청춘들에게 충고를 하면서 "사랑했으므로/ 사랑해버렸으므로/ 그대를 향해 뿜었던 분수 같은 열정이/ 피딱지처럼 엉켜서/ 상처로 기억되는 그런 사랑일지라도/ 낫지 않고 싶어라/ 이대로 한 열흘만이라도 더 앓고 싶어라."고 하고 있다. 더 진하게 더 심하게 앓아서 그 사랑을 끝끝내 잊지 않고 기억하고 싶다고 하고 있다. 그 사랑은 잊을 수 없는 거라고 거의 절규에 가까운 외침을 내뱉고 있다.

우리나라 TV 광고 중에 어느 여배우가 "어떻게 사랑이 변할 수 있어?"라고 반문하던 멘트가 오래도록 인상 깊이 남아 있다. 반면에 "사랑은 움직이는 거야!"라고 남자친구를 탓하는 사랑스러운 여인의 멘트도 오랫동안 회자되고 있다.

첫 만남 같은 떨리고 가슴 설렘이 계속 지속될 수 있다면 그 사랑은 당연히 영원할 것이다. 이뤄지지 못할 소망을 애타게 하소연하는 청대 문인 납란성덕納蘭性德의 〈목란사木蘭詞〉를 감상해 보자.

人生若只如初见,　인생이 만약 첫 만남처럼 설레고 열정적이라면
何事秋风悲画扇.　무슨 일로 가을바람에 그림 부채 신세라고 슬퍼하
　　　　　　　　리오!
等闲变却故人心,　옛 친구의 마음이 과연 변할까 하고 소홀히 여겼건만
却道故人心易变.　도리어 옛 친구의 마음 쉽게 변한다고 말하게 되었네.
骊山雨罢清宵半,　여산에서 비 그치며 맑은 밤은 반쯤 흘러갔고
泪雨霖铃终不怨.　우림령 곡조에 눈물 흘리지만 끝내 원망하지 않는
　　　　　　　　다네.
何如薄幸锦衣郎,　그대가 어찌 박정했던 비단옷 입은 사내만 하겠는
　　　　　　　　가?
比翼连枝當日愿.　그는 그래도 그때 비익조와 연리지가 되길 바랐었
　　　　　　　　거늘!

　당 현종玄宗은 비록 박정하긴 했지만 그러나 양귀비楊貴妃에게 비익
조와 연리지가 되자고 맹세라도 해 주었으니 그래도 나의 무정한 낭군
보다는 훨씬 더 낫다. 사랑의 비극은 일반적으로 어디에서 오는가?
바로 첫 만남, 첫사랑 같은 가슴 떨림과 설렘을 계속 유지할 수 없기
때문일 것이다.
　첫 친구, 첫 아이, 초발심初發心, 첫 담배, 첫 여행 등등 무수한 처음의
사건이 있지만 첫 사랑처럼 순수하고 애틋한 일이 있을까? '인생약지여
초견人生若只如初见', 첫사랑처럼 떨리고 설레는 마음으로 살아갈 수만
있다면!

3) 그대가 두 마음 품었다는 얘기를 들었다오

　한대漢代 뛰어난 사부辭賦 작가였던 사마상여司馬相如와 탁문군卓文君

간의 사랑 이야기는 두고두고 인구에 회자 되고 있다. 사마상여는 말더듬이면서 동시에 당뇨병을 앓고 있는 신체적 결함을 지녔지만 뛰어난 문학적 재능과 음악에 관한 예술적 재능, 자유분방한 개성을 두루 갖춘 자로서 송옥宋玉에 이어 중국의 전형적인 풍류재자風流才子로 꼽는다.

하루는 부자였던 탁문군의 아버지가 사마상여를 초청하였는데 당시 과부가 되어 집에 돌아와 있던 문군이 일부러 금琴을 타며 상여를 유혹한다. 금곡에 담긴 의미를 알아차리고 이에 반한 상여는 이윽고 문군과 눈이 맞아 한밤 줄행랑을 쳐서 사랑의 도피 행각을 벌인다. 문군의 아버지는 괘씸하여 전혀 그들에게 도움을 주지 않는다. 문군과 상여는 무일푼으로 술장사를 하며 생계를 이어갈 수밖에 없었다. 보다 못한 그녀의 아버지는 나중에 유산의 반을 딸인 문군에게 물려주기도 한다. 두 사람의 사랑의 도피 행각은 천고의 미담으로 여겨져 수천 년간 중국인들의 입에 회자되었을 뿐만 아니라 낭만적인 문학의 제재로서 후대 재자가인(才子佳人)류의 소설과 희곡 등에도 많이 영향을 주었다.

남녀 간에 영원히 지속하는 사랑이 거의 없는 것처럼 이 두 사람 사이에도 위기가 찾아온다. 사마상여에게 새로운 여자가 생긴 것이다. 여자로서 아무래도 수동적인 입장에 있을 수밖에 없던 탁문군이 사마상여에 대한 원망을 〈백두음白頭吟〉에 담았다.

皚如山上雪,	사랑이란 본래 산 위의 눈처럼 희고
皎若雲間月.	구름 사이 달처럼 밝아야 하였거늘.
聞君有兩意,	그대가 두 마음 품었단 말 듣고
故來相決絕.	그대와 영원히 헤어지려고 일부러 왔네.
今日斗酒會,	오늘 말술을 함께하는 만남을 마지막으로
明旦溝水頭.	날 밝으면 각자 작은 강가에 서서 헤어져야 하리라.
躞蹀御溝上,	궁궐 해자를 따라 천천히 걷나니

溝水東西流.	우리의 옛사랑도 강물처럼 동으로 흘러 돌아오지 않으리라.
淒淒復淒淒,	처량하고 또 처량해라
嫁娶不須啼.	결혼할 때는 다른 여자들처럼 울 필요도 없었지.
願得一心人,	한결같은 마음 지닌 사람 만나서
白頭不相離.	흰머리 되어서도 서로 헤어지지 않기를 바랐으니까.
竹竿何嫋嫋,	사랑 시작할 때 낚싯대는 어찌 그리 가늘게 하늘거리고
魚尾何簁簁.	물고기 꼬리는 어찌 그리 팔딱이던지!
男兒重意氣,	남자는 본래 정과 의리를 중히 여기는 법이거늘
何用錢刀爲.	잃어버린 사랑을 어찌 재물로 보상할 수 있으리오?

사랑이란 본래 산 위에 쌓인 눈처럼 하얗게 빛나고, 구름 사이로 비치는 달처럼 밝게 빛나는 것이라 여겼건만 어떻게 그런 사랑이 변할 수 있지? 어떻게 환히 빛나는 사랑의 빛 아래서 변심하여 다른 여자를 또 마음에 둘 수 있는 것인가? 뜨거운 가슴으로는 도저히 상상조차 할 수 없다.

사마상여는 그토록 사랑했던 아리따운 탁문군을 두고 왜 딴 마음을 품게 되었을까? 탁문군의 비참하고 원망스러운 상황은 훗날 같은 여성 시인들의 시 속에 끊임없이 동정의 대상으로 거론되곤 한다.

4) 인생에서 비환이합은 언제나 무정하게 일어나더라

누구나 인생에 비환이합悲歡離合을 겪는다. 그런데 이별과 만남이, 기쁨과 슬픔이 언제나 우리의 뜻대로, 바람대로 찾아오고 떠나던가? 그냥 우리의 뜻과는 무관하게, 저 혼자 무정하게 찾아왔다가 또 떠나가 곤 하지 않던가?

만남이 어그러지고 마음처럼 이루어지지 않는 안타까운 정경을 송대宋代 구양수歐陽修의 〈생사자·정월 대보름生查子·元夕〉시에서도 발견한다.

去年元夜时,	작년 정월 대보름날에
花市燈如昼.	꽃 파는 시장은 대낮처럼 등불이 비추었네.
月上柳梢头,	달은 버드나무 가지 끝으로 오르고
人约黄昏後.	황혼이 진 뒤에 만나기로 그 사람과 약속했지.
今年元夜时,	올해 정월 대보름날에도
月與燈依舊.	달과 등불은 여전히 밝건만.
不见去年人,	작년의 그 사람 보이지 않으니
淚湿春衫袖.	눈물이 봄 적삼 소매를 적시네.

중국에서 정월 대보름날은 등불놀이를 하는 풍속이 있어서 등불을 대낮처럼 환하게 밝히는데, 이날은 또한 젊은 연인들이 등불 구경을 핑계로 외출하여 만남을 가질 수 있는 절호의 기회가 되기도 한다. '화시'는 중국 민속에서 봄에 정기적으로 열리는 시장으로 꽃을 팔고 감상하는 장을 가리킨다.

작년 정월 대보름날 달 떠오르고 황혼이 진 뒤에 그 사람과 만나기로 약속하여 화려한 등불과 꽃들을 구경하면서 밀어를 나누었다. 시적 화자는 아직도 그 단꿈에 젖어 헤어 나오지 못하고 있다. 그래서 한 해가 지난 올해도 다시 온 정월 대보름날에 그녀를 찾아 꽃 파는 시장에 나왔다. 달빛과 등불은 여전히 밝았건만 무슨 연유에서인지 그녀는 보이지 않으니 눈물이 비 오듯 흘러내릴 수밖에 없다.

5) 미움도 어느덧 그리움이 되네

조선 선조 때의 여류 시인 옥봉玉峰 이숙원李淑媛이 있다. 그녀는 흔히 옥봉으로 많이 불렸으며 조원趙瑗의 소실이었다. 그녀에게는 〈스스로 지음自述〉이란 절창絶唱이 전해지고 있다. 이 시를 감상해보자.

近來安否問如何,　　요 근래 임께서는 잘 지내고 계시나요?
月到紗窓妾恨多.　　깁창에 달 비치니 첩의 시름 깊어집니다.
若使夢魂行有跡,　　꿈속에서 저의 넋이 다닌 발자취가 땅에 남는다면
門前石路半成沙.　　임의 집문 앞에 있는 돌길은 아마 반쯤은 모래가
　　　　　　　　　　되었을걸요.

제4구가 '문전석로이성사(門前石路已成沙)', 곧 '임의 집문 앞에 있는
돌길은 이미 부서져서 모래가 되었을걸요.'라고 되어 있는 판본도 있다.

제3, 4구는 참으로 명구이다. 꿈속에서 넋이 빈번하게 수시로 오고
갔듯이 실제 현실에서도 내가 그렇게 오고 갔더라면, 그리하여 오고
간 발자취가 돌 위에 남는다면 아마 돌은 닳고 닳아 반쯤은 모래가
됐을 거라고 하고 있다. 꿈속에서 그녀의 넋이 얼마나 수없이 드나들었
기에 돌길이 모래가 될 수 있었을까? 시인의 오매불망 임을 그리는
사무친 마음, 서러운 마음을 충분히 미루어 짐작할 수 있겠다.

6) 임과 내가 다음 생에서는 서로 다른 입장이 된다면

반아당半啞堂 박죽서朴竹西는 조선 철종 때의 여류시인으로 어려서부
터 경사를 탐독했고 시에 뛰어났다고 전해진다. 그녀의 〈정을 담아寄情〉
시를 감상해보자.

鏡裏誰憐病已成,　　거울 속의 병든 나를 누가 과연 가여워해줄까요?
不須醫藥不須驚.　　약도 필요 없고 놀랄 필요도 없답니다.
他生若使君爲我,　　다음 생에 임을 내 입장이 되게 한다면
應識相思此夜情.　　오늘 밤의 그리움에 애타는 정을 임은 응당 아실
　　　　　　　　　　거니까요.

지금 나는 비록 병이 들었지만 굳이 치료하기 위해 약을 쓸 필요가

없다. 또한 내가 아프다고 임께선 나를 위해 놀랄 필요도 없다. 그저 나 혼자 이 병든 몸을 감당하려고 한다. 아니 감당할 수 있다. 그러나 이 그리움만은 누가 가여워해줄 수 있을 것인가? 누가 달래 줄 수 있을 것인가?

다음 생에 이런 상처와 고통을 주신 임과 서로 입장 바꿔 살아본다면 전생에서 내가 얼마나 애태우며 당신을 그리워했는지, 그래서 아파했는지를 자연스레 아실 것이기 때문이다. 그러니 지금은 치료를 위한 약도 놀람의 위로도 필요 없다는 처절한 절규이다. 모를레라, 떠나간 박정한 사내가 과연 이런 여자의 마음을 알아주기나 할까?

그럼에도 불구하고 참으로 아이러니한 것은 여자의 마음이어서, 여자들은 이른바 엄친아처럼 착한 남자, 성실한 남자보다는 왠지 짓궂은 남자, 장난스러운 남자, 수다스러운 남자에게 더 끌리고 정을 주는 경우가 참으로 많다. 실연의 상처를 당할 줄 번연히 알면서도 말이다. 그래서 "남자가 짓궂지 않으면 여자는 정을 주지 않는다.(男人不壞, 女人不愛.)"는 중국 속담도 나오게 되었다. 자, 이토록 짓궂고 박덕한 남자에게 이미 정을 쥐 버렸으니 이제 어쩌겠는가?

사랑을 과학적으로 해체하는 자연과학자들은 이를 호르몬의 장난이라고 규정한다. 그렇게 사랑을 읽으면 너무 무미건조하다. 사랑, 그것은 상처받기 싫지만 또한 인연이 찾아오고 콩깍지가 씌면 저도 모르게 불나방처럼 기꺼이 상처를 향해 뛰어들게 하는 존재이다. 환하게 알 듯 하면서도 막상 닥치면 모르겠어라, 사랑이란 불가사의는!

장자莊子는 "도란 실천을 통해 이루어진다.(道行之而成)"(《장자莊子·제물론齊物論》)라고 말한 바 있는데, 필자라면 "사랑의 길이야말로 자신만의 방식을 찾아 걸을 때 비로소 자신만의 길이 만들어진다.(愛之道, 行之而成.)"고 마지막으로 사랑에 대해 정의하고 싶다.

참고문헌

車柱環, 《中國詩論》, 서울大出版部, 1989.

李炳漢 編著, 《中國 古典詩學의 理解》, 通文館, 1992.

成百曉 역주, 《詩經集傳(上·下)》, 서울, 傳統文化硏究會, 1994.

李炳漢·李永朱 譯解, 《唐詩選》, 서울대학교출판부, 1998.

韓亨祚, 《무문관, 혹은 "너는 누구냐"》, 여시아문, 1999.

지영재 편역, 《中國詩歌選》, 을유문화사, 2007.

진동원 지음, 송정화·최수경 옮김, 《중국, 여성 그리고 역사》, 박이정.

졸   저, 《중국시의 세계》, 신아사, 2012..

졸   저, 《중국시론의 해석과 전망》, 신아사, 2012.

졸   저, 《한시로 들려주는 인생이야기》, 차이나하우스, 2019.

졸   저, 《최교수가 들려주는 한시이야기》, 차이나하우스, 2019.

方玉潤 저, 김영식·이남종·최일의 공역, 《詩經原始》(2023.8. 번역완료 및 출판예정)

| 집필진 |

류성준柳晟俊(한국외국어대학교 명예교수)
조성천(을지대학교 교양학부 교수)
한운진(경완)(동국대학교 불교학술원 전문연구원)
이경일(전남대학교 강사)
정세진(성신여자대학교 중국어문·문화학과 조교수)
서연주(충남대학교 중어중문학과 조교수)
최일의(강릉원주대학교 중문과 교수)

중국문학과 인생

초판 인쇄   2023년 5월 31일
초판 발행   2023년 6월   7일

지 은 이 ㅣ 한국중국문학이론학회
펴 낸 이 ㅣ 하운근
펴 낸 곳 ㅣ 學古房

주   소 ㅣ 경기도 고양시 덕양구 통일로 140 삼송테크노밸리 A동 B224
전   화 ㅣ (02)353-9908 편집부(02)356-9903
팩   스 ㅣ (02)6959-8234
홈페이지 ㅣ http://hakgobang.co.kr/
전자우편 ㅣ hakgobang@naver.com, hakgobang@chol.com
등록번호 ㅣ 제311-1994-000001호

ISBN 979-11-6995-361-0 93820

값 : 18,000원